陈黎跨世纪散文选

想像花莲

陈 黎 著

华东师范大学出版社

华东师范大学出版社六点分社　策划

目 录

辑一：人间喜剧（1974—1989）

蚊的联想 / 3

脸的风景 / 6

垦丁海滨 / 8

孩子们的海 / 10

老鼠金宝 / 12

写给阿Q / 15

麻糬 / 18

老 / 20

风 / 21

声音钟 / 23

童话的童话 / 26

白雪公主Ⅱ / 29

子与母 / 34

我的丈母娘 / 38

姊妹 / 43

我在街上看到许多卓别林 / 47

辑二：晴天书（1989—1994）

晴天书 / 51
我的霍洛维兹纪念音乐会 / 53
四叔 / 55
小津安二郎之味 / 58
三个橘子之恋 / 60
木山铁店 / 61
夏夜听巴赫 / 63
朋友死去 / 65
波德莱尔街 / 68
发的速度 / 70
《故事》的故事 / 72
地震进行曲 / 76
泪水祭司 / 78
旅行者 / 80
神的小丑 / 82
黑肉姑妈 / 86
卖春联队 / 88
立立的墙壁 / 90
阿姑婆 / 93
彩虹的声音 / 96
脸盆之旅 / 99
这些女人，那些女人 / 101
爱情慢递 / 104
条码事件 / 105

甘纳豆的世界 / 108

从一朵花窥见世界 / 110

魔术火车 / 115

我的视听工业盛衰史 / 118

苦恼而激情的生命画像 / 123

有绿树,柠檬和时间的风景 / 129

立立的秘密舞台 / 131

立立的音乐生活 / 135

立立的兄弟姊妹 / 140

偷窥大师 / 144

俳句的趣味 / 148

一茶之味 / 151

辑三:咏叹调(1994)

——给不存在的恋人

Ⅰ:夏夜微笑 / 159

Ⅱ:音乐精灵 / 176

Ⅲ:腹语术 / 194

辑四:想像花莲(1995—2013)

张爱玲和我 / 213

寻找原味的《花莲舞曲》/ 217

极简音乐 / 225

偷窥偷窥大师 / 231

四季 / 236

想像花莲 / 237

幻想即兴曲 / 245

父土 / 250

花莲饮食八景 / 257

五片 / 263

小镇福金 / 266

台湾四季,海边诗涛 / 272

音乐家具 / 305

记忆之脸书 / 312

后记 / 317

辑一:人间喜剧(1974—1989)

蚊的联想

1

辞海:"蚊,动物名,昆虫类双翅类,体细长,黑褐色,口吻与触角皆长,腹部细长而略扁,翅透明,有细毛,足长,尖端生爪,雌蚊夜间群出吸螯人畜……"

可注意者,蚊子与人皆动物也。

2

不与苍蝇为伍,蚊子不是那种镇日里嗡嗡价响,游谈无根的恶类。声东不击西,说叮就叮;踏实两字,正蚊子哲学的基本精神。

不学跳蚤颠簸,蚊子咬人是一种三度空间的文明。譬如说空战即艺术。以卵击石,以虚探实;蚊子这飞将军,如是其智勇双全,才艺兼备。

不同蜂群狼狈,蚊子的运动道德叫人感动。说技术至上,不使有毒的暗剑;一只小小的蚊子只是点到为止,其余的,叫对手自个儿收拾。

3

书法家的蚊子善书蚊字。蚊子写字,蘸惯红墨水,只消轻轻的一触,圆圆凸凸的一点跟着浮现。(瞎了眼也摸得出。不识字也看得懂。)

落红处处的蚊子善书吻字。女人家嘴唇沾胭脂,一记一记的小樱桃打男人五官手足印上,据说,就是向蚊子那家伙学来的。

4

与切身攸关,蚊子咬出的记忆岂仅是痛定思痛而已。这刺激,有血有肉有声有色,说与绿油精知,也只是叫红肿的针眼哭湿。不如张口自啮,以咬还咬,以痛止痛。

5

老年人爱笑青年人满脸面疱,青年人爱笑老年人全身疙瘩。蚊子之为物,针灸之下,人人平等。无所谓面疱疙瘩,无所谓男女老少;这一种法律与荷尔蒙、内分泌无关。

作为医师,蚊子的针是最佳的验血工具(虽则血液只有 O 型一类)。作为游记的作家,笔锋所及,那一颗颗斑红,说明着"到此一游",是最惹眼的一种标记。

6

"万物之灵,人啊,你的发明战胜了一切!"

所以伤风克是用来克伤风的;感冒灵是用来去感冒的;避孕失效可以科学堕胎;死了,还有棺材。

所以雨来嘛,伞挡;蚊子来嘛,蚊帐挡。

(一顶蚊帐织得比天衣还要无缝!)

而昨宵,芙蓉帐暖,一只潜伏的蚊子,夜半起来,同我枕边细语。并且,趁熟睡,对我做出种种肉麻的举动。

7

痒,乃蚊子与你生下来的后代里,最熟读"反作用定律"的一只单细胞。

出手,你一招想抓死你的子嗣,而你的子嗣居然立地迸裂成你两个孙子。

居然分身成无数,以痒还痒,你肉感的子孙!

(一九七四)

脸的风景

发

如果说额是悬崖,仰望是天空,那无声无涛从天而降的瀑布——黑色的,便是了。

眉

据说是这样种在那里的:
一只冲天的鹰,飞去时折了双翼,落地生根。
终于化作眼前的两簇防风林。

眼

藏乎山水之间,两只长着白羽毛而且会说话的黑鸟。
一眨一种飞姿,一转睛一声啼叫!
啊,雪山里唯一的行者。

鼻

不是碑,也不是塔。
一次地崩以后,陷下的两颊便叫屹立不动的突出成孤峰。偶然,谷水涓涓。
苦的只是山东山西各在天涯的双颊。

痣

欲射鸟的猎人向天空发了一枪。
失手。
受伤的地方从此留下黑黑圆圆的弹痕。

耳

瀑布把藏在崖下观潮的岩石,分别洗成两只螺狮。
听雨,听风,听水,听山的双声道设备,如是完成。

嘴

那一次地崩,跌得最惨的就是这一口深涧了。
(交通中断:只好靠两排叫"齿"的栈道接驳通行。)
为了弥补它的空虚,居然开始把失足者吞下——直到吃红了两唇。

(一九七五)

垦丁海滨

我们在黄昏的时候来到海边。橘红的暮色仿佛受伤的兽类跌倒在沙滩,流血不止的伤口逐渐凝固,而不知道那一墙浪不小心波及到了,整个天空突然绚烂起来,一大片混乱的紫色、红色、黄色的血跟着起伏的海水泛滥到无限。沙滩上有人抢着拍照;咔嚓,咔嚓的声音。四周随即被寂静掩没,除了浪声。黑暗在大家忙碌兴奋的时候不知不觉地落下来。

这是海岛的最南端,站在相当的高处你可以找到两条线:一条隔开太平洋跟巴士海峡,一条切断巴士、台湾海峡。我把视线往前方不断地投去,试图跟另外两条抽象的线交会。天愈来愈暗,左右只一种颜色,一种声音。我放出去的线断了。

然后我发觉海水是土黄的,躺下来。然后我发觉自己躺在一块土黄的沙滩上。那是真正的沙滩,不是吗?不像自己长大的海岸。我似乎记得地理课本上面说的了:海岛西部多沙岸,海岸平直;东部多岩岸,海岸弯曲,富良港。所以我是从有海港,有岩石,有断崖,有大浪的地方走到眼前这一片温柔的。所以我真的是一个疲倦的旅人,长长的跋涉以后需要一张舒适的床躺下。所以我们在黄昏的时候赶到这海岛的南端。

我说过这是一片很叫我惊奇的沙滩:没有骨,没有刺,没有所谓的个性,没有感觉。喜怒哀乐是怎么也挤不进来的。躺下来是最自然的动作。躺下、睡着,就是这么简单。仿佛忙碌了一天,一年,一世,只是为了到这么一个地方躺下。其他的人在旁边走来走去,一来一往,周而复始的海浪。许久以前,希腊诗人莎孚克利斯在爱琴海滨听到一种永恒的悲调,那悲调使他想到人类的苦难,并且在千年后流到多佛海滨,流到英国诗人阿诺德的耳里;并且响得更悲。因为诗人对他身旁的人说:

> 啊,爱人,让我们
> 彼此忠诚!因为这世界,虽然
> 横在我们眼前像一块梦土,
> 如此繁复,如此美丽,如此新颖,
> 事实上却没有欢乐,没有爱,没有光,
> 没有真确,和平,没有镇痛之方;
> 我们在这里,像在昏暗的平原,
> 饱受争斗与逃逸的混乱惊扰,
> 无知的军队在夜里互相冲撞。

而现在,它难道流到了垦丁海滨?

(一九七六)

孩子们的海

华兹华斯

我不曾想到中学一年级的学生,是那么的接近上天的荣耀又那么不察觉它的即将逝去。我是指他们的无知,天真,像嫩绿的叶子,那般新鲜且自足地存在于树;甚至不能说是"挂在树上",因为挂着的东西终究是会掉下来的。

我难道不曾活过那个年龄吗?天空对我们是每天都不一样的电影,而一颗球可能是更奇妙的一个天空。那是多遥远的记忆啊,六岁到十二岁?十三岁那年,我的老师面容严肃地说:"摸摸你们的头,你们不再是乳臭未干的小学生了!"我好像看到一滴雨水从云的屋檐滴落到硬邦邦的地面并且消失无踪。阅读校规变成最有意义的休闲活动,而所谓喜悦来自成绩手册上断续搜集到的有趣如"循规蹈矩"、"品学兼优"的戳印。不是有一段乳香四溢的日子,当我们张开每一张身上的嘴,了无忌惮地吸吮一切营养,并且不知道什么叫"臭"。

对于上课时因窗外一只鸟叫而突然忘我的你的学生你能说什么?我不曾想到中学一年级的孩子是这么地接近上天的荣耀。华兹华斯是对的,当 1802 年他写下如下的诗句:The Child is father of the Man。

我们的学生不就是我们的老师,在我们近视逐渐加深的时候教我们重新观看自然?

孩子们的海

我喜欢看那些脑筋稍差的学生充满自信地起来发表他们的意见,那是一种真正的喜悦,仿佛突然你发觉被冷落一旁的野花也有它们独自的芳冽。"老师我!老师我!"还有什么能比这种渴切的呼喊使你感觉到你是老师的?

课本里教到一个海的比喻:一万匹飘着白鬃的蓝马呼啸着疾奔过我的脚下。我要学生说出他们自己的海。一个说海像一床动来动去的蓝色被子;一个说海像飘着许多朵白云倒挂在脚下的天空;另外一个学生的海似乎只存在于梦幻,他说,海像浸着红色蓝色墨水的巨兽在夜里用它的头发纠缠我。

这些孩子会笨吗?当他说海像老师洗过一遍又一遍的牛仔裤,又蓝又白。

(一九七七)

老鼠金宝

在我读幼儿园时，我的老师就告诉我："金宝，好好保护你的牙齿，作为一只老鼠，没有什么比咬更重要的了！"开学第一天，每只老鼠都发一支牙刷一条牙膏，当大家都笨手笨脚不知道怎么挤弄牙膏的时候，老师大笑地说："孩子们，刷牙是人们的事，聪明的老鼠都应该知道保护牙齿最有效、最直接的方法就是咬！"那一天，我只咬下了牙刷边边的一根毛，回家以后牙齿痛得像针刺一样。

但这并不能阻止我对咬的追求。课本上有一句话说得好："吃得苦中苦，方为鼠上鼠。"不咬东西的老鼠算什么老鼠啊，那不就像生为猫而不会抓老鼠一样可笑吗？学生时期的我曾经因为太用功而两次咬断了自己的牙齿，但"金宝是最勇敢的老鼠"的消息却从此传开了。毕业考试那天，我不但毫不费力地把三条牙膏的铁皮咬得像碎纸一样，并且还把校长室的墙壁咬破一个大洞。

离开学校后，我被分发到银行界服务。我们鼠辈自然多半是上夜班。每当夜深人静，商店行号纷纷打烊的时候，我的朋友们便从阴暗的角落拥向各自工作的场所。就像世上的人们一样，我的朋友们也喜欢追逐那些甜的、软的，容易咬嚼，不需要什么头脑即可消化的东西。因此，大街上那两三间糖果店、面包店就成为他们竞相前往的天堂了。好几次，我听到转角卖捕鼠器的老头吓他的孙子说："你再吃糖，当心老鼠咬断你的牙齿！"

我却不曾迷恋那些柔软甜蜜的东西,我追求更永恒、实在的财富。钱?是的,银行里多的是钱。我也曾跟着我的同事们不眠不休地咬食一把一把巨额的钞票,但到头来,总觉得只是一堆大同小异的数目字在肚子里反复地滚来滚去。生命难道只能这样吗?我不愿我的牙齿成为咬纸的机器。我开始退到那栋大建筑物角落的小房间里,在清寂的午夜独自啃啮那一枚枚星光般璀璨、坚实的硬币。

生命诚然是短暂而又叫人惊讶的。我的同胞中颇多因咬了什么老鼠药而突然离开这个尘世的。但没有什么毒药、陷阱能减低我对伟大、新奇事物的热情。我曾经咬过最硬的金块、银块,也曾经吃过那一触速溶的棉糖、冰淇淋。我曾经在一大堆发臭的垃圾中钻研翻寻,也曾经潜入香肉店品尝那红艳欲滴的香肠(有些据说还是老鼠肉制成的!)。前两个礼拜我溜进一家书店,那些像山一样高的书的确吓了我一跳。我本来以为印在纸上的东西都跟钞票一样单调无奇,没想到咬了几页以后,却发觉书中另有一番滋味。这使得我一有空便想往书里头钻。那些英文书似乎比较乏味,总是几个字母重复排来排去,但中文就有趣多了。有一次肚子饿得急,翻开书见到"饿"那个字,马上扑过去一口把左边的"食"字咬掉,回头一看,没想到"我"就站在那里!又有一次在漆黑的夜里咀嚼黑暗的"暗"字,吃着吃着,听见有声音自"暗"中发出,连忙张大嘴巴,用力把那些窸窸窣窣的声音吞掉,等一切都回复寂静的时候,黑暗的夜里居然溜进了日光!最奇妙的是咬《动物百科》那本书的经验了。有一个动物初见时吓得我拔腿就想跑,惊魂稍定后,想到那只是一个"字",就大胆把它吃下去了——吃到最后还有草的味道呢。这个字你不怕,我怕——就是"猫"哪!

开卷有益。他们不是都这么说吗？书中自有颜如玉,书中自有我金宝。我是老鼠,我要咬文,我要嚼字。

（一九八三）

写给阿Q

还记得我们第一次的约会吗？闷热的夏夜，棉被底下最初的拥抱。那时的你活在一叠辗转觅得的破抄本上，我在勉强可辨的字里行间辛苦、兴奋地读着你的行状。一个平头的中学生他暧昧的初恋。我小心地拿着手电筒，一手拉着棉被，深恐泄漏出去的春光会惊醒隔壁寝室的教官。那一夜，在那个复印机、录像带、色情理发厅尚未流行的时代，全台湾有成千上万的少年正躲在他们的被窝里看黄色小说。

汗湿随着对你的恨与爱布满全身。我几次熄掉手电筒，推开棉被探头长叹，奇怪天下怎么会有你这种蹩脚无能的男主角。我恨你缺乏伟大的英雄气质，但对于你那独创而荒谬的"精神胜利法"却有几分欣赏。（也许因为在现实生活里，我也跟你一样，是形貌不扬、无显赫出身，又不甘长久雌伏、受欺的弱者吧！）每次听到别人打你时你心里欢呼的那一声声"儿子打老子"，我心头就一阵痛快。

我知道在这种是非不明、善恶颠倒的世界里，诚实正直的你实在很难有什么作为。所以当你离开村庄，进城跟你的朋友合作一些他们诬称为"偷窃"的事业时，我其实并不介意。先贤（忘了是孔子、孟子或老子）说过一句话："大盗卖国，小盗卖内衣裤。"像你这样不辞劳苦地把价廉物美的衣衫裙裤从远地运回庄上，怎么可以说是偷呢？而这些人，买了便宜货、吃到了甜头，还要在背后说你坏话！也难怪你要革这一群"鸟男女"、这伙"妈妈的"的命了。

我承认你生存的时代跟我们一样，充满着伪善、贪婪与吃人的礼教。但再怎么不满，你们至多也只能玩革命的游戏。我猜想"革命"大概是跟大家乐、六合彩类似的一种梦想一夜翻身、致富的大众娱乐吧。所以当你决心投身革命的时候，我的确对你抱着很大的期望。只是十赌九诈，你不但没有分享到革命的果实，反而被既得利益者革了命！这一次，连"精神胜利法"也救不了你。

但你的精神却一直留在我的脑海，并且在以后的日子不断给我启迪。你知道我是一个民族意识强烈的爱国青年。在准备联考的那段日子，读历史成为我最大的痛苦，因为我必须反复背诵那些挫败的条约、战争，让中国近代史的屈辱一遍遍强暴过我的心头。当我绝望得想放弃联考时，你的精神胜利法在我内心起了作用。我在心里大声呼喊："中华民族万岁！"说也奇怪，面对参考书里列强诸般的蹂躏，我忽然有了大无畏的勇气。此后，遭遇大小横逆我一律脱口高呼"中华民族万岁"，果然，任何国族或个人的愁苦都迎刃而解。久而久之，连做梦都会说它。

上了大学以后，我托同班侨生从香港偷带一本新的你进来。这本怕海关查到因而先撕掉封皮的书被我用牛皮纸包着，连同两本珍贵的花花公子杂志一起压在箱底。虽然只有在最要好的朋友来访时我才肯拿出来炫耀，但平常的日子，走在这鄙俗人世的街上，想到我可能是唯一爱你、拥有你的人，我就骄傲、富有得像个百万富翁！

毕业后我回到滨海的小城教书。在那段求知若渴的日子里，我反复地读着你以及你的朋友孔乙己、某君昆仲等人的故事。我猜想你的主人鲁迅先生（对不起，那个时候他在我们这里正式的名字应该叫"鲁X"）大概也是跟你们一样的怪物吧。我曾经在一本被涂黑了的英文百科全书里看到人家说他是 20 世纪中国最伟大的作家。我很怀疑这种说法。因为除了有关你跟你的朋友的那几篇以外,我也曾读过几篇鲁迅先生写的其他文章。有一篇《秋夜》(选自一本叫什么《野草》的)居然是这样的开头:"在我的后园,可以看见墙外有两株树,一株是枣树,还有一株也是枣树。"这算什么狗屁文章嘛?一点都不经济、不数学。直接说"有两株枣树"不就好了吗?我曾经以它为戒,要学生不要重蹈覆辙,没想到有个学生居然在作文簿里写下了这样的句子:"中华民族行宪以来历经数任领导人,第一任是 K,第二任是 K,第三任也是 K。"

有一次,学生在上课中问起了你,我情不自禁,连说了两节课,自以为教学认真。没想到第二个礼拜,人事室的李先生约谈我,说有人写信到教育局、"调查局"密告我"为敌宣传"。好在同办公室的许多同事都听过我午睡时高呼"中华民族万岁"。我很庆幸自己第二学期还拿得到聘书(你知道我只是一个再平凡不过的英文老师!)。但谈 Q 色变,那一天起,教初一新生英文字母,我只敢教二十五个。

几年不见,随着最近什么"戒严""解严"的,我居然又四处看到你跟你的朋友。"妈妈的,连报纸、电视都公开谈论了!"一时间,我有被出卖、欺骗的感觉。你不再是属于我个人的秘密恋人了,你变成了人尽可夫的娼妇!洞房花烛夜,夜半读禁书——至情至景,还能再乎?

我怀念那敏感、惊梦、捕风捉影、充满禁忌的年代。我恐怕我们的下一代再也享受不到这种在恐惧中追寻知识,在暗夜里思想星光的乐趣了。

(一九八八)

麻　糍

　　如果你住在花莲，你一定听过一位欧吉桑，推着脚踏车在街上急促地叫卖："麻——糍，麻糍、麻糍哦！"这声音从什么时候开始，花莲县志上并没有记载。如果你问住在花莲的人，他们一定会回答："从小就有了！"对我而言，他的麻糍已经成为整个童年与乡土的象征了。三十年来，吃过多少个他做的这包着好吃的红豆的麻糍，我已经数不清了，只记得小时候听到声音，就赶紧从母亲的钱包里拿五毛钱跑出去。

　　读小学时有一次老师带我们去花岗山开会。在高呼 XX 主义万岁、YYY 万岁之后，忽然听到"麻糍、麻糍哦"的声音，大家一哄而散跑去买，连吃了两个的阿雄兴奋得直呼："麻糍万岁！"不是吗，再没有比又 Q 又甜的麻糍更具体地让我们感觉到生命的美好与珍贵的了。难怪去年冬天，他在寄回来的年卡上告诉我："不知道你相不相信，身处雪地的异国，午夜梦回，还常常听到那麻糍、麻糍哦的声音。"

　　他的麻糍为什么会这么好吃，买的我们也不知道所以然。有人说是日据时期日本人传授的秘方，而日本人，据说，又是从少数民族那儿学来的。百十年来，物换星移，许多在课本里、在墙壁上、在升降旗典礼里被大家高呼万岁的大人物都万岁、千古了，只有这卑微的麻糍，仍然鲜活、甜美地存在于这土地上人们的嘴里、心里。如果你来到花莲，别忘了寻问那一声声好吃的

"麻糍、麻糍哦"!

(一九八九)

老

他在七个兄弟姊妹中排行最末,生他时父母都已是四十几岁的人了。从小,随着哥哥姊姊们的长大、离开家,他并没有感觉到父母亲的老,特别是父亲。每天,当他还在床铺上睡觉时,他父亲早已拉起楼下的铁门,穿着汗衫、内裤在门口的大街上运动起来。他们家是小城里屈指可数的老店号。走过的路人总是友善地跟他父亲互相问好,就像每次他父母带着他去看他二哥比赛棒球时,野球场上的工作人员总会跟戴着白帽的他父亲说"林桑好"一样。

当兵放假回家,他总是搭夜车,在天未亮时到达家乡。他从火车站慢慢走回家,盘算着差不多是父亲起床的时候了,就在家对面皮鞋店旁的公共电话亭打电话回家。他站在家门口,点根烟等父亲从楼上下来开门。通常他烟还未抽完,就听到"拉、拉、拉"铁门拉起的声音。

退伍后,在家乡待了两年,他又回到研究所念书。每周末搭同一班夜车,回家与当时初认识的他的妻子见面。他还是在鞋店旁的电话亭打电话回家。同样在家门口抽烟,他发现,总是在自己点起甚至抽完第二根烟时,才听到"呼啦、呼啦、呼啦"铁门拉起的声音。

有一段话不知道在什么地方看过。"有一个问题我问过很多人:你就准备这样老去吗? 就在人要回答时,老已经抢先回答了。"

(一九八九)

风

两个小孩在巷口打羽毛球。"飕"的一声,力量太大,球掉到附近一间破旧木屋的屋顶上。

两个小孩放下手中的羽毛球拍。

"都是你啦!"其中一个说。

"谁叫你不接好?"另一个还嘴。

他们跑到屋后的院子,拿了一根竹竿出来。

"你去捡!"

"你啦,你比较高,你去!"

高个子的男孩手执竹竿,面向屋子,用力往上跳。但他太矮了,怎么跳,还是够不到球。他回头,发现他的同伴已经爬到对面的榕树上。

"差一点点啦,再跳啦!"

高个子的男孩拿着竹竿往上跳。

"右边一点! 再右边一点! 差一点啦,再用力跳啦!"

树上的小孩忙碌地指挥着,但是球还是没有掉下来。

高个子的男孩泄气地放下竹竿,走到屋子旁边,准备沿着柱子爬上去。我正替他紧张时,他已经感觉屋柱不稳,自动知难而退。他把同伴从树上叫下来,拿着竹竿,爬到他的脖子上,摇摇晃晃地走到屋前。

"真危险呢!"我心里想着,走出门外,准备帮他们捡球。

一阵风忽然吹过来,吹动树叶,吹动树影,也把羽毛球从屋顶上吹下来。

　　孩子们高兴地把球捡起来。我松了一口气,心想这风真是日行一善的模范生。

　　老屋。绿树。两个小孩在巷口继续打羽毛球。

(一九八九)

声 音 钟

我喜欢那些像钟一般准确出现的小贩的叫卖声。

我住的房子面对一条宽幽的大街，后面是一块小小的空地。平常在家，除了自己偶然放的唱片，日子安静得像挂在壁上的月历。时间的推移总是默默地在不知不觉中进行，你至多只能从天晴时射入斗室内的阳光，它们的宽窄、亮暗来判定时光的脚步；或者假设今天刚好有信，邮差来按门铃，你知道现在是早上十点半了；或者，如果你那粗心的妻子又忘了带钥匙，下班回家在门外大声喊你，你知道又已经下午四点了。但自从我把书桌从前面的房间移到后面之后，才几天，我就发觉我的头脑里装了许多新的时钟。

那是因为走过那块小小空地的小贩的叫卖声。

那块小小的空地是后面几排人家出入的广场，假日里孩子们会在那儿玩沙、丢球，除此之外，就几乎是附近女人家、老人家每日闲聚的特区了。那些小贩们总是在这个小空间最需要它们时适时地出现。早起，看完报，你想起自己还没吃早餐，"豆奶哦，煎包哦，糯米饭哦"的叫卖声就正好穿过你推开的窗户，不客气地进来；而且你知道这是用纯正台湾腔普通话呼叫的"中华台北版"早餐。换个方向，你也许听到一辆缓缓驶近的小汽车，开着一台录音机娇滴滴地喊着："最好吃的美心面包，最好吃的美心三明治，请来吃最好吃的美心巧克力蛋糕，美心冰淇淋蛋糕……"时间一到，这些叫卖声就像报时的钟一般准确地出现。

但这些钟可不是一成不变地只会敲着"当、当、当"的声音,或者每隔一个钟头伸出一只小鸟,"布谷、布谷"地向你报时。他们的报时方式、出现时机,是和这有情世界一样充满变化与趣味的。他们构筑的不是物理的时间,而是人性——或者更准确地说——心情的时间。就拿在蚵仔面线之后出现的卖番石榴的老阿伯为例吧,那清脆、乡土的叫喊虽然只有几个音节,但宛转有致的抑扬顿挫却让你以为回到了古典台湾。你听,那一声声拉长的吟唱:"咸——芭乐,咸—甜—脆—,甘~的哦!"这简直是人间天籁,闽南语的瑰宝——具体而微地把整个族群、整块土地的生命浓缩进一句呼喊。如果你在心里一遍遍学着,你一定可以听到跟《牛犁歌》或《丢丢铜仔》一样鲜活有趣的旋律。

过了下午,乍暖还寒,此起彼落的叫卖声就更加丰富了。一下子你吃到热腾腾的"肉圆,猪血汤,四神汤哦";一下子冷却下来,变成"芋粿,红豆仔粿,红豆米糕",或者清甜可口的"杏仁露,绿豆露,凉的爱玉哦"。那位卖虾仁羹的欧巴桑的叫卖声恐怕是最平板无奇的,但还没看到她就拿着大碗小碗冲出来的大人小孩,每天不知凡几。她的虾仁羹,据"羹学界"人士表示,是确实"料好,味好,台湾第一"的。

碰到刮风下雨,这些钟自然也有停摆、慢摆或乱摆的时候。他甚至跟你恶作剧。在跟你心情一样明亮、美好的日子里,你忽然发现早该出现的叫卖声一直没有出现,这时你就会强烈怀念起,譬如说,那推着手推车,一边摇着铁片罐子,一边喊"阿——奇毛"的卖烤番薯的老头了。你甚至担心他是不是太老了,太累了,生病了,以至于不能出来卖了。但就在你怀疑、纳闷的时候,那熟悉的声音也许又出现了。

这些声音钟不但告诉你时刻,也告诉你星期、季节。慢条斯理,喊着"修理沙发哦"的车子经过时,你知道又是周末了。卖麦芽糖、咸橄榄粉的照例在星期三出现;卖卫生纸与卖豆腐乳的,都是在星期天下午到达。昨天晚上你也许还吃着烧仙草,今天你忽然听到他改叫"冷豆花哦"——这一叫,又让你惊觉春天的确来了。

时钟,日历,月历。这些美妙的叫卖声,活泼、快乐地在每日生活的舞台里翻滚跳跃。他们像阳光、绿野、花一样,是这有活力的城市,有活力的人间,不可或缺的色彩。

我喜欢听那些像钟一般准确出现的小贩的叫卖声。

(一九八九)

童话的童话

他们住在如铅笔画一般洁净、朴素的风景里。五角形的木屋,草地,沿着河岸疏落而立的桦树。妈妈在岸边洗衣服,爸爸在木板桌上写诗。一只猫——一只黑色的花猫懒洋洋地在桌底下翻身扭腰。小姊妹们在不远的树下和牛玩跳绳的游戏。或者是姊姊和牛各执绳子的一端让妹妹跳;或者是妹妹和牛各执绳子的一端让姊姊跳;或者,如果姊妹们相持不下,牛和桦树各执一端让姊妹们跳。

懒洋洋的猫有时候跳到桌上,哲学地看着沉思中的爸爸。风从河对岸吹来,把一叠稿纸吹得像薄雪般一片片落下。

"米琪!米琪!推一推弟弟的篮车!"

游戏中的姊姊生气地放下手中的绳子。隔壁的叔叔(说隔壁其实是隔着一道长长的斜坡)有时候把渔网晒在这边的岸上,提着刚抓到的鱼从岸边走过来。猫打了一个呵欠。它看到鱼,开始移动。鸟粪适时掉到它的头上。姊妹们继续和牛玩跳绳的游戏。更多硕大的鱼,肥美地在水中游来游去。

爸爸在写一个跟战争、跟爱有关的童话。长长的火车在斜斜的雨中把舞蹈中的新郎一个个载走。火车像黑色的唱片在雨中旋转。抱着新娘的新郎,一个个,像唱片跳针般"剥"一声消失。婚礼的白纱变成黑纱。雪落下,雪落在城市的公园里。一个穿戴着长长皮靴、手套、厚厚大衣的女人,呕气地和喝醉酒的丈夫吵架。他们的儿子,脸蛋红得像树上的苹果,在旁边玩秋千。吵完架的男人把酒瓶扔在公园的椅子边,牵着太太和儿子离开。苹果落下,苹果落在雪白的雪里,不管远方的战争和爱情。长长的火车在斜斜的雨中斜斜驶过。

爸爸在脑中写着这些故事,他看看猫,看看鱼。他的稿纸洁白、饥渴得如同即将潮湿的海绵。

天是在河流暗了并且浮起几颗星星之后才完全黑的。妈妈要妹妹把弟弟的纸花收起来。爸爸在吃完饭的餐桌上写诗。灯照在纸上,灯照在姊姊刚洗过的脸上。妈妈摊开左边的乳房给弟弟吃奶。妈妈哄弟弟睡觉:

宝宝乖,宝宝睡,
天上的星星在看着你;
乳燕、小猪早寻梦去,
贪玩的小牛也回家休息。

宝宝乖,宝宝睡,
睡在妈妈的怀抱里;
你听,胡狼在山上叫,
不睡它要来抱走你……

小妹妹在一旁嘟着嘴听。她想:骗人的!怎么会有胡狼?以前也是唱这首歌叫我赶快睡。

怎么没有胡狼?那一只胡狼就在门外面的木棚下,隔着窗户聚精会神地盯着宝宝和妈妈。起先,它只是因为肚子饿,想要下来挖一些马铃薯或玉蜀黍。后来,它看到火,看到妈妈在屋后起火烧饭,它就过来了。它喜欢那火,那温暖。它躲在林子里偷看,恨不得把口中咬的马铃薯丢到火里一起烤。它看着妈妈煮饭、烧水,替自己洗澡,替宝宝洗澡。它看着妈妈,在灯下,摊开硕大而白的乳房给宝宝喂奶。它喜欢那绵密的吸吮。隔着窗玻璃,口水几乎要掉下来。它喜欢那温暖。一遍遍地,它听着妈妈唱摇篮歌催宝宝入眠。好几次,它疲倦而幸福地在宝宝还没有入睡时就睡着了。以后,在寂寞的夜里,在山上,一想到火,它就下山。

今夜它总算看着每一个人都入睡了。爸爸,妈妈,姊姊,妹妹,宝宝。抄好的稿纸在灯下闪烁。宝宝睡,宝宝睡得好甜。它偷偷推开木门,蹑手蹑脚地走近那灯。它抱起宝宝,回头看一看桌子上爸爸写的童话:苹果红的苹果落在雪白的雪里。

它匆忙步出门外,死命地奔跑。它跑过树林,仿佛听到宝宝在屋内的哭声。低头,它发现自己抱错了方向:宝宝的脚朝上,头朝下。它赶紧把他转过来,穿过一排混乱的白键、黑键,在颤抖的叶影的追逐里到达山中的旷地。月光如诗。它把他放在自己做的小木床里轻轻摇动。但他哭了。它着急得不知如何是好;木床愈摇愈快。它甚至唱起了那首摇篮歌:

> 宝宝乖,宝宝睡,
> 睡在妈妈的怀抱里;
> 你听,胡狼在山上叫,
> 不睡它要来抱走你……

宝宝在听了几句后安静了。但一会儿,他又哭了。

月光如诗。火在山下的木屋里熟睡着。

(一九八九)

白雪公主 Ⅱ

白雪公主怀孕了。

这则外电从格林兄弟的家乡黑森—卡塞尔的哈瑙城传到我们小镇时,并没有像上一次检查官太太内衣裤遗忘在镇长办公室那则新闻般成为小镇地方报的头条。首先读到这条消息的是银行前面卖烤玉米的潘老爹。他惊讶地把报纸递给在一旁修理皮鞋的小丁。小丁一边黏着鞋底,一边淡淡地说:"是吗?谁是白雪公主?"这就使得本来以为发现新大陆的潘老爹失望起来了。

"连魔镜、魔镜,谁是世界上最漂亮的女人的那位白雪公主都不知道,难道他们已经不读童话了吗?"潘老爹纳闷地走回摊位。对面医师太太正好牵着狗出来散步。

"医师娘早,您读过今天的报纸了吗?白雪公主怀孕了!"

"哦,我不太清楚,但是我知道英国女王她女儿的狗上周生了三只小狗,电视上有报导。"

整个上午潘老爹闷闷不乐地烤着玉米,绝口不提报上的事。一直等到他听到那两个走过来买玉米的女人,嘴里叽里呱啦讨论着白雪公主时,像烤焦了的玉蜀黍般黝黑的他的脸,才开始露出光芒。

"你们也知道这事哦?"

"哟——,听说就发生在七个小矮人住的那一间森林小屋里呢。"

"多令人痛心啊,这么漂亮、纯洁的一位公主!才十几岁呢,还没有碰到梦中的白马王子就不明不白怀孕了。"

"有人说是最小的矮人干的。因为第一天晚上白雪公主就睡在他的床上。"

"我看七个都有嫌疑。"

"会不会是那一粒苹果出了问题?"

"你的意思是白雪公主吃了坏皇后送来的苹果,情不自禁,所以就——啊我得赶紧到学校去,早上我也让我的女儿带了一个苹果去呢,会不会也有问题?"

听着她们说了这么一大堆内幕消息,潘老爹真是喜怒交集。他一方面高兴总算有人跟他一样注意到这条新闻,一方面却气小镇的报纸怎么只有那短短的几行报导。难道她们订的是境外的报纸吗?

中午,他照旧送饭包给读小学的孙女。走过校长室前面的阅报栏,他发现那几行有关白雪公主的报导被人用黑笔涂掉了。他回头,看到校长焦急地跟图书室的管理员说:"赶快把那几本格林童话从书柜里抽出来,查一查书上到底是怎么说白雪公主的!"

潘老爹把饭包送给孙女时,发觉教室里嬉笑的情况跟平常似乎没什么两样。他小声地问他孙女:"你们老师有没有说白雪公主怎么样了?"他的孙女一脸困惑地说:"白雪公主,谁是白雪公主?"潘老爹这下就真的困惑了。

他在被涂黑的报纸前站了好一会儿,接着转身走进校长室。

"校长先生,学校里现在是不是都不教童话了?"他恭敬地问着。

"童话?教啊!高年级的课本这学期不就有一课《七只机器

鸟和试管美人》的故事吗？中年级也有一篇《股票小飞侠》呢。"

"我是说你们是不是不教像《白雪公主和七个小矮人》之类的童话了？"

"你是指那些古典的史料哦，很抱歉，历史不在我们教授的范围。孩子们要学的新东西太多了，实在没有时间教那些旧东西。如果他们真的有兴趣的话，图书馆里倒还有一些存书，只是我怀疑那些书名他们恐怕连听都没听过呢。"

"你的意思是这些孩子根本连白雪公主是谁都不知道？既然这样，你们干嘛还把报上的报导涂掉？"

"这自然是为了学生的健康了。"校长一面吃着午餐的鸡腿，一面笑着回答。"学生们没读过古代童话，我自己可读过好几篇呢。我可没听说过哪一位古代童话里的公主没有结婚就大肚子的。你不要听那些记者胡说八道，去年他们居然还说诺贝尔奖得主的诗是抄袭一位中学生的。有很多家长打电话来要我们提防报纸的报导，我们正打算整理一份健康、安全的白雪公主的故事，放学后印发给学生阅读。"

走出学校，潘老爹决定到街角的书店买一本格林童话全集给他的孙女，然而书店的老板却告诉他，他们很久没卖这本书了。

走过镇立图书馆时，他看到一大群人排着长龙等候在影印部的门外。他听到一个人说："简直白活了三十年。这么香艳、刺激的童话，我居然没有听说过！"另外一个说："听说有一个叫安徒生的，写得比格林兄弟还精彩呢！"他看到雨伞店的老林，美容院的吴先生夫妇，还有面包店的双胞胎师傅。他甚至看到矮个子的小丁以及银行旁边卖苹果的老太婆。他兴奋地跑过去跟他们打招呼。

小丁说："听说图书馆藏有一部完整的白雪公主，大家都抢着要影印来看呢。"

老太婆哭着说:"他们都不买我的苹果了。说什么我的苹果有问题。"

啊,这些人原来是来这儿寻找失落的童话的!潘老爹心里忽然涌现了一股充实的幸福感,看到这么多成日为生活忙碌奔波的人,为了一篇童话,居然卸下工作的重担,赶到这儿排队、等候。多么奇妙啊,简直美得像一篇童话。真要感谢小镇地方报不起眼的报导。他想:应该要请报社把整篇童话都登出来才对。

还没走到报社,远远地就看到一大堆人喧闹地围聚在报社前面的广场。大门前面是一队拉着红色布条的妇女,布条上面写着"抗议报纸不实报导",旁边两个妇女各举着一个"妇女贞节联盟"的牌子。大门左侧是一群拿着铁铲、十字镐的壮汉,旁边立着一块白底黑字的木牌:"请速公布事情真相,还我矿工兄弟清白!"再旁边是几个跟白雪公主里的小矮人个子差不多高的男人——一边敲锣打鼓,一边喊着:"请勿以有色眼光看待残障者!"他们身上披着印有"矮人无罪"四个字的背心。

潘老爹这下可愣住了。怎么整个小镇忽然间都关心起白雪公主来了?嘈杂中有人大声喊:"安静,安静,报社总编辑出来了!"大家安静地看着一位戴眼镜的男士从玻璃门后走出来。

他温文有礼地跟大家问好。"很感谢各位乡亲对本报的热爱,本报有义务向各位说明白雪公主事件的真相。"话犹未毕,四周响起一片热烈的掌声。"各位也许会感到意外或生气,但本人不得不跟各位说实话,今天报上刊出的外电,其实只是外国通讯社愚人节玩的游戏。"

潘老爹不知道在场的其他人心里怎么个想法,但他觉得这一切实在太伟大、美妙了,他怀着感动的心情离开广场,心想如果等一下他的孙女回来问他什么是白雪公主,他可就有两个故事可以说了。

(一九八九)

子 与 母

我不知道我是孝顺的不孝子,或是不孝顺的孝子。我常常对学生说:"我的母亲从小被我骂到大。"小时候,我拒吃一切拜过的东西。餐桌上发现到拜过的食物,小则绝食抗吃,大则弃碗掷筷、痛骂一顿。年幼的我并未绝情到要母亲弃绝那些最基本的人性的信仰、崇拜。但在几次示威、抗争后,她不得不把祭拜的形式,次数降到最低;往往只在过年或妈祖生辰时才摆一些简单的水果或汽水作为祭品。我容忍水果是因为小时的我一向不喜欢吃它们;至于汽水——根据幼时的我的理论,因为有瓶盖密封,所以虽拜过亦安全可食。

此种对宗教的反感大概跟妈祖庙就在我家前面有关吧。"聪明好学"的我自小就必须忍受来自于庙的种种无理喧闹;经由扩音器夸大、渲染了的诵唱声——木鱼、钟磬外,附加电子琴、风琴伴奏;逢年过节号召善男信女踊跃捐输的精神喊话;庙前广场"三不五时"搬演的不伦不类的新布袋戏……所以当有人拿着一本红簿子要来募捐什么香油钱、祈神费时,我总把拿着钱包准备掏钱的母亲骂回去,自己跑进房间把珍藏的耶稣像取出,交来人细看,说:"失礼,我家信这个!"从小,我即以此类自以为是的前进理论时时指导着我的母亲。

中学时家中经济陷入困境。我不知道在那段日子里,她如何以她微薄的雇员薪水,一面为丈夫还债,一面抚育三个儿子。我想除了省以外,就是忍吧——忍亲友间的冷语;忍对自己美丽青春的回忆;忍希望之幻化为失望。我特别记得自己的冬季卡其制服:星期一穿到星期六,星期日脱下来洗。高一穿太长,高三穿太短,只有二年级刚刚好。我在每天听她催我报考师范学校声中回训她有眼不识她儿子的异禀。"只期待我当老师?你不知道你儿子超人一等哦?"我把学校里可以领到的每一种奖状、奖学金几乎都领回家了。餐桌上看着她把刚煮好的饭菜推到我面前,自己却吃着前一餐、前两餐甚至前三餐的剩饭菜——我又骂了:"你没有读过数学是不是?你今天吃昨天的剩菜,明天还不是要吃今天的——为什么不干脆今天吃完今天的,明天再吃明天的?"我的数学也许太好了,我没有算到小家子气、省之又省的我的母亲是怎么样也不敢把眼前的菜吃完的!

  师大毕业后我回到家乡任教。领到的薪水不是拿去买一些看不懂的外文诗集、画册,就是一些奇贵无比的原版唱片。母亲看我整天沉浸在一大堆不切实际的东西里,心头很不舒畅。偶然会鼓起勇气对我进言:"唱片有几张轮流听就够了,买那么多干什么?那些书你真的都用得到吗?""真是无知的妇人!"我说,"你懂什么叫音乐吗?艺术的境界是永无止境的。几张就够了?有人单单一首贝多芬的合唱交响曲就买了十二种版本呢!合唱交响曲你知道吗?就是有3345543211233·22那一首歌的伟大乐曲。"我连珠炮似的谩骂,串起来比《欢乐颂》的主题还长。

  母亲也许不了解我了解的"伟大音乐",但她不会不喜欢音乐。长大的我不是因为小时候她的启蒙、关注,才会对这世界上美好的事物那般痴狂吗?五十年代,当别人家也许连收音机都还没有的时候,我很幸福地坐在家中那架巨大的哥伦比亚立体唱机前,一遍遍听着波斯市场、军队进行曲等世界名曲。小学时学校常推销一些音乐会,舞蹈表演会的入场券,每班强制分配的两张,十有八九都是母亲给我钱买的。

母亲养成了我从小听音乐的习惯,虽然每况愈下的家境不能充分实现我进一步的欲望。每一次想到了,她就会说:"很抱歉以前没有让你去学琴。"中学时我用母亲给的零用钱去买一张新台币十元的台湾版唱片,在那架一边喇叭已经坏了的哥伦比亚唱机上开始我对古典音乐长期、无悔的涉猎。一直到今天,早改听 CD 的我仍然奇怪为什么当时从那些充满杂音的唱片里听到的,仍如此鲜明、美好地留在我的脑海。

母亲从来不喜欢我写诗,除了有一次参加报社征诗领到的巨额奖金。她一直想不通写诗到底跟生活,跟快乐有什么关系。她总是希望我把浪费在上面的时间拿去补习赚钱。我有时候会把自己写的诗,特别是跟她有关的,拿给她看。她总是顾左右而言他,哦、哦、哦地继续做她的家事。我就会骂她:"小时候你不是叫我要多读多学吗?怎么每次叫你读一点东西你就推三阻四的。你不是说你少女时候也是很用功的吗,怎么愈来愈不长进了?"骂归骂,她照样守着她的十八吋黑白电视,仿佛那里是她一生的大学。不能改革她学习的内容,退而求其次,调整一下形式也好;我不顾她强烈反对,买了一部新的、大的彩色电视机给她。她先是说:"我还是要看我的旧电视。"等过了一个礼拜,总算承认:"彩色电视机还是比较漂亮!"

然而有一件事彻底改变了她被动的求学态度:妈妈土风舞。好几次深夜了,我仍听到她抱着一台小录音机,在厨房里神秘、专注地练习着她的舞步。然后是三番两次跟我要空白录音带;三番两次要我帮她转录这条、那条乐曲。我甚至看到她戴着老花眼镜,乐此不疲地在午夜的灯前,东抄西抄地编辑着她自己的"土风舞大全"。这不就是我自己的样子吗？我看她这么勤奋好学，先斩后奏地买了一台新录音机给她，让她自己也能玩编辑、拷贝的游戏。这一次她几乎全无抗拒，只是哦一声说："太浪费了。"但第二天起，就马上毫不害羞地进行她"独乐乐不如众乐乐"的与同事、好友共享妙舞佳乐的"义务拷贝事业"。这下子，她总算有一点点了解到她儿子为什么倾其所有，搜藏一些无甚具体价值的唱片、镭射影碟、画册、录像带了。她总算有一点点"继承"到她儿子对于未知事物狂热的追求、对于已知事物感恩的珍惜，并且——进一步地——把这种狂热、喜悦，毫不吝惜地与别人分享。

这几年，随着我收藏范围的扩大，我的母亲也毫不客气地玩起录像机来了。从我这儿看到什么好看的，就急着想拷贝给她那三两个童年好友看，仿佛要从这一卷卷录像带里重现她少年的渴望，青春的美梦。

俗话说："孩子不打不成器。"我恐怕要说："母亲不骂不上进。"

(一九八九)

我的丈母娘

　　我的丈母娘是个乐观而知命的女人,她具有中国妇女所有的一切优点,也具有中国妇女所有的一切缺点:纯朴然而无知;善良又好管闲事;唠叨、粗俗,同时勤奋、天真;常常想省钱、占小便宜,常常却弄巧成拙,吃了大亏。像她这样一个平凡的女性,照说是没什么可以让"国史馆"或"调查局"典藏、列档的伟大事迹的,但"检举不法,人人有责",并且"内举不避亲",她的女婿只好就所知所见密告一二,也许可以衬出一些百代共循的天下法也说不定。

　　我的丈母娘是既矮且胖,三围如一围的女人。这汽油桶的身材恰恰成就了她有容乃大,宽宏大量的性格。除了哺乳自己的六个孩子,她曾经以她充沛的奶水先后当过十七个婴儿的奶妈——最短的一个只当了两个礼拜,因为那位思想严重右倾的母亲不满意她有时候用左奶喂奶。

　　我的丈母娘是健壮有力的。在埔心乡下,牛奶厂发放过期免费的牛奶,她总是一马当先,连搬三四箱——由于喝了太多劣质品,竟使她的女儿长大后遇奶则吐,避之惟恐不及。为了贴补家用,她曾经一大早就从家里的园子拔菜到市场去卖。她肥胖的身躯担着两个大篮子,一路走一路掉,跟在后头边跑边蹲下去捡菜的,常常是我的太太和她的弟弟。她认为自己卖的菜货真价实、童叟无欺,所以不喜欢人家东挑西拣,讨价还价。轮到她去买别人的东西,却又嫌东嫌西,斤斤计较。每一次她都把买回来的猪肉拿到另一家肉摊再称一次。别看她体形庞大,活动力却很强,到市场买东西,人丛里一塞,一溜烟就不见了;再见到她时,已经大包、小包都买好了。

她怜惜一切东西,并且不会舍不得和别人分享。她常常心有不忍地要把剩余的饭菜送给邻人,女儿们总是尴尬地劝她说:"不要啦,又不是什么好东西,很丢脸呢!"她却依然固执己见。别人给她的剩东西她也同样奉为至宝。抽屉里、柜子里、箱子里,尽是一些乱七八糟她的宝贝收藏。第一次去我太太家时,她慎重地搬出一台手提唱机,翻箱倒柜,找出一支旧鞋刷,往唯一的一张唱片上狠狠刷了几下。我忘了那天听的到底是日本儿歌或者日本流行歌曲,但是我清楚地记得唱针刮过唱片发出的一阵阵尖锐的凸凸声。这是一位有钱的亲戚移民美国时特别留赠给她的。

出外旅行,她总不忘把火车上的杯子、厕所里的卫生纸统统带回家,因为,她觉得,人生在世本来就要物尽其用,买了火车票而不彻底享用火车上的一切,岂不浪费?所以家里头,很自然地,可以找到某某饭店的餐巾,某某旅舍的烟灰缸,某某野生动物园的孔雀尾巴。爱惜众生,总比暴殄天物好吧?

讲到我的丈母娘,自然不可不提到我的岳父大人。我的岳父身材高大,少年时离家从军,只身随宪兵部队来台。三十岁那年,在生下他第二个儿子后,眼见食指渐繁,入不敷出,毅然三夜不睡,发烧梦呓,托病申请退役。退役后当过电器行学徒,牛奶厂工人,远房亲戚贸易公司职员。最后因为公司裁员,大义灭亲地首先被资遣。头脑精明的他是家中的独裁者,时时以严明的纪律、强烈的荣誉感、负责的爱,君临他的妻子儿女。四十年来,我的丈母娘对他视若君父,毕恭毕敬,不敢稍有拂逆。退休在家后,无事一身轻,我的丈母娘每天如影随形地跟随他,七爷八爷般巡行于大街小巷。

有时朋友相约打牌,赌的人通宵围桌,旁观的她也彻夜不眠——同仇敌忾,一点也不以为累。久了,耳濡目染,也想一显身手。但我的岳父大人是断不准女人家在外赌博的,所以她只能在年节闲暇与儿女在家同桌共戏,过过干瘾。

收到远方亲友来信,我的丈母娘必率全家人围在灯下,听我岳父大人大声朗读。她像小学生般坐在老师身旁专心听讲,听到精彩处,忍不住插嘴几句。这时我的岳父大人就会抬头斜视,大喝一声:"你听我说!"我的丈母娘便像做错事的小学生般赶紧低头坐好。

邻居都羡慕她无忧无虑,因为凡事都有丈夫做主。方今之世,像她这样奉丈夫为偶像,贯彻始终、效忠不二的幸福女子实不多见。她也喜欢援引权威,唠叨琐碎地要儿女们效法他们父亲的种种美德。丈夫是她最大的信仰。信仰带给她力量,信仰有时候却也让她觉得缚手缚脚。

信仰说:凡事要稳扎稳打,不可贪图近利。她偏偏禁不住高利诱惑,偷偷把钱放进地下钱庄,结果是利息赚到了,本钱却有去无归。

信仰说:不要随便搭别人的会。她偏偏拗不过街坊邻居的怂恿,辗转加入这个会、那个会。好几次,标到的会钱还来不及拿上楼藏好,我的岳父大人便已出现。她只好随手乱放。等到她的女儿打开鞋箱,发现鞋子里藏着一叠钱时,她才若有所悟地惊呼:"啊,那是我的!"

信仰说:便宜没好货,一个萝卜一个坑。她偏偏喜欢贪小便宜,听信过路的推销员,或者见猎心喜地在写着"存货大贱卖"的路旁搜寻。常常买回一个电风扇,吹两个礼拜,停摆了;或者买回一大瓶写着奇怪英文字的洗发精,愈洗愈痒。听说酱油、味精要涨价了,便赶紧跑到福利中心,不用钱般地搬回一大堆。上次我陪太太回娘家,打开阁楼的门一看,天啊,那些味精堆积如山。只是我不知道干嘛还囤积一大堆蟑螂,难道蟑螂也要涨价了吗?

个性抬头、脱离信仰的结果往往是吃亏受罚。好在我的丈母娘早已习惯我岳父大人的威权,再怎么大的责罚也都像石头入水般,扑通一声,马上又回复平静。相对于四十年的忠贞,一时的"不法"算什么?

然则,她自己却又是另一些人的信仰。由于子女们学业小有成就,邻居们都觉得她教导有方。嫁女儿、娶媳妇,常常要她担任"牵新娘"的重任,希望好命的她带给新人好运。没事,她也喜欢穿梭各家贡献所长:论人长短,善意地搬弄是非。如果说人生如戏,那么她就是最好的演员兼观众了。婚丧喜庆,有请必到,既到之后,就像小孩看热闹般抢着占据最有利的位置。每每是新娘的妈妈还没落泪,她就已先替人难过。人哭她也哭,人笑她也笑。饱食礼成之后,还不忘提醒大家各包一包"菜尾"。也许是生活的戏看太多了,回到家里,打开电视,边看连续剧边打瞌睡——啊,人生如戏,戏哪能如人生呢?

自从她的女儿嫁给我后,我的丈母娘身份地位骤然提高很多。我常宣称我的岳父是"前宪兵司令",因为四十年前在宪兵司令部服勤时,他总是走在宪兵司令前,为司令开路。她初听大觉谬然,久之也习以为常,乐意接受"司令夫人"的封号。她的小儿子继承乃父衣钵,当兵时抽中宪兵。几次我听她跟来客说:"我的儿子在'总统府'上班。"对方吓一跳,以为是"总统府资政"或"国策顾问"之类,细问之下,才知道是"总统府"后门的卫兵。这是她女婿的幽默,也是她自己的快乐。

"丈母娘看女婿,越看越有趣。"我看我的丈母娘也是一样的高兴有趣。你可以不要五车八斗的嫁妆,你可以不要倾城倾国的老婆,你却不可以不要一个乐观、知命的丈母娘。

我爱我的丈母娘。

(一九八九)

姊　妹

　　然则，这就是姊妹吧。阿妈与黑仙，两个年过五十，没有丈夫的女人，带着各自的儿女住在同一个屋顶下；阿妈跟她的女儿，黑仙跟她的儿子。阿妈是还在上班的资深从业员，每天晚上，天还未全暗，就梳理好头发，上好妆，穿戴着战甲般隆重的礼服、耳环、项链，骑着一辆光阳八十出勤去了。除了大雨天坐出租车外，她总是系着头巾，避免过分招摇地选择暗街小巷通行。这几年酒家生意如夕日西沉，但她还是像好学的小学生般风雨无阻地勇于出席。

　　有人戏谑她说何必那么认真，学期结束头家又不会颁给她什么全勤奖。她听了一本正经地回答："我们可是有赚才有得吃，做一天算一天的工人阶级呢，哪像那些会吃不会放屁的代表，躺着就有钱领！"心里头她比谁都清楚，自己人老珠黄了，不趁着手脚还灵活时厚着脸皮再赚几个钱，一转眼，床头金尽，自己的晚景岂不凄惨？那些老兵退了役还有什么战士授田证呢，一个退职的酒女有什么？连张卫生纸或报纸都没得领呢。

　　但阿妈并不需要什么报纸，因为她是不识字的。买房子、订契约、缴房屋税、缴摩托车税，甚至于缴报费，都交给黑仙全权处理。"我不认识字，字认识我就好了！"她常常这么说。

　　十五岁就戴着近视眼镜的黑仙是阿妈心目中的大学问家。小巧黑俏，读过中学英文课本的她，十八岁那年第一次在南部港市的酒家上班就引起两路人客枪斗。一枪两命：被打中的当场毙命，开枪的也被判死刑。"这黑妞儿可是命中带煞呢！"客人们都这么说。她辗转游走于西部、北部的酒家，在租来的公寓房门两次被男人们的妻子踢破之后，一气跑到东部的小城。在这儿，她遇见了从歌仔戏班跑出来的阿妈。

那年，她们都才二十六岁，在世界算年轻，在酒家界算年老的年纪。一个细皮白肉，一个肤黑如"仙"；一个初执酒壶，一个历尽沧桑；一个是养女，另一个也是养女。使她们凑在一起的大概就是命运吧。她们隔着一条小甬道对面而居，夜半有时带着各自的爱人回家，门口相遇，总不忘交换会心的微笑；有时烂醉如泥，相扶而归，既归则吐，吐罢互道身世，相拥而眠。每每是这世界午餐的时刻，才起身用早餐，下午日子长得像秋千，不是你过来，就是我过去，泡茶、聊天、逛街，久了，追逐者中自然浮现出两个被她们互称为姊夫的男人。女人们情同手足，男人们也以连襟相称，出双入对，颇有一些模范家庭的味道。但这次男人们的妻子却不曾前来踢门，原因很简单：她们都不住在这个小城。

这段日子大概是她们上班生涯中最惬意自在的了。像大牌演员般，兴趣来时接戏上班，到店里点番、坐番；不想上班，就待在家里做爱人的情妇，学习寂寥跟等候的美德。她们先后怀了孩子，先后把姓自己的姓氏的孩子生出来，因为她们知道爱人们迟早都会走掉，只有孩子才是自己的。

然后看到她们母兼父职地为生活奔忙。两个孩子都请酒家对面一位欧巴桑带。上班时常常看到她们浓妆艳抹地跑过街探看睡眠中的孩子。饮酒划拳高歌笑谈中，每每听到仿佛是自己孩子的哭声，高扬的歌声这时也许就转为低沉哀怨的旋律。在手风琴与电吉他的伴奏下，泪水往往随着凄凉的歌词似假还真地落下来。一曲唱罢，旁听的客人莫不动容，他们或者击掌叫好，惊讶于歌唱者模拟曲中感情的逼真;或者——因着他们生命里也有的跟歌或歌者心中相通的愁苦——戚戚然弃杯沉思,为今夜突临的悲意久久不语。欢乐或哀愁,他们痛快地给出赏钱,因为他们知道这就是人生:因同类而悲,因所爱而活。

命中带煞的黑仙在某次坐番的房间离奇失火导致酒家半毁后慨然解甲归隐。她与阿妈在滨海的新市区合买了一栋房子。精于计算的她在楼上隔出一间麻将室,不时邀集前后期姊妹或姊妹们的爱人、知己前来共乐,借着这不必缴税的娱乐税的征收维持每日的开销,一切盈余,概与阿妈均分。间或有好心者为阿妈操心,说:你不识字,房子、土地全在黑仙名下,哪一天你们老了,儿女们怕要为这房子争执。阿妈听了总是笑而不答;再说,她就说:"我的就是她的,她的就是我的。"

半夜里牌戏正酣,下班的阿妈骑着摩托车扑扑扑归来。每每是妆未卸,衣未更,就三步并两步地挺着一张花旦的脸冲上楼观战"插花"。皮包刚打开,钱还没掏出,一股呛鼻的酒味自一张张揉成一团的新台币百元钞票散出;这些一定是刚才酒桌上客人颁发的唱歌的奖金。心情好时,她会怂恿别人让她下桌,这一坐下,一夜、一世的疲倦都立刻消失了。她一边摸牌,一边随着战情哼吟她的歌仔戏:有时是一段哭调;有时是一段杂念;听牌了,就进出一段"紧来走啊噫,我沿路边走边探听"的紧叠仔;打错、摸错了牌,就一遍遍念着"离别相公,相公啊"的四腔仔调。牌桌上若有爱困的,经她这么一唱,莫不睡意全消。

但有时回来,听到她在卧室里东推西翻,一阵巨响,接着,一阵阵紧密而低的抽噎声,接着,轰然如丧考妣的哭喊。牌桌上的姊妹们这时就会问黑仙:"是不是又不想上班了?是不是又想到古早时代的伤心事了?"黑俏老迈的黑仙推一推鼻上的眼镜,一语不发地走下楼去。只有她了解阿妈的心事,只有她能使她平静。

孩子们逐渐长大了,从小就有两个母亲而没有父亲的他们,早习惯把另一个母亲当作是父亲。黑仙的儿子在外面出了事情,回来不敢讲,总是说给阿妈听;阿妈的女儿闹情绪了,安抚她的往往是黑仙妈妈。闲暇时,常看到这两位母亲骑着机车,相载着到处游逛。碰到酒家周年庆或过年过节,黑仙也会刻意打扮一番,以家长及校友的双重身份跟随阿妈回店里热闹一番。然则,这就是姊妹吧,两个互为丈夫,互为各自儿女父亲的同居女人。

(一九八九)

我在街上看到许多卓别林

我在街上看到许多卓别林：头戴西瓜帽，手拄拐杖，穿着不合时宜的衣裤，鸭子般笨拙地走路。他们有的住在游泳池边，有的住在防空洞里，有的经常失眠、独语，有的经常和星星约会。他们没有看过卓别林的电影，因为找不到放卓别林电影的戏院。他们像卓别林一样走路、恋爱、说谎、梦想、歉疚，不知道自己是卓别林。

他们走过地下道，走过市立医院，迟迟不敢决定要不要把口袋里的零钱丢给街头卖艺的异国流浪者。他们走过新开幕的证券交易所，在拥挤嘈杂的人群里捡起一朵被踩烂的花。他们把花戴在心上，向卖口香糖的女孩微笑，向大街微笑，向公交车微笑——那微笑调整了城市的秩序。

他们在全世界的跷跷板都倾斜向电脑终端机时，寂寞地坐在公园的一角。他们是旋转木马，跟着走近的儿童雀跃、旋转。他们是号码，但他们把号码贴在孩子们的练习簿上，成为玩具，成为童话，成为感情的月历。

他们把爱藏在垃圾桶里，把梦锁进消防栓。他们在餐桌上跳舞，用晚餐的小面包当舞鞋。他们用刀叉当云梯，把受困的心从地上载到云外。他们唱只有声音、没有意义的歌。

他们拿着工具箱四处逡巡，但他们不是在纪念堂壁上随手喷字的爱国主义者。他们是业余的景观学家，业余的传记研究者。他们把胶布贴在全市铜像的左眼、右眼，为寝食难安的伟人治疗失眠。

他们跟你一样,也怕太太,怕闹钟,怕狗,怕老,虽然他们有的人还没有结婚,并且刚刚长出一颗新牙。他们跟你一样骑着落日、骑着白马、骑着自己的影子上班。吃午餐,睡午觉。看晚报,看综艺新闻,看翻译小说。他们像上了发条的鱼般在都市的水族箱间游来游去。

他们是干涸的鱼。

但他们也是潮湿的。抗拒复印机,抗拒订书机,抗拒自动喂食机。他们跟社会版里的恶棍赛拳。崇拜小丑、精神医师、空中飞人。他们走过倒映在地上的鹰架的阴影,感觉自己是鹰。他们记得孤儿院,记得当铺,记得教会的奶粉。他们记得贫穷。

他们也失恋。努力学看歌剧,不吝惜把泪洒给最近的咏叹调。

他们也罢工,为了肛门附近小小的痔疮。也示威,也抗议,拿着棍子包围每夜前来啃啮青春的蟑螂。

包围停电的发电厂。

他们是城市之光。

(一九八九)

辑二:晴天书(1989—1994)

晴 天 书

也许这又是一个黑夜,也许这又是一个下雨天。但打开记忆,打开天窗,我们很容易又可以有晴天的心情。给你一张世界地图,绿色、黄色、红色的是快乐的陆地,蓝色的是忧郁的大海。大海被陆地包围,岛屿在大海中央。在梦与梦之间是一片丰腴舒坦的平原,没有什么困难的沼泽、山脉突然考你翻译。一切山、川、城、湖皆以我们最熟悉的灵魂,最亲爱的人名为名:米开朗基罗城。卓别林丘陵。罗丹湖。楚浮溪。风眠盆地。巴尔托克山。

在我记忆的地图里有一条源自一位十三岁女孩的小溪:晴。她是几年前我初一班上的学生:早熟,可爱,却又不失赤子之心。开学第一天,她的导师拿了她刚交上来的作文簿给我看,说:"你帮我看一看这篇作文。"她在这篇命题为"我"的文章里援引尼采在《悲剧的诞生》一书里的观点,大谈狄俄尼索斯与阿波罗两种精神在她体内的拉锯、对峙。英文课时我急欲找出她的位置,还没走上讲台,我即发现靠左边窗户座位上一位女生,身上带着一轮银色的光辉。我像盯着女神像般看着她的脸庞,心想一定就是她。打开点名簿一对,果然不错。下课后我找她到办公室谈,才知道我心目中的女神原来是远离父母、独自来滨海小城求学的女孩。

此后两年,她的导师陆续把她在日记、周记里写的东西拿给我看,总是一些散透着奇妙光辉的文字。雨天的日记:"声音下雨。现在早上六点四十五分。我跑出门,唰一声,让室内窥见室外。"

上课的笔记:"我难道不可以反抗吗?这沉闷的课堂。外面的风多凉啊!为什么它不愿吹进来呢?如果它偷偷地进来了,将老师的假牙吹掉——我会多么快乐地上这一堂课啊!"写她自己:"我是一个钟——类似《爱丽丝梦游奇境》里兔子所带的钟。兔子的钟播放着年,我却播放着日、时、分、秒。兔子的钟对我说:'我播放的年恰如你们所播放的!'这道理太奇怪了,我不懂。我悄悄地问主人,主人用忧愁的面容说:'你,是那焦迫的生命,而他,是那给忽视的生命……'"

我惊奇地把这些文章拿给身边的同事、学生、朋友看,大家都着了迷。她鲜活的思想像一条小溪穿越我们每日平凡、单调的生活。她几乎成为我的信仰:永恒青春、生命的象征。

在她飞往非洲与她当过农耕队员、赌徒、酒鬼、吹牛大王、流浪汉的父亲和家人相聚前,我已经逐渐从她的老师变成她的朋友,从她的崇拜者变成了解、分担她女神外表后面沉重生命负担的同志。

一条小溪流过我的世界地图,在我的记忆留下一串串绿洲。一条小溪流到非洲,要和非洲的朋友齐头并进。这是她临走前日记上的话:"中国有一条小溪,准备和你们源远流长。听到了吗?中国有一条小溪要和你们——源远流长。"

(一九八九)

我的霍洛维兹纪念音乐会

钢琴家霍洛维兹去世了。这八十五岁的老顽童。晚报上他和善的脸对着餐桌前的我永恒地笑着。这次可不能再那样任性、调皮地敲弹舒伯特的军队进行曲了,可不能再像魔术师夫人的情人般变一堆胖的、瘦的黑白猫在史坦威琴上跑来跑去。我摊开报纸,用一把剪刀轻轻剪下他的照片和外电,深恐他好看的笑容会迷失在艺文版后面一大堆密密麻麻的涨跌图、日线图、每日证券行情表里。我走到客厅,打电话给远方的友人,告诉他霍洛维兹死去了。年轻的时候我们一同听过他的唱片。我的女儿一本正经地在地毯上跟她的动物娃娃们讲故事。我想起了霍洛维兹弹的舒曼的儿时情景,我前后买了他三次的唱片,外加八十二岁那年他在六十年不见的故土俄罗斯上弹的梦幻曲。我曾经一次次地在我家电视上放给我的学生、我的朋友们看,跟随霍洛维兹莫斯科音乐院里的同胞一起落泪。但这八十五岁的老顽童依然浅浅地笑着,音乐会结束,他斜斜头比比手势,说他要去睡了。

他要去睡了,留下我们在空旷的音乐厅里追忆他的琴音,那澎湃、激昂的肖邦、柴可夫斯基,那优雅、自在的莫扎特、舒伯特,那一路掉珍珠的史卡拉第、史克里亚宾。

我拉下铁门,走进书房,开始我为他举行的纪念音乐会。这是今年的第二场纪念音乐会了。几个月前,大师卡拉扬去世,我彻夜不眠地坐在屋里,温习每一盒他指挥的唱片、录像带。原谅我,大师。世界太大,人生太短,我只能在这样的夜里与你们紧密地相会。感谢现代的科技,让我们能快速、准确地回到过去最美好的一段段回忆。

十五岁那年我买了一张翻版的霍洛维兹,二十年后,我沦陷在那绿色唱片封套的记忆里。我打开唱机,放进一张 CD,故意放大声音,舒曼的儿时情景。我的女儿在隔壁房间和她的动物娃娃们讲故事,玩游戏。我要她听到这音乐。我要她在五十年后的夜里清楚地想到今夜,她的父亲,霍洛维兹和舒曼的儿时情景。

我又让他弹了一遍莫扎特的 K.330,在今夜,我为他举行的纪念音乐会上。要多少岁月的琢磨才能去芜存菁地找到平衡,枯淡地表现真情,娱乐自己也娱乐别人?我换上一卷录像带,让他跟朱里尼再合作一次莫扎特的第二十三号协奏曲。他哪里像在弹琴,他简直就在游戏,你看他得意地坐在琴椅上指挥,仿佛他是统率玩具兵的皇帝。

他似乎一点也不觉累,一遍遍坐在那儿要我重放这首、那首曲子。他喜爱的作曲家偏偏又那么多。冬夜漫漫,音乐无穷。他一边弹,我一边打瞌睡。死亡几时带给他这么大的精力?

最后一定是我先睡着了。我不知道其他的人什么时候离开了。我看到他和善的脸在那张绿色的唱片封套,这八十五岁的老顽童。他刚刚参加了我为他举办的纪念音乐会。

(一九八九)

四　叔

　　他用生命刻印、盖印，一颗颗鲜明血红的印章。

　　四叔是苦命的人。周岁的时候跟他孪生的弟弟一起得了肺炎，送到小镇大街医生处，他可怜的弟弟不幸夭折，但更可怜的是侥幸活下来的他。那昏庸的全能医师，在治疗过肺炎后，很慷慨地操刀顺便为他割去脚上的烂疮，一刀把大腿上的筋也割断了。一直到一岁半的时候，大他九岁的我的父亲奇怪别人的弟弟都会走路，唯独他弟弟不会，才发现原来右脚整个萎缩、残废了。他不识字的母亲——我的祖母——因为骤失儿子而坠入一种异常的心理状态，一口咬定是那早生半个小时的孪生哥哥克死的，从此视他为眼中钉，让他跟着他的祖母。

　　从小四叔就扶着一张木头椅子自己走路，一歪一歪地像印章般在地上盖，然而却是低贱、不为人爱的印材。光复后，跟着家人从宜兰搬到花莲，他才拄着一支拐杖跟小他三四岁的孩子们一起开始读小学。他的母亲经常给他有别于其他兄弟姊妹的便当。有时甚至要他自己煮饭、弄菜，准备自己的三餐，仿佛他比别人多一只手，而不是少一只脚。但四叔却很少抱怨，拄着拐杖，印章般一记一记地往地上盖。

　　小学毕业四叔考上了商校，才读两个月，有一天我的祖母把他小学领的一些模范生奖状、书法比赛奖状全烧掉，要他辍学学艺。因着自己的残缺与良好的毛笔字基础，他选择到街上一家刻印店当学徒。半年后,带着一包新买的刻刀,只身到台东谋生。过了一年,父亲在家乡市区戏院旁一家诊所前帮他找到一个位子,就在骑楼下摆起自己的刻印摊。那好心的医生不收他分文租金。这年四叔二十岁,我五岁。

我清楚地记得搬到我家与我们同住的四叔他秀丽工整的毛笔字。刻印前,他先在一张薄纸上用毛笔把字写下,然后沾水把字印在涂上朱墨的印材上(有时候也用毛笔直接把字反写在欲刻的印材上),接着用长长短短的小木块,把印材夹紧在刻印用的小木座上。他的刻刀有四五支,有的用来刻牛角、象牙,有的用来刻玫瑰石、玉石,大部分时候都用同一支刻木头印章。他并没有因木头的平庸减少他的专注、用力。刻好以后,他总是很高兴地用手沾一层薄印泥把印章印出来。他准备了一本簿子,专门收集他刻过的图章印子。

有一天,他突然梦见自己会骑车。他到车店买了一部低座的脚踏车,花了一个晚上的时间用铁丝把石块绑在右脚踏板上,代替他萎缩的脚,第二天请父亲帮他推车学骑。没有人能告诉他怎么用一只脚来骑、来平衡。但他自己办到了。他在车上做了两个圈环挂他的拐杖,右脚踏板加上请人特制的铁块。好几次我骑他的车,不小心被右边的踏板重击到。

然后他结婚了,新娘是他阿姨的女儿。他用脚踏车载着我的婶婶上坡下坡,四处游玩。我的堂弟、堂妹们一个接一个出生。然而由于近亲通婚,每个小孩在智力或性格上都与一般人略异,但他还是一个一个生出来,一个一个抚养长大,就像他刻的印章。沉重的生活负担逼使他必须加倍时间工作,为了孩子,他经常面有惭色地告贷于亲友间。他大概希望他的孩子有一天能出人头地,突破他生活的模式吧。

他两个大的女儿十五岁不到就嫁人了。我的最小的两个堂弟、堂妹,今年刚从中学启智班毕业,女的帮人做美容,男的跟他爸爸学刻印。那一天走过戏院边,我看到他拿着扫把、抹布帮医生扫骑楼、擦椅子,就像几十年来他爸爸做的那样。

四叔是苦命的人。他用生命刻印、盖印,一颗颗鲜明血红的印章。

(一九八九)

小津安二郎之味

卫星电视上又要演小津安二郎的电影,几个预告的片段出现在荧光幕上。母亲说这部看过了;我说上次看的是《秋日和》和《秋刀鱼之味》,这部是《彼岸花》;父亲说小津安二郎的电影看起来都很像。

的确,小津安二郎的电影看起来都很像。简单而类似的主题,重复的演员,重复的场景——不是家就是办公室,不是办公室就是小酒馆或料理店;摄影机固定地从人跪坐在榻榻米的高度平视前方,镜头上所见尽是日常生活的平凡事:聊天、喝酒、吃饭。在这样一种单调、封闭的情境中,生命的主题反复地被上演着:爱、婚姻、友谊、孤独、死。如此地单调、沉静,以至于如果你发现自己在看戏,你会觉得不耐或打瞌睡。

然则小津让他的观众用各自的生活经验来体会、包容他电影中的平淡。几年前,我借了一些小津电影的影碟回家,由于没有中文字幕,我请父母与我同看,顺便帮我翻译。好几夜,我发现母亲边看边打呵欠,但她还是打起精神看下去,不忍破坏他儿子的雅兴。

喜爱小津电影的观众都很容易为他电影中传递的对无常、不如意的人世的悲叹,对维持生命中美好记忆的努力而感动。在电影《秋日和》的末尾,守寡多年的母亲带着即将出嫁的女儿,到昔日住过的风景区做她们最后一次单独在一起的旅行。一群毕业旅行的中学女生,在旅社里唱着凄美的青春之歌。歌静人息后,女儿说毕业旅行虽快乐,但旅行结束前夕的惆怅却令人不快。她问母亲有没有这种经验。早先,这位母亲为了让女儿安心嫁人,谎称自己已有合适的再婚对象,如今她告诉女儿不必担心她的孤独,因为她有死去的父亲做伴,不会寂寞。她轻拭泪水,微笑地告诉女儿这次旅行真愉快。第二天早晨,即将结束毕业旅行的学生们在湖光山色间拍照留念,旅社里母女们静静地用餐、聊天、回忆,母亲再一次告诉女儿她会永远记得这次旅行。

从小,父母亲常带我到市区一家日本料理店用餐,每次去,父亲都点大同小异的几样料理,外加一点点酒。和善的老板亲切地用日语和父亲交谈。坐在窗明几净的店里,我常想这宁静的家庭之餐是人生最大的幸福。结婚后,我也常带着妻子、女儿去这家店吃,只是现在换成老板的儿子用闽南话和我招呼交谈。我也跟父亲一样点大同小异的几样料理,外加一点点酒。坐在熟悉、安适的店里,我真希望好景常在。

那一天路过,却看到门口挂着"整修内部,暂停营业"的牌子。等到重新开业,一家人高兴地前往,发觉里头的装潢、摆设与从前颇有差异。年轻的老板依旧和善地前来招呼,点完菜,他抱歉地说他们的店让给别人了,他们准备搬到海外,这几天特别来帮新店主的忙,并且向旧客人道歉问候。

那一餐我吃得有一点恍惚。我想到年轻的老板跟他父亲殷切的待客之情,我想到小津安二郎的电影,心中一股说不出的味道。

(一九八九)

三个橘子之恋

秋天自己就是一个橘子。

我们坐在苹果树下等候被苹果击中的牛顿。在疲倦地读完力学、电学,并且背了几页植物病虫害讲义后,我们打开带来的音乐盒子。云在天上飘,风吹过平原。音乐在我们的音乐盒子。我说:"我不管苹果会铅直落地,我要吃橘子。"你摇转盒子里的发条,让它歌唱,说:"音乐,音乐是最美的果实。"我看见它像果汁般从你的指尖流出,流进我的头发。音乐停止,而湿意仍在。多奇妙的发条橘子。

我不知道我们为什么突然如此厌倦于依靠意义。动力学,一种描述力、质量、动量和能量等物理因素与物体运动关系的学科,力学的一支;力学,一种应用数学以论究物体上力之作用的学科,物理学的一支。天靠着云,云靠着树,树靠着墙,墙靠着我们,我们靠着大地。我们靠着一支吸管依靠大地,多么重又多么轻。我们靠着橘子般的地球,不知道自己是不是橘子。

我们恋爱着,让所有负担都变作橘子汁流下。存在、忧愁、疾病、狂喜、吻。河水慢慢流进大海,鸟在树上歌唱。

我也歌唱会唱歌的苹果树,虽然我知道凡铅直落地的都是负担。歌唱、睡觉,坐在苹果树下等候新的万有引力定律。

橘子掉在橘子上,而秋天自己就是一个橘子。

(一九八九)

木山铁店

木山铁店的铁匠老了。

中午的时候,他坐在铁店门口午睡,白色的头发在和煦的阳光下发出跟脸上老花眼镜一样的银光。他跟他的老山地助手,一个睡在椅子上,一个睡在火炉旁。他也许又梦见我拿着陀螺要求他打一根刚猛的陀螺心,好把别的小孩的陀螺钉得面目全非。他也许又奇怪这些不上学的孩子,怎么发神经,赤着两脚立在正午的大马路上比赛勇敢,直到嘴里的李仔糖红滚滚地掉到灼烫的柏油路面。

铁店的左边,隔着窄窄的国民街,是小城的酒厂和一排高大的椰子树,但最大的一株却是酒厂的烟囱。自从酒厂迁到新市区后,它更像是一株寂寞的大王椰,高高站在空无的房舍上,守着小城的天空。椰子树下,他记得,是一排等着载人的三轮车。那一年,他的老婆半夜肚子痛,就是他快跑过街叫醒睡在车上的老李载到徐妇产科,才把他大儿子生下来的。那一年的冬天特别温暖,铿铿锵锵的打铁声格外坚实好听,甚至到了晚上还挑灯赶工。唉,为着妻、子得打拼哪,谁叫自己过了四十才做爸爸。

那时候,那些在快乐茶室上班的小姐们,总会在午后穿着睡衣跑到店门口吃蚵仔面线。转角的地方,"捧锡锅"又在教那些玩弹珠的孩子煮饭。"捧锡锅的"你认识吗?她可是受过高等教育的老师哦,不像其他的疯女人一样,邋邋遢遢,乱吃乱睡。她干净得很呢,只不过感情受了打击而已。你没听过她说故事给你们听吗?唉,现在的孩子,只晓得去什么 MTV 店、电动玩具店,再没有人来买陀螺的心了。

一切都在改变。以前台风来时,只有酒厂那一头会淹水的,现在沟水、雨水都一起汇集到铁店门前,那些三轮车——不,现在是铁牛车——都快要变成机器船了。前后两任市长都还是这附近的人呢。棺材店老板的儿子上回出来竞选,我们国民街可是同舟共济,全投他一票。那孩子也很知道礼数,挨家挨户送味精。那时候的选举实在简单多了,那像这几年宣传车、宣传单满天飞,又多了一些插绿旗、绑绿带的。唉,闹来闹去还不都是一样。像以前那样一个党出来、一个人出来不就好了吗?既安静又有效率,照样有东西可以领。

那棺材店他去过。那一年,台风把港口内一艘外国船吹到港外,折成两半,死了好几个外国人。叫他送一些粗一点的铁钉去钉棺材。隔两个礼拜,去收钱,走进阴暗狭长的棺材店,你娘的,居然有人从棺材里爬出来。是棺材店的师傅,说什么在里面午睡比较凉。

木山铁店的铁匠老了。中午时候,他坐在铁店门口午睡,梦见那一排椰子树像棺材一样被锯开。他醒来,看见快乐理发厅的小姐们在街底打羽毛球。老山地助手早把炉子的火烧起来,夹出一块热红红的铁,等着他发号施令。老铁匠举起铁锤,对着老山地助手的大铁锤,铿铿锵锵地在铁砧上又敲打起来。

(一九九〇)

夏夜听巴赫

夏夜听巴赫,一万只牙膏味犹在齿间的绵羊在草原上散步吃草。

我们的心有烦忧,巴赫爸爸派他的牧羊人来我们的窗口放羊。是一个当过铁匠,卖过爱玉冰,偷过珠宝店门帘,仿制过星光牌打火机的迷宫设计者。在我们的窗口弹琴。是一个玩魔术方块,吃玻璃弹珠,崇拜复数和进行式的一神论者。音与音追逐,意念与意念相叠。

是一个惯常把相同一种颜色,相同一种情绪推到极致的温和主义者。

然而又是单纯的。洁净,明亮,坚实而崇高的音乐教堂。我们唯一的上帝,巴洛克。

羊群吃掉我们的烦忧,吃掉我们白日的疲惫。担心孩子们成绩单上的分数;担心对街图书馆地下室的湿度;因嫉妒而环绕情敌经常出没的歌剧院七十八次。

我们在夏夜失眠,穿过每一个大街小巷寻找所爱的人的车牌。

我们在夏夜歌唱,因世俗的轭,人间的恋。

羊群吃掉我们的烦忧,足迹所至,留下一湾浅浅的溪流。即使是一首小小的圣咏合唱,无需汤匙,自琴键上流来:

耶稣是喜悦的泉源

是我心至高的快乐
他减轻我们的烦忧
因为他的爱救赎的力量
他是我眼睛的最爱
他是我心灵的至宝
坚实地牢固于我心中
他与我永不分开。

巴赫爸爸和他的牧羊人。我们夏夜唯一的上帝,巴洛克。

(一九九〇)

朋友死去

我不知道死亡什么时候开始向我的友辈发出召集令，最近两年，接连看到两位友人骤然因病去世。

H是我从小学一年级一直到高三的同班同学，勤奋、刻苦而朴实，大学毕业以后跟我一样回乡任教。就像他一笔一划，刀刻般工整谨慎的字体，世界上要找到他这种一丝不苟、不知享乐的人还真不容易。

一上小学他就有一个跟了他一辈子的绰号：有一次放学回家，大家在铁道旁玩，有人开玩笑说草可以吃，他信以为真，吃了，大家就叫他"阿牛"。我忘不了他们一家五兄弟剃着光头齐整地坐在客厅跟他当军人的爸爸学写毛笔字的情景。他爸爸每天在客厅的小黑板上留下一句治家格言，孩子们都肃然起敬地抄背着。

给H教过的学生没有不慑服于他的严肃、负责的。作为他的朋友，我只知道他常常做一些别人不愿做的事情。一群人到山中露营，大家都怕蛇，大家都只顾拿自己的东西，只有他乖乖把一大包众人共买的、防蛇用的石灰装进他的背包。

我没有当过他的学生，却有机会领受过他为师的风范。有一年暑假我想考机车驾照，请刚考过的他当教练，他不厌其烦，一遍又一遍地教我，又带我参观考场，巨细靡遗地指出陷阱所在。考驾照那天，考完笔试，要考路试前，他特地跑去买了一瓶养乐多给我喝。天啊！这不是当年考初中时我的父母亲买给我喝的吗？一个人居然能这么自然而细心地对待与他熟识多年的朋友，而且还都是男生——这种人严厉吗？

还没发现自己得病前，有一次他来找我，对我说他觉得自己的生命很干、很紧，希望找一些滋润的精神养料。我说："太好了，阿牛，我老早就想叫你去买一套影音设备，我这里多的是可以借你听、借你看的唱片和录像带！"然则，才半年，他就死了。

如果 H 的死叫我惊讶的话，L 的死就让我惘然了。

他的一生与 H 大异其趣。认识他时，他已经是继承家业，颇有资财的小城大老板了。当同辈的人都静极思动，因饱暖而渐有非非之欲时，他却清明得像一个回头的浪子。也许要弥补他早岁的荒诞不学，长我几岁的他一直期望在事业之外能有所作为。他不断阅读一些杂志，积极参与了一些公益活动及党外活动。他的热情与正义感充分显露在他的日常言行里。有一次怀疑友人被诈赌，他毅然下海探密，牌戏中，忽见他大手一挥，整桌牌杂然落地，他大喝一声，接着破口大骂，惊得一对嫌犯，目瞪口呆，当场认错。

我是在一个星期一早上听到他的死讯的，他的孩子正好在我的英语班上，那天上午，坐在教室里看见他的孩子木然地坐在座位上，不远处，操场上，一群学生正把白色、橘色的球丢来丢去，云朵飘浮蓝天，风和日丽，这世界仿佛什么事都没有发生过。

朋友死去，然而他们找机会回到我们的体内再一次死亡。不知道是因为他们生前的音容太鲜活地存留在我们心上，或者我们根本不再想起他们，我们几乎忘了他们已经死去。

三十几岁的我，仍习惯骑着单车在家附近闲荡，每次绕过美琪戏院总会想要多骑两下去找 H 或 L，等到看到那些袒胸露奶的歌舞团海报才猛然记起他们已经死去。这种感觉有时会让我迷惑。但我还是喜欢骑着单车在家附近闲荡,随时准备在下一个街角遇见他们。

(一九九〇)

波德莱尔街

人生不如一行波德莱尔。所以,直截地,我把每日惯常走过的几条街称作波德莱尔。

我的波德莱尔街是从黄昏开始的,当你们刚放下公文包或放下书包,当你们刚打开电视机或电视游乐器:我以及我的脚踏车,牵着手,慢慢离开我的童年。

我会骑过一间齿模所,无师自通的拟牙科大夫很快地用他的工具把你的牙痛弄停,或者拔掉你的蛀牙,镶上他的新牙,让你在一年之内牙龈发炎,重新痛得更厉害。

我会骑过一家蚵仔煎专卖店,妈妈专门煎蚵仔煎,爸爸负责加蛋——一双手像机器人般往篮子里抓蛋、挤破、丢出去;他们的儿子忙着把地上的蛋壳集合起来,送给对面的医生太太早晚洗脸美容。

我会骑过三家电动玩具店,忽然在她们家门口停下,站在脚踏车上高喊"中华民族万岁";所有的路人都惊讶地看着我,只有房子里的她知道这句话真正的意思是"我想念你"。

我会骑过一间有钱人家的楼房,门口写着:车库,请勿停车。

我会骑过另一间更有钱人家的楼房,门口地上写着:车库前,请禁止停车。

我会骑过那卖甜不辣与猪血粿的小店,走进去,因为猪血里藏着我们的口水,并且他们可爱的女儿是我的小学同学。

我会等着我的小学同学趁她父母亲不注意时多给我一块甜不辣。我会问她的父母亲：你们阿慧还在台北的美国公司上班吗，什么时候回来？

我会骑过一座桥，桥头永远站着一位拖着一大堆破烂旧皮箱的破烂旧皮箱似的男人。

我会骑过一间酒家，弹手风琴的男子有时刚好走出来，友善地对我说："小弟，我们来做个朋友。"我会友善地笑笑，离开。我很早就知道酒家里那些女生都不怕他，因为她们说他爱男生胜过爱女生。

我会骑到博爱街口，停在那儿三分钟，等一位戴金边眼镜的妇人优雅地回她浅蓝色的汽车，三天里头有两次撞到立在一旁卖麦饭石的招牌。

我会骑过一家棉被店。

我会骑过一家水族馆。

我会骑过一家挂着许多漂亮内衣，很多男人走过，很少女人走进去的性感内衣店。

我会骑到那卖寿司、卖生鱼片的小吃店前，盯着不远处红红绿绿的霓虹灯，直到听见对面玉店的老板娘轻声对她先生说："注意，这少年的车每天停在这里，是不是想偷我们的东西？"

我会很快地骑过你的身边。

我会很快地骑过我的成年。

骑回我的童年。因为我知道人生不如一行波德莱尔。

（一九九〇）

发的速度

总是在觉得面目可憎的时候跑去理发。发的速度是花与月的速度，或繁或疏，或肥或瘦，在不知不觉中变化你的情绪。

常去的一家理发店叫"秋美"，老板娘是隔两条街另一家"春美"理发店女主人的妹妹。小小的店里摆着四张理发椅子，镜子前面一盆淡雅的盆栽，许许多多瓶罐，以及一部只要电视没开就一直响着的手提收录机。离家读大学前我一直在"春美"理发，毕业后回来才开始转到"秋美"。

童年的我非常不喜欢理发，总觉得坐在理发椅上（确切地说是坐在搁在椅臂上的一块洗衣板上），一五一十地看着镜中的自己被一具推草机似的东西整来整去是一大苦刑，每一回作文题目碰到"理发记"，不喜欢作文的我就气上加气。上了初中以后得了近视，每次理发卸下眼镜，总有一种敌暗我明，任人宰割的不安全感。好心的理发小姐也许会问："这样好不好？""要不要短一点？"眼前一片模糊的我只能假装满意，不知所云地应答一番，等理完发戴上眼镜，才发觉与自己期待的大有出入。

这种不安全感在我走进秋美理发店后逐渐消失，因为那聪明而略微腼腆的老板娘在帮你理过几次发后，不待你多言就已知道你要理什么头发，即使不是她亲自操刀，她也会在一旁适时地提醒理发的小姐。我于是感觉到一种愉快的悠闲，她们慢慢理，我自顾自地闭目养神，沉思创作。我甚至希望她们理慢一点，好让我组合好正在思索的诗句或文字。

秋美理发店的理发小姐大多数是乐观、爱唱歌的山地女郎，收音机一响，她们马上跟着唱起歌来。她们的歌声真挚而充满感情，让你觉得如果把收音机关掉，效果反而更好。但如果真的把收音机关掉，她们就不唱了。她们会一边理发，一边改看镜中的电视，忽然间，她们会同时停下手中的动作，大胆回顾屋角冷气机上的电视，因为电视上的连续剧正出现高潮。

小姐们来来去去，顶多做个一年半载。也许是青春当道，她们总喜欢帮你挤掉你没有察觉的青春痘。我本来很气愤这种未经许可，擅自动手的越权行为，但一想到她们职业上"路见不平，不除不快"的正义本能也就释然了。

春花秋月何时了，发落知多少？十几年来，秋美理发店的生意也像春花、秋月般自有其荣枯的周期。最热闹的时候，四张椅子上刀剪齐动，老板娘优雅地坐在沙发上安抚等候的客人。但最近一两年却常看到老板娘一人独撑大局，因为愈来愈少人愿意到这种单纯的理发店工作了。

前几天去，正好碰到老板娘在帮一位头发秃得只剩中间一小撮的老先生理发，我坐在一旁等候，听到老先生跟老板娘说："你们这间店真不错，每次来你们都知道我要理什么头发。"老板娘说："欧吉桑，我从你少年帮你理到老，怎么不知道？"我抬头看一看镜中这位看着老人长大的中年老板娘，差一点笑出来。她的女儿刚好从门外走进来，向我说："老师好！"她拿着一瓶香水要送给她妈妈。多年前，她还在我中学的英语班上，现在站在她妈妈身边真像年轻时候她妈妈的模样。我心里想着：看着你们长大的应该是我！

春美，秋美；发的速度是时间的速度。

（一九九〇）

《故事》的故事

你知道我们这个滨海的小城现在正流行什么歌吗？不是小虎队的，也不是方季惟的。是一首从来没有在电台或电视上播过的《故事》。

我大学音乐系毕业的学生 K，前两个礼拜从台北寄了一张 CD 给我，在她住处附近有一家唱片店，老板在店中悬了许多棒子，遇爱乐者即打，说是"棒打知音"。我的学生被打了好几下，寄来的 CD 即是老板强棒出击，极力推销的。我收到后随即拆开来聆听，是一位叫 Esther 的女歌手的歌唱集。第一首歌一出，我还来不及辨认是哪一种语言，就马上被暗藏在歌声里的魔术棒子击倒了。多年前，在听过我课堂上播放的舒伯特的《魔王》之后，读中学的 K 在周记上写说她有一种"全身发麻，不能自已"的奇妙感觉。如今，那音乐的魔王仿佛又回来附着在我身上。我按下 repeat 键，反复听了好几遍。唱片外壳上印说这是 E. Ferstl 谱的海涅的 *Kinderspiele*（《儿时嬉戏》？）。旋律实在甜美而容易上口，我忍不住拿起笔自动配词，不管原来的德语在唱什么。我到了学校，花了两节课的时间凑成下面的《故事》：

　　我曾爱过一个男孩，
　　他说我像花一般美，
　　在每个月光的晚上，

他来到我窗口歌唱。
那歌声轻轻扬起,
我心儿也跟着颤动,
不知道为什么哭泣,
睁开眼他已经离去。

那男孩离开了家乡,
到一个雪深的地方,
在每年春天雪融前,
他寄给我一张纸片。
那春风轻轻吹起,
我心儿也跟着颤动,
不知道为什么哭泣,
想告诉他:我想念你。

我曾爱过一个男孩,
他也许已儿女成群,
在每个冬天的晚上,
在炉边教他们歌唱。
那炉火慢慢烧着,
我心儿也跟着颤动,
不知道为什么哭泣,
莫非我还依然年轻?

最后一节课,我打铁趁热地把歌词影印给学生,让她们跟着唱,她们听后纷纷要求我把原曲拷贝给她们。当晚回家,友人和他的学生来访,看到我在录这首歌,问谁唱的,我示以中文歌词,大家很高兴地一起唱起来。

第二天,我照样准备把它教给新的班级,没想到她们说已经会了,原来是昨天的班级唱给她们听的。很快地,学校里每个年级的学生都在唱它,甚至于放学后走在街上都可以听到。过了一个星期,我那爱唱歌的表妹打电话给我:"表哥,我的同事今天教给我一首歌,非常优美动人,你一定没听过,我唱给你听!"她随即在电话那一头唱了起来。老天,居然是"我曾爱过一个男孩……"。

我不知道这首略嫌多情的《故事》为什么会让人喜欢,也许大家太久没有被单纯美好的事物感动过了。我不知道它会不会流传到你居住的角落,但如果你喜欢的话,你也许可以参考我的简谱一起唱——

A 6/8　　故　事

```
5 | 3  4 5 4 3 | 5 5 · 0
3 | 5 5 5 6 6 4 | 2 — 0
4 | 2  3 4 3 2 | 4 4 · 0
2 | 4 4 4 5 5 2 | 3 — 0
5 | 1̇  5 3 1̇ | 5 3 · 0
3 | 5 5 5 6 6 ♭7 | 6 — 0
0 | 6 7 6 1 7 6 | 6 5 · 0
5 | 6 6 5 2 4 3 | 1 — 0 ‖
```

(一九九〇)

附记:此文发表后,歌星黄莺莺读了,颇喜我所填之词,问是否可由她在新唱片中唱之。我欣然答应。她请陈升另谱新曲,曲名《我曾爱过一个男孩》,收在她的专辑《宁愿相信》(1993)。这是《〈故事〉的故事》后续的故事。刘若英2001年专辑《年华》中亦翻唱了这首歌。

地震进行曲

四十年前,我的祖父住在木瓜山上,对面人家请他喝酒,他走过吊桥欣然赴会。几杯下肚,地开始震动起来,酒酣耳热的饮者歪歪斜斜地把倒地的酒瓶扶起来,继续干杯,等东方既白,要回家,才发现吊桥断了。我的祖父看着他的妻子在对面山上等他,他上山、下山,走了三天三夜才回到家门。

地震调整了生活的速度,颠覆了某些既定的价值标准。所以钟敲了,但孩子们依然不走进教室,因为教室门窗每隔几分钟就剧烈晃动一次,连老师都怕得叫出来。他们跑到操场上,几千名学生共同在一个没有屋顶、没有门窗、没有黑板、没有点名簿、没有训词标语的公开的大教室上课。不分性别、不分年级,所有的人都跟蓝天、白云,以及偶然摇动的绿树同一班。地震继续着。不同的老师上台讲他们的故事,讲他们生命中最动人、最有趣的回忆。学生们津津有味地听着,不必摊开任何教科书、测验卷。第一次,老师们感觉自己面对着生命;第一次,老师们感觉自己像拿着卡拉OK的麦克风般倾诉着自己内心真正的感受。

地震继续着,一个星期超过两千次。第一天晚上,级数最高的一次地震把小城所有的人从睡梦中震醒。屋宇摇晃,全市停电。我在黑暗中穿反了衣裤,战战兢兢地抱着女儿走出门外。我们走到不远的旷地,早有许多人在那儿等候。我抬头,看到群星像一海洋的鱼在夜空里游来游去。灿烂,灿烂的光,造物主正用他最纯净的语言向我们说话。我们仿佛旷野里的牧羊人,因着某种神秘的呼唤,推开各自的棉被赶到这儿仰望、礼拜。地震继续着,没有人敢回家睡觉。我走回去把车子开过来,一家三口睡在车子里,真像柏格曼电影《第七封印》里巡回卖艺的马戏人家。

三十年前大地震,我的母亲正在厨房里煎鱼,半焦的鱼跃然锅上,我的母亲惊慌地夺门而出。地震停止,母亲回家,再也找不到那尾鱼。

地震继续着。公民与道德老师在上课时被掉下来的孙中山遗像打到头,相框落地,碎了一地玻璃;学生们发现:没有玻璃框着的孙中山比较和蔼可亲。地震继续着。我走在花岗山斜坡,看到一只狗跌跌撞撞,东跑西跑,不知如何是好,最后四脚朝天,原地打转。我忽然想到原来肖邦的小狗圆舞曲是这样写成的。

地震继续着,小城最高的一幢大楼外壁龟裂。岛屿最高的行政首长从南部坐飞机赶来视察,地震忽然停止。两百公尺外,美琪歌剧院大大的歌舞团广告依然高耸着:"大白鲨地震秀!大胸脯,大震幅,保证值回票价!"学校的一位老先生在课堂上跟学生叮咛:"回去告诉你们的父母,千万不要去看那些歌舞秀。都是那些外地来的、不知廉耻的歌舞女郎把地震带过来的!好在我们院长吉人天相,他一来,地震就停了。"

然而地震仍继续着,因为吉人天相的院长很快地又回到他首善之区的办公室日理万机去了。愈来愈多的人跑到美琪歌剧院看地震秀,因为,他们说,地震愈大,那些歌舞女郎身上凹凹凸凸的恶地形摇晃得愈厉害!

(一九九〇)

泪水祭司

他就住在我们的隔壁,开着一家古旧的杂货店,窄窄的,暗暗的。人们走进去买盐,买糖,买坐月子用的麻油,买面粉,他打开那些大大小小的桶子、瓮子,两三下就把你要的重量称出来。我们拿着买好的东西走出来,不知道他把喜怒哀乐偷偷藏进里面。不敢吃药的孩子哭着来到他的店里,他微笑地把掺着苦瓜的糖果递给他们。孩子们长大,有了自己的孩子(啊,他们也同样不敢吃药),又忽然想起那奇妙的糖果。

他一直是老老的,却也未曾更老过。在大街上那几间挂着花花旗子的银行尚未设立前,他是我们小镇唯一的一家银行。他借贷给大家,也接受大家的储蓄。有人把一生的愁苦都存到他的店里,却只是在逢年过节的时候领了一些木耳、一些金针、一些香菇、一些莲子。人们说那是地下钱庄。没有错,我好几次看见他走进地窖里拿出一瓶可以治疗打嗝的黑醋或者一大块忧郁悲愤的红糖。

没有人知道他怎么记载他的账目。他知道小镇所有的历史。他知道黑肉鸨母为什么在死了两次男人以后突然爱起天下所有的女人;他知道雄猫姬姬为什么从不离开那暗无天日的阁楼;他知道有钱的林医师(林博士)为什么跳楼自杀;他知道为什么,每隔十年,黄家的儿子要被抓去审判一次。有一年春天,小镇的一些年轻人失踪了,人们不知道他们去了哪里,但他们看到泪水滚滚地流过小镇的大街小巷，在午夜涌进他的杂货店里。

然而他却从来没有把仇恨卖给我们。

有人说他是圣诞老人，因为他总是在入夜后开着他的拼装车把忧伤和安慰分送给我们。他甚至穿过我们的梦境向我们收购记忆的破铜烂铁。

他驯养那些无家可归的泪水，让他们跳舞，让他们歌唱，让他们成为一种标签，一种仪式，一种宗教，贴在每日生活的瓶颈。我们不知道那一瓶米酒或酱油里装的是自己或自己亲人的泪水，但我们的确听到他们歌唱。

如果你在半夜听到悠扬的歌声自不远处传来，牵动你的眼皮，醒来后发现两颊潮湿，请不要惊动。那是泪水祭司对你眼泪的呼唤。请你静静抚摸你所爱的人留下来的纽扣，或者轻轻擦拭遗落在床头的那枚被泪水弄锈的钱币。

（一九九〇）

旅 行 者

在我书房的墙壁上有一张复制的波纳尔的版画《小洗濯女》，一个全身墨绿的少女，右手挂着雨伞，左手挽着一篮待洗的衣物，斜斜走过湿滑的街道。街道与街道旁屋子石壁的明亮色调反衬出洗衣女身上的沉重，这沉重带给观者无言而淡远的哀愁。

1990年春天，我的学生J自巴黎寄给我一张卡片，谓"来法一月，事皆顺遂。巴黎之美，如繁花绣锦，时值春日，正是青草如梦，好风似水时节，有形无形之美，令我眼界大开，人称巴黎为艺术之都，无有虚言。我日日读书、游览、收获颇丰……"卡片背面印的正是波纳尔的《小洗濯女》。

十年前，当他还是中学生的时候，我在那一张版画下带领他跟另外几个学生接触黄春明、陈映真、梵高、莎士比亚，并且把秘藏的鲁迅、曹禺拿出来借他们影印。随着他们年岁的增长，我们一起攀登了贝多芬的《合唱交响曲》，巴赫的《马太受难曲》《无伴奏大提琴组曲》，舒伯特的《冬之旅》……我记得在他们考大学不久前的一个星期日午后，小病初愈的我坐在地板上，若有所悟地跟他们讲说贝多芬的第32号钢琴鸣曲。我带他们在书上旅行，在旋转又旋转的唱片里。他们耳濡目染地习察了一些人名地名，知道马蒂斯的《丰盈，宁静与欢愉》在蓬皮杜中心的国立现代美术馆，知道卢梭的《战争》在奥赛美术馆，知道巴黎国立图书馆的版画室藏有一张波纳尔的《小洗濯女》。然后，他们居然就到了巴黎——马蒂斯、卢梭、波纳尔、罗特列克——而我仍然在家旅行。

假如旅行如培根所言是教育与经验的一部分的话,我显然是一个没受过什么教育的无知者。跟我的父母亲一样,我的最高学历不过是从海岛东部坐火车到海岛西部,又坐火车回来。1990年夏天,我因事往海岛南部,纵贯线火车在夜间急驰过黑暗的西部平原,快速地接近一个城镇又快速地离开。那些亮着无数灯火的城镇,从远处看,正像是一座座飞聚着磷火的坟场。我突然被那些亮着的生命所感动。这些我全然陌生的城镇,并不因我热情或冷漠的介入或不介入,变异它们的活动。它们是自足的城——就像我自己居住的城镇——从生到死,从欲望到哀愁——跟世界所有的城一样大,一样完整。我想起了18世纪英国诗人格雷(Thomas Gray)的《写于乡村墓园的挽歌》,这些陌生的城镇同样埋藏着许多无名的弥尔顿和克伦威尔。

我因此更加清楚旅行的真正含义,知道只要对世界怀抱渴望我就随时在移动。我知道坐在教室里的我的五十位学生是五十本不同的旅游指南,指向五十座不同的城;我知道我每天在街上,在市场边碰到的人,他们的心跟世界上所有的名胜古迹一样丰富。我也许不能旅行回波纳尔创作那张版画的时间、空间,但我可以复制:在我的城复制所有的城,在我的世界旅行全世界。

(一九九一)

神的小丑

看过电影《战火浮生录》的人,大多会为片头、片尾巴黎铁塔附近夏乐宫广场上那场壮观的舞蹈所震撼——一名上身赤裸的舞者站在巨大、朱红的圆桌中央,以强韧而曲柔的肢体呼应蛊惑般反复出现的旋律,圆桌旁,四十名男子围成一圈,配合圆桌上的舞者,随愈转愈强的节拍愈舞愈烈,至最高潮处骤然同时崩倒。这熟悉的音乐大家都知道是拉威尔的《波莱罗》,但很少人注意到这舞是谁编的。

出生于法国,莫里斯·贝嘉(Maurice Bejart,1927—2007)是当代最勇健、前进的编舞家之一。他三十岁时组织了自己的舞团,1959年演出他改编的斯特拉文斯基的芭蕾《春之祭》。在这个新版本里,他把原来选拔少女狂舞至死以祭献土地之神的情节,转化成少女与年轻男子肉体的结合——颂赞生命与爱的力量。贝嘉成功地掌握了原始的氛围,以充满活力、变化有致的群舞与韵律再现斯特拉文斯基音乐的精神。演出后,爱之者誉之为不朽杰作,恶之者诋之为色情游戏。贝嘉一跃而为布鲁塞尔皇家剧院的监督,他的舞团则改名为"20世纪芭蕾舞团"。

"20世纪芭蕾舞团"的表演颠覆了传统芭蕾美学秩序。贝嘉的编舞常给人巨大的视觉撞击,他在舞作中引进爵士乐、特技、具体音乐(从现实生活中录下来的声音),并借歌唱、说话等方式强化表演效果,以吸引广大群众的参与。芭蕾不再只是供少数人在剧院里正襟危坐观赏的高雅品,它变成公众生活的一部分。贝嘉不断在大型的体育馆、运动场、马戏场公演他的作品。1964年,他编舞的贝多芬《合唱交响曲》在布鲁塞尔皇家马戏场上演,先后有五十万以上的人在各地看了此一舞作;经由狄俄尼索斯式的舞蹈,贝嘉让观众与舞者一同完成了他借贝多芬—席勒—尼采揭示的爱、自由、和谐的理念。

1971年,贝嘉以发狂致死的俄国伟大舞者尼金斯基的日记为题材,编成《尼金斯基——神的小丑》一舞,首演时担纲的即是电影中跳《波莱罗》的舞团台柱,阿根廷舞者侯赫·东(Jorge Donn, 1947—1992)。贝嘉引用尼金斯基的话作为主题:"我将扮演小丑,如此他们将更了解我。我爱莎士比亚的小丑——他们非常幽默,但他们仍有恨,他们不是神派遣来的。我是神的小丑,所以爱开玩笑。我的意思是小丑是好的,只要他有爱。没有爱的小丑不是神的小丑。"

贝嘉自己其实就是小丑,勇敢、厚颜地打破种种艺术的界限。他有时候教旧瓶子装新酒,有时候教驴与马结婚,有时候教西方的丈夫偷东方的香,有时候叫古代的脚抓现代的痒。他的《罗密欧与朱丽叶》戏外有戏:一群舞者在空荡的舞台上排演,忽然争吵、打斗起来,芭蕾教练前来调停,以演戏的方式告诉他们一个爱与恨的故事——《罗密欧与朱丽叶》,故事演毕,舞者重回舞台准备排演,他们兴高采烈地高喊"做爱,不要作战",忘却了刚才《罗密欧与朱丽叶》戏中的愁思。他的《火鸟》飞法跟别人不一样,把古老的俄国传说转变成自由与革命的政治寓言:一只身着红衣的男性火鸟,率领一群反抗者,前仆后继地死亡、再生,获得胜利。他采访印度传统音乐、舞蹈,编成芭蕾《守贞专奉》;他研究埃及音乐、历史,编成舞剧《金字塔》;他结合东西方舞者,共同演出取法日本的

《歌舞伎》。

他真的是世界的小丑,到处制造玩笑,制造爱的积木。他没有自己的房子。在布鲁塞尔,他有两个房间,房里并无电话,成吨的唱片堆积在地板上,走廊上有两个手提箱:独立和自由——两个手提箱,四海为家,一无所有。

他有的是不断追求新事物的精力。1987年,他离开布鲁塞尔,到瑞士洛桑另创"洛桑贝嘉芭蕾舞团"——这也许是他的21世纪芭蕾舞团。1991年春天,整个巴黎都在谈他新上演的芭蕾《突然之死》。看过的人说这是他集大成的作品。音乐由轻歌剧到现代歌剧,由交响曲到钢琴小曲。1960年,贝嘉的父亲因车祸突然死亡。一生受学哲学的父亲影响极大的贝嘉,永远难忘自己见到骤死的父亲时的情景。人终须一死,他希望自己也能像父亲一样突然死,那是最幸福的事。在芭蕾《突然之死》的最末,一名穿蓝衣的女子——静穆仿佛圣母,又仿佛死神——缓缓降临匍匐于地上的男子身上,张开双手,拥抱他。

我在电视上看到这感人的一幕。但更令我忘不了是另一幕哑剧——一群舞者,仿佛梦游般行走于舞台之上:有人拿着一把斧头,有人拿着一座巴士站牌,有人抱着一个地球仪,有人抱着一座摇摇木马,有人举着一把大伞,有人套着一个救生圈,有人托着一支步枪,有人抱着一个洋娃娃,有人推着一辆小脚踏车,有人举着一个衣架,有人拿着一个熨斗,有人拿着一个大水壶,有人拿着一个花盆,有人拿着一个吸尘器,有人拿着一具电话,有人拿着一支铁耙,有人拿着一张折叠床,有人拿着一条床单……

贝嘉在告诉我们什么呢?如此丰富的生的意象。我想到他在接受访问时说的他的父亲是文化人,也是生活人;我想到他经常说的"舞蹈即生活"。

　　他是神的小丑,还是生命的小丑?

(一九九一)

黑肉姑妈

黑肉姑妈其实并不黑。只是因为她上课时爱板着猪肝似的脸孔向学生说教,碰巧英文课本里出现了一位爱搬弄格言的 Aunt Hazel,这达而不雅的译名遂从此黏在她身上。

学生们并不讨厌她,虽然每个人上她的课都战战兢兢,不敢随便言笑。她密集的课程与严厉的要求,使她的家政课兼有新娘学校与慈母训练班之效:从煮饭到做睡裤,从选布料到择偶,凡与修身、齐家、相夫、教子有关的一切理论与实践,皆在她教授与考试范围。她考学生煎荷包蛋,规定除了蛋黄不准破之外,还必须煎成正圆形。学生们为了达到她的标准,不知敲破了多少鸡蛋。多少学生在她考钩围巾、钩毛衣时,双手发抖,针线落地,然而照旧得咬紧牙关,完成指定图案。规定的作业,一针一线,一刀一剪,皆须亲自为之,若有心存侥幸,找人代劳者,绝难逃其法眼。有一次,有一位学生为情所困,厌世自杀,遗书上特别交代她妈妈一定要把她的家政作品交给老师。学生们畏其若是,然而多年后,当她们离开学校,为人妻、为人母时,却都感激她严格的训练。

在朋友与同事面前,她是一个豪爽、热情、充满活力的女人。她是真正的"大家乐"组头,深信任何事情独乐不如众乐。所以每次要到福利中心前,必呼朋引伴,或者一间、一间办公室地问有没有人要其代购东西。出差到台北,在地摊上遇到物美价廉的大小衣裤,必打长途电话回办公室,要大家火速登记、统计。每隔一段时候,她就会批发来整箱的水果、豆花、卫生棉、红豆冰棒,让大家低价分享;端午节、中秋节,更集合学校同仁一起在礼堂包粽子、做月饼。同事中有未婚的,男的为其介绍女友,女的为其代觅男友;生儿育女,找不到保姆者,她也一一热心奔跑介绍。俨然是总务主任兼训育组长。

她喜欢买布做衣服,跟街上几家布店老板娘颇为友善,每次出席宴会,她们都争相把自己的钻戒、珍珠项链借给她。她是一个大磁场兼放射站,每一个人都会想要把知道的事情告诉她,她也善尽职责地把每个人的消息都传播出去。校务会议上,她会统合各方疾苦,痛陈学校种种措施之不当,让校方对她又爱又惧。

这样一种人人景仰的女人却独独得不到她女儿的欣赏。她要求她们一如要求自己的学生:严辞以对,不假颜色。功课退步,固然开骂,钢琴弹不好,也要罚跪在钢琴前向钢琴说对不起。难怪她两个女儿常叹:"唉,谁教我妈是黑肉姑妈!"有一次我建议她不妨和颜悦色对待孩子,她回家试做了几天,没想到她的女儿放学后跑来学校对我说:"我妈妈最近对我们很好,好恶心哦!"

我曾经问她被封为黑肉姑妈有何感想。她笑笑地说:"黑肉总比黑心好!做面恶心善的巫婆,总比做面善心恶的白雪公主好吧?"

(一九九一)

卖春联队

告别童年后,新年似乎愈来愈不好玩。这几年为了突破日趋沉闷的年节气氛,我跟几个旧日的学生合组了一个起死回生的"卖春联队"。

我们做生意的地方是在市场边的大街上。春节前一周,这条街上充满来自各方、公然拉客的卖春联者。他们的摊子跟我们的大同小异:一张桌子、几张椅子;但我们的春联跟他们的大不相同:他们是向中盘商批发来的,规格、内容整齐划一的机器春联;我们则是自己亲自裁纸、磨墨、调粉、动笔的手工春联。我的几个学生虽然不见得每个都是书法比赛第一名,但却也不是学无所长的庸才。就拿专门负责写"春"跟"福"的游毛来说吧,他的春字我敢说台湾无人能及。中学三年,他交来的生活周记、书法练习,每一篇、每一页都是春,所以一讲到写春,他就眉飞色舞,下笔如有神。

负责写"招财进宝"的是个画图高手,他写字像画画,四个字连在一起像画一艘淘金船或运钞车;负责写"满"的是个小胖子,他字如其人,写起来特别丰满可爱。我们写的春联除了"天增岁月人增寿,春满乾坤福满门"一类传统习见的吉祥语外,还有一些是我们独创的。我们甚至接受顾客当场订作。有一位"大家乐"组头要我们来两句新鲜的,我们写给他"春到宝岛,天地人间三温暖/福临赌界,士农工商大家乐",外加一纸"生意盎然",他乐得付给我们双倍价钱。今年羊年,不少人要求在春联中嵌入羊字。有一位按摩院老板要求更多,居然要我们羊马并置。我思索半天,交给他下面的作品:"愈抓愈羊,日日添吉羊/愈马愈乐,处处有伯乐"。我问他:"上联的羊是双关语,你知道吗?"他说:"知道。很痒,也很吉祥。"我另外为他写了一个横批"挂羊头卖人肉",他一看,说:"内行!可是太明了,怕对不起警察界的朋友。"我帮他改成"六畜兴旺",他先是愕然,继而瞧瞧左右的羊马,连声说:"赞!"

我们是一支讲求质量、效率与团体精神的工作队伍,拉客、接客、劳心、劳力、算钱、收钱各有所司。除了轮番坐台的队本部,我们还派出了一支游击队,到附近银行前向排长龙换新钞的人们兜售红包袋。几天下来,队员们不但赚足了零用钱,还学会应对进退,观察人生百相。

那些在附近卖衣服、卖杂货的商家,跟我们一样,是年节气氛的制造者;过年对他们的意义是忙、累,加上大捞一笔。那些下班后骑着车子来赶集、凑热闹的上班族,是每一年春节舞台不可或缺的中坚分子,他们既是演员,也是道具。最可爱的是那些坐公路车从乡下进城来的村夫、村妇,他们全心全意地购置年货,仿佛过年是一生中最重要的事。他们的要求不多,但是却很容易流露出喜悦、幸福的满足感。他们买的春联几乎年年相同,你如果多给他们一张"五谷丰收"或"黄金万两",他们会高兴得像中了彩券。只有在他们身上,你才会发现你卖的不只是春联,还有春——古老、鲜活、绵延不断的春。

如果你喜欢这种春意,何妨联合你的朋友一起加入我们卖春的行列!

(一九九一)

立立的墙壁

五岁的女孩立立有很多墙壁。这些墙壁分布在家里的各个地方，大的譬如客厅里贴满画作的高墙，小的譬如洗手间里写满1234、ㄅㄆㄇㄈ与ABCD的木头墙壁。它们是她的朋友，跟着她一起长大。

立立从小就喜欢听妈妈讲故事。每讲过一个故事，妈妈就用彩色笔把故事的名称跟主要人物写在纸上，贴在立立睡觉房间的墙壁上。每天晚上睡觉前，立立会要求妈妈把说过的故事再说一遍。很快地，墙壁上贴满了世界各地有名的童话故事——白雪公主、灰姑娘、阿拉丁神灯、三只小猪、爱丽丝梦游记……立立的妈妈再也无法在一夜间把所有的故事都讲过，只好把故事的名称和人物的名字分开在墙壁的两边，用"连连看"的方式帮立立复习听过的东西：妈妈说"后羿"，立立就回答《嫦娥奔月》；妈妈说"格列佛"，立立就回答《大小人国游记》。

立立的妈妈有时家事很忙，不能讲故事给她听，她就自己翻阅那些有彩色插图和注音符号的故事书。因为故事太熟悉了，立立仿佛看得懂国字般一页一页地读下去，到后来，她居然能念故事书给妈妈听。立立的爸爸常常投稿，有时候用立立的名字在报上发表文章，立立就把这些报纸贴在墙上，仿佛自己写的一样大声念着标题。有一次，爸爸的文章旁边登了一首别人的诗，立立指着报纸说："抓鸟！"爸爸定睛一看，原来诗的题目叫"孤岛"。从此爸爸知道立立已经认识了许多字。

　　立立的爸爸很喜欢搜集录像带,他帮立立录了好几十种世界各国的卡通影片。立立特别喜欢那些跟她看过的故事书同名的卡通影片,因为那些角色都是她熟悉而喜欢的老朋友,他们从故事书走进电视机,又从电视机走回故事书,走回墙上,走进她的梦里。这里面立立最喜欢的是《睡美人》,因为她看过好几种版本的故事书,看过华特迪士尼的卡通,也看过爸爸录的芭蕾舞录像带。所以立立知道柴可夫斯基是谁,知道睡美人、天鹅湖、胡桃夹子合称柴可夫斯基三大芭蕾。

　　也许因为看了许多色彩丰富的画面,立立自己也很喜欢画画。她最早的作品是一根直线,说是草。然后是三根横线,说是海。然后是不规则的交叉线——风景,以及取材自动画《三个和尚》与林风眠仕女图的写意人物画。立立的妈妈把这些画贴在客厅墙壁上妈妈为立立画的动物群像旁边,楼下客厅就变成展出母女作品的画廊。妈妈常常陪立立在纸上把当天做的事画下来,这些图画像日记般一张张贴在墙壁的各个角落,贴满了又撕下来,换上新的,仿佛日历或月历一般。根据立立爸爸学美术的朋友们的评语:这些图画共同的特色是用色大胆。但是立立的笔盒里并没有"大胆"这个颜色,她只是恣意地画她想画的。

　　立立的墙壁是教室,也是游乐场;是布告栏,也是计分板。立立的妈妈把墙壁当黑板,跟立立玩造词、造句的游戏,玩看图说故事的游戏。立立最喜欢叠字的游戏,因为她自己的名字就是叠字,所以墙壁上常常出现澎恰恰、香喷喷、轻轻松松、花花绿绿等字眼。她甚至把她的玩偶都取了叠字的名字:陈蹲蹲(小白兔)、陈跳跳(小娃娃)、陈蹦蹦(大妈妈)、陈坐坐(小熊)、陈飞飞(大白鹅)、陈爬爬(猴子)、陈鼻鼻(小象)、陈叫叫(小鸟)……。墙壁上还有许多正字标记,那是立立和一同上音乐班的妈妈在家练琴时各人弹错次数的记录。当立立表现好时,妈妈跟爸爸就会在墙上贴一张"立立第一名"的纸条。有一次,立立还用注音符号写了一张保证书贴在墙上,保证她会乖乖听话,以换取一套她想要的小小百科全书。

  墙壁是流动的时间,记录着成长的轨迹。墙壁旁立立书橱里的书愈来愈多,墙壁上立立喜欢的东西也愈来愈不一样:小虎队的海报盖住了米老鼠、唐老鸭;幼儿园的奖状取代了妈妈的褒奖词。然而小女孩立立仍喜欢靠墙而坐,看她心爱的书,画她的画。也许有一天小女孩忽然变成大女孩,不再喜欢坐在墙壁下看书、画画,然而墙壁上的痕迹仍旧在那儿:粒粒皆辛苦,立立皆辛苦……

(一九九一)

阿 姑 婆

阿姑婆是母亲外祖母的养女,我们叫她姑婆,或者——客家话——阿姑婆。她的生父母是母亲外祖母要好的朋友,据说是母亲家乡极有名望、产业之人,所以她身上颇有一种富贵人家的高傲气息。搬来市区后,她就住在我们家附近。她的丈夫——我们称为丈公——是大家公认的好脾气、热心肠的人。

阿姑婆并不常到我们家,每次来,总是用脚踢开门进来。她总是双手交叉胸前,站着跟母亲讲话,身体、衣服绝不碰触我们家的器物。如果你看她讲累了坐下来,那表示她马上要回家洗澡。唯一让她甘心接近的是我们家篱笆旁的兰花。阿姑婆很喜欢兰花,她们家院子里就种了许多,洁净的花色与淡雅的花香,和她的气质倒有几分相似。

大家都说阿姑婆是好命的人,几十年来,没有人看过她走进菜市场。但人们不知道阿姑婆不上市场是因为怕市场脏。她不能忍受自己被肮脏的事物所包围。所以平常在家总是拿着抹布东擦西擦,或者拿水管在院子里浇花、洗地。她的房子门窗紧闭,不但蟑螂蚊蝇不准进入,就连亲戚朋友也得洁身以进。但她只接受少数人进入她的世界。有一次她的亲弟弟从乡下来访,阿姑婆硬在门内说:"找错人了!"后来丈公开门,才把他安顿在我们家过夜。

阿姑婆没有生育,她的两个孩子都是领养的。阿姑婆视他们为己出,不准他们提生父母的事。一直到初中毕业,我才知道被我叫舅舅的阿姑婆的儿子,原来是我祖父母生的。阿姑婆似乎重男轻女,但她的儿子实在令她失望。我常听她在别人面前称赞她女婿的成就以及外孙们的聪明,每逢寒暑假,更叫丈公到台北接外孙们回来玩。然而每次过年,女儿与女婿回来,她总要他们住旅馆。有一年旅馆客满,住在家里,第二天女儿他们一出门,她马上把盖过的棉被拿出来抖、晒。但她四处流浪的儿子一旦回家,她却肯让他睡在她房间外的榻榻米上。

她的洁癖,她的任性,她不可理喻的好恶,让想要接近她的人感到困惑。也许为了弥补自己不能生育,她曾经养过许多鸡,每次母鸡生蛋,她总是高兴地把鸡蛋拿给我们分享,一点也不嫌鸡脏,但当她的儿女长大离家后,她却连自己的厨房也不愿进,要她按电饭锅煮饭简直就像佛头着粪般不洁不敬;女儿小时,她喜欢替她打扮,但不准她弄脏,否则责打;女儿长大,事业有成,常常买礼物给她,她却怀疑东、怀疑西,弄得女儿不敢直接对她示好,都托丈公代转;她眼疾住院,不要特别护士,一定要女儿亲自照顾,女儿疲倦得睡倒在床边,她却一脚踢开女儿,叫她到椅子上去——她也许不想孤芳自赏,然而通往她世界的路实在太迂回、曲折了,竟连最亲近的人也不得其门而入。

几十年来,大家都说阿姑婆是好命的人,因为她的丈夫处处顺着他,让着她。大家都觉得丈公是热心且顾家的人。年前她女儿——我的阿姨回来,告诉我记忆中丈公总是早出晚归,难得待在家里——他几乎吃过晚饭就到街上他最要好的朋友开的鞋店里聊天、帮忙,即使除夕夜也不例外。我听了有点惊讶,但却帮助我了解为什么在丈公的好友过世、鞋店关门后的这几年,我经常看到退休的丈公穿着布鞋,独自在街上闲荡。也许他想逃避某个他自己也无法全然进入的生活方式,也许他知道逃避是帮助阿姑婆巩固她世界的最好方法。

(一九九一)

彩虹的声音

20世纪快过去了，但是20世纪作曲家的作品却仍然被绝大多数的爱乐者所冷落。很少人期待在音乐会上遇到20世纪作曲家的曲目，被灌成唱片的也少之又少，更不用提进入"畅销排行榜"的可能了。然而有一个作品，却在首演时吸聚了五千名听众，并且不可思议地让作曲家在多年后觉得是其一生中听者最全神贯注、心领意会的一次音乐会。

梅西安（Olivier Messiaen，1908—1982）的《世界末日四重奏》是在集中营里写成的。1940年，加入法军作战的梅西安被德军俘虏，囚于德、波边境古力兹城（Görlitz）的战俘营。饥寒劳苦的肉体生活逼使他借由作曲求取精神上的慰藉，他写出了史无前例、奇异组合的四重奏，因为同营的难友中另有一位小提琴家、一位大提琴家、一位竖笛家。1941年1月，一个苦寒的夜晚，在五千名来自法国、比利时、波兰以及其他国家的战俘前面，由梅西安自己担任钢琴部分的演奏，首演了这首充满象征意味的作品。

这是一首描述不受时间威胁的永恒之境，闪现渴望、灵视与幸福光彩的作品。梅西安音乐的重要特质在此俱可发现：复杂精致的节奏、独创的调式、充满色彩的和声、鸟叫，以及对宇宙万物的爱。梅西安是具有神秘主义倾向的虔诚的天主教徒，但我们并不需要有跟他一样的宗教信仰才能分享他创造出来的神妙。在《世界末日四重奏》乐谱的开头梅西安引了《圣经·约翰启示录》里的话阐明题旨:"我看见一位力大的天使从天降下,披着云彩,头上有虹,脸面像日头,两脚像火柱。他右脚踏海,左脚踏地,如是踏海踏地,向天举起右手,指着永恒的祂起誓说:不再有时间了;但在第七位天使吹号发声的时候,上帝的奥秘就完成了。"但梅西安着重的并不是末日的巨变、恐怖,而是寂静的崇敬以及美妙、平和的心景;他所欲表达的是困顿的人类对于更高层次生存境界的想望,人性中神性部分对兽性部分的呼喊。如是我们听到鸟儿们在深渊歌唱(第三乐章)——独奏竖笛模仿鸟鸣,在悲伤与倦怠的时间深渊吟咏我们对光、对星、对彩虹、对喜悦的渴望;如是我们听到大提琴与小提琴,或者合奏(第二乐章),或者独奏(第五、第八乐章)的神圣的咏唱——甜美、长大、不知所终,在乐曲的最后以近乎超越时间的徐缓向最高音域的主音飞升。

梅西安经常表示自己在写作或聆听音乐时可以看到色彩。在《世界末日四重奏》的注释里他把第二乐章钢琴"柔美橙蓝色的和弦瀑布"比做是"虹的水滴",而在梦中(第七乐章)他"听到并且看到井然有序的和弦与旋律,熟悉的颜色与形状",接着他"坠入幻境,恍惚地感受到一种狂喜的旋转,一种晕眩的超人的音与色的浸透。这些火剑,这些流动的橙蓝色的熔岩,这些突然的星:它们是群集的虹!"这种声音与色彩的对应关系也许纯属主观,不值得过分强调,但梅西安的确像画家调合颜色般创作音乐,并且深谙制造新音色之道。普朗克(Poulenc)曾经拿他跟以色彩和宗教题材知名的画家鲁奥(Rouault)相比。梅西安音乐中"彩虹般"的音色正是他最令人着迷的地方。

梅西安是复杂、神秘、深刻的,也是单纯、抒情、容易的。任何人只要坐下来听他的音乐就可以感受到一种舌沾糖浆、目接虹彩的喜悦。20 世纪的音乐如果还叫后世的人心动的话，有一道彩虹的名字一定叫梅西安。

（一九九一）

脸盆之旅

出外几天回来,发现家里多了十几个脸盆,大大小小,五颜六色,并且都是新的。我问母亲干嘛买这么多脸盆,平时沉默的母亲突然活泼起来,眉飞色舞地说:"不是买的,是外地公司来这儿推销新产品送的!只要听他们讲课就可以领到一个,一天三场,每场三十分钟,但是不可以迟到早退,不然领不到东西!"我看到脸盆中央贴着一张亮丽的贴纸:"美国进口,爱力生G蒜头精,纯天然植物精华,强壮体质,改善体质。"正奇怪卖蒜头为什么要送脸盆时,母亲又说了:"今天晚上还有一场,是最后一场,听说会发更大、更好的脸盆。你如果没事,就载我去,可以多领一个!"

那天晚上,当我们到达新车站前的社区广场时,我着实被汹涌的人潮吓了一跳:有骑脚踏车来的,有骑摩托车来的,有走路来的,也有开轿车来的。母亲灵巧地穿梭于人群中,熟练地跟一些我不曾见过面的人打招呼。"这些都是我这几天听课认识的朋友。前面那个穿红衣服的太太领了五十多个脸盆,她几乎每天都到,有时还全家动员呢!"母亲一边说明,一边找了一个靠边的位置坐下。七点半一到,主持人登场,全场鸦雀无声。他在台上唱作俱佳地演讲着,且不时像老师考学生般抽问台下的观众刚才讲过的内容。"老太太,你来听第几场啦?""第四场。""那你应该知道我们卖的是什么东西啰!""ABCD啦!""你再仔细看看布条上的字,再说说看。""爱你死死啦!"所有的人都笑出来。主持人耐心地继续教导着:"请大家跟我念一遍;爱力生G！不要只记得我们送过什么样的脸盆,却不记得我们产品的名称哦！请大家多多介绍给——"

就在这时,载着脸盆的货车驶进广场,所有的人头整齐、迅速地向左看,张大嘴巴的脸面像极了圆圆的脸盆。随着乒乒乓乓脸盆卸下的声音,观众的情绪开始浮动起来。主持人大声疾呼:"请大家不要急,安静坐好,脸盆马上送到各位前面。"接着若有所悟,充满感性地说:"这是我们在贵宝地的最后一夜,两个多月来,承蒙各位欧吉桑、欧巴桑的爱护,使得我们的说明会场场爆满。我知道在座的各位,有许多是为了我们的脸盆而来的,但这没有关系。我很高兴你们在这里遇见多年不见的老朋友,结识气味相投的新朋友。许多住在同一条街,从不互相问候的,因为我们的说明会,彼此友好、关心起来。许多人在这里住了几十年,从来没想到除了自己熟悉的几条街之外,还有这么多地方、这么多人。这些日子来,你们跟着我们四处听讲,我不知道明天我们离开后,各位会不会觉得无聊,会不会想念我们。我知道你们拿的脸盆都已经够多了,你们要来领的不是少一个也没有关系的脸盆,而是生命里难得一现的热闹感觉。人是感情的动物,我相信我们会怀念各位,就像各位会怀念我们,怀念我们的蒜头精、我们的脸盆……"

工作人员早把脸盆推进场内,一反往昔争先恐后、抢着从座位上起来领脸盆的情况,今夜大家都静静地坐着,不忍离开自己的座位,不忍离开这带给自己欢笑与活力的聚会。一千多个脸盆很快地发完,主持人叮咛大家路上小心。我拿着脸盆,跟着母亲,跟着许许多多不知道是快乐或难过的人们,缓缓步上朝圣的归途。

(一九九一)

这些女人,那些女人

我要感激每天出现在我身边的女人,她们以无穷的精力,多样的风貌,蝴蝶般穿过我的世界,让我单调贫乏的生活增加许多趣味。

现在坐在我左前方的女人,她脖子上围着一块方巾,手上拿着一把利剪,认真地在一大堆旧报纸里翻寻着,我知道等一下她就会把相中的文章贴在纸上,到事务处影印数十份,然后分送到每一位老师的桌上。同事们常开玩笑说她在圆童年时代日行一善的童子军的美梦,我则说她前生一定是激进的街头运动者,在一个月黑风高的夜晚张贴煽动文字被捕,吃尽了苦头,这辈子才投胎转世为思想纯正、言行保守的女人。我桌上堆放着她这学期发的教孝教忠讲义:《一个感人肺腑的母亲节》、《施与受之间》、《永恒的生命阳光》、《现代教师应有的胸襟》……这些她口中"有钱都买不到的好文章"使同事间多了一个聊天的话题,对校园伦理的提升实在功不可没。当她知道我在课堂上跟学生讲韩国学运和五二○游行时,她好心地把我拉到办公室外的走廊,提醒我不要惹祸上身。有一回,我经过她任课的班级,发现她的学生全部背对讲台低头站立,只见她语重心长地说:"你们历史考得这么差,对得起先蒋公吗?"这样的女人,真教人觉得她生错了时空。她应该被雕塑成挥舞大旗的女英雄,永远立在中正纪念堂中央,供人瞻仰。

我身边的另一批女人可就大不相同了。她们嗓门大,笑声频,每天打扮得光鲜亮丽。见面口头禅是:"新买的衣服吗?好看!好看!"打招呼的标准动作是:向前三步,拉拉衣服,触摸质感;退后三步,品头论足,互相标榜。有时两个人说着,就相拥走进办公室旁的小储藏室,出来时,身上的衣服像变魔术般换穿在彼此身上。然后你会看到一大群女人动手动脚地交谈着,从衣服谈到身材,从身材谈到运动,从运动谈到丈夫,从丈夫谈到星座,从星座谈到星云法师,从星云法师谈到怀孕,从怀孕谈到小孩,从小孩谈到身材,从身材又谈到衣服。她们就这样愉快地度过了生命中的春夏秋冬。再没有比这更透明的画面了,你看到她们的衣服,也看到了她们的心情。如果你闲来无事,不妨舒服地斜靠在椅背上,假装睡觉,仔细聆听她们的对话:"这件衣服穿在你身上,多了一种味道,一种'神爱世人'的味道!""我从来不做脸,不保养,可是奇怪得很,就是不长青春痘或黑斑!""没办法,我从小就爱美,对衣服的品味就像艺术、文学一样,是我的第二生命。"她们话中有话,褒中有贬,认同中有讽刺,谦虚中带骄傲。如果你兴致够的话,不妨再做个实验,在她们交谈得热烈时抛下一句:"要是我太太跟你们一样,我早就跟她离婚了!"这时她们准会停止谈话,齐瞪你一眼,然后异口同声地说:"像你这样不懂情趣的丈夫,不要也罢!"这些女人自有一套追求荣耀、维护尊严的生存本领。

和这群喜闹剧型的女人相对,是一些悲壮史诗型的女人。她们成天抱怨时间不够用,作业改不完,学生不用功,孩子不成器,晚上睡不着。她们的生活步调永远十分紧凑,一有空堂,就冲到市场买菜,赶回家洗米、煮饭、收棉被。她们最关心的问题是养生之道,因为她们相信自己的健康是全家幸福的保障。有几本书在她们之间传阅着:《怎样吃最补》、《久病成良医》、《腰酸背痛自疗法》。她们能如数家珍地谈论本市大小医院的医生,分析各种病痛的成因、症状和医疗过程,建议什么样的病该看怎么样的医生。对人间的苦难,她们即使未能甘之如饴,至少已做到了虚心接纳。最令人佩服的是,她们能够像局外人一般谈论自己的病痛或不幸遭遇。说起缠绵多年的痛风,她们会微笑地撩起过膝的长裙,向人表示层层包裹的护膝;当旁人开始以同情的眼光注视时,她们会耸耸肩说:"这不算什么。有一次我痛得无法上楼,在楼下沙发坐到天明呢!"那连糗带讽的表情,让人觉得她们讲述的是小说里的情节或别人的故事,而且最后还不忘加上一句:"欢迎加入我们打击魔鬼的行列!"

温柔之必要,肯定之必要,正正经经看一名女子走过之必要!

(一九九一)

爱情慢递

在速度成为世俗竞相追逐的美德时,我选择徐缓、迂回,递送我的爱情。

我给你的信写在每一棵知名与不知名的树的叶子上。时间丰富、滋润了它们的内容。

春天的时候,它们轻得像新印好的风景明信片,贴着美丽的昆虫邮票,薄薄地飞到你的桌前。你打开桌灯,它们变成夹在书里的标本。

夏天的时候,它们站在你屋前的街上,把影子摇进你的窗内。你抬头,看到一片蓝色的天空,以及金黄的阳光中不时颤动的绿色的树叶:它们的身体曾经收容因你不在一遍遍徘徊、流转的我的目光。风吹,才感觉爱的存在。请记住它们的字形、字义,秋天的时候,变了颜色的它们要用不同的字音同你说话,并且落满一整个面海的阳台,要你用指掌拼读出我的思念。

我对你的思念像午夜滂沱的大雨,寄给你的却只是雨止后屋檐下滴落的一滴、两滴。甚至更婉约古典些,晨光中一池饱满的寒水,随风扩散、若无其事的波纹。你必须要有棉纸的心情,才能感觉它的湿意。

或者当你翻开报纸,看到我的名字中难写、罕见的那个字;或者当你翻开图书馆的旧报,在发黄的纸上找到这一页新绿的文字。

我的爱是树叶的。

(一九九一)

条码事件

记得大约是三个月前,我在三年级班上讲完"假设语法",要她们做练习时,矮个子的班长突然站起来说:"老师,你可不可以帮我们搜集条码?"我愣了一下,直觉地回答:"什么条码?"底下那群女孩随即七嘴八舌地抢着告诉我:"就是印在货品上面,结账时拿到收钱机前面扫一扫就知道多少钱的那种条码。"我叫平常上课老是喜欢看对面班男生的童淑娟起来慢慢讲。她说:"班长在高雄读大学的姊姊写信回来说,只要搜集各种物品上的条码五千张,寄到XX仁爱之家,就可以换轮椅一部。"我心想这大概又是什么愚人节的把戏。但矮个子的班长却一脸正色地补充说,这是有关人士为了倡导正确的消费观念并且回馈社会的善心之举,她姊姊学校里已经有人换到了。

她们分配给我的责任额是一千张——她们准备凑集五万张,换十部轮椅送给学校附近的老人院。我可以请别班老师或同学帮忙,但不可以告诉他们真相,因为据说每个地区最多只能换十部,如果让别人捷足先登,我们的努力就白费了。

当天一回家,我立刻翻箱倒柜,搜索了一个下午,结果只找到十多张——包括一张从我太太未开封的丝袜上偷偷割下来的。老实说,我一向对日常家事不闻不问,为了找条码,翻遍家中大小器物,方知"一日之所需,百工斯为备"之不虚。我从餐桌旁的架子上找到了二十几种开了封而尚未用完的奶粉、麦片、咖啡、可可等早餐冲泡品,包括一罐十年前推销员上门兜售,只泡了一次的杏仁粉——这些古代产品自然是没有什么条码的。

为了贯彻学生交付给我的秘密任务,我甚至不让也在教书的我的太太知道这件事,虽然她几次询问为什么洗手间里的卫生纸盒会破一个洞,或者她喜欢吃的洋芋片总是有人帮她开了封。她也很奇怪我怎么关心起家里的民生问题了,因为我老是提醒她家里某样东西用光了。

很快地,我的英语课变成我跟学生们交换搜集经验的时段。大家都渴切地想知道什么牌的什么东西上面有条码。如果你能在大家都已熟知的糖果、饼干、牙膏、牙刷、进口烟酒、洗发精、沐浴乳、面纸、卫生纸、饮料、录音带等等之外,说出一样大家不知道的,你就会像发现新星座的天文学家般被大家景仰着。最便宜的条码来自一种新台币十块钱三包的饼干,包包有条码,班上女生几乎天天人手一包。而为了获得条码,全班有一半以上的同学午餐停订便当,改吃泡面。全班(包括我在内)都有一个特色:随身携带小刀;"路见条码,拔刀割下"是我们每日最大的快事。福利社附近的几个垃圾桶成为那些女生们的最爱,没事立在一旁守株待兔,有时甚至为了争夺垃圾,相持不下。

我自然不能跟她们抢那些垃圾桶。我的票源在办公室。休息时间,看到同事有吃饼干、零食的,必观察有无条码,待将尽未尽之时,快步趋前乞其余。或者等他们喝光饮料,顺手接上空纸盒,称说为他们回收废纸。我甚至向女老师们请教化妆品之良窳,请其赐我她们所有之外盒,以便我购赠内人。

不到半个月,我们已搜集到超过五千张条码。学期旋即结束,大家相约寒假期间各自努力,务必在开学后一举达成目标。

等放假回来,大家果然大有斩获,总数竟破四万。大家一方面欣喜，一方面却发现别班似乎也知道此事，因为每次那些女生到福利社时，早有别班学生拿着小刀站在垃圾桶旁。大家怀疑是不是有人走漏风声，决定快马加鞭，以免功亏一篑。

我忘不了为了冲向终点，那些女生所显露出来的悲情壮志：有人勇敢地拿剪刀——剪下铝罐、铁罐上的条码；有人忍痛割下心爱的歌星写真集、录音带上的条码；有人伪称营养不良，要父母日购鸡精半打；有人发愤读破万卷书，不断向图书馆借书还书，偷偷割下条码。就在大家相信将破五万张的那一天，我听到训导处广播叫童淑娟去领包裹。英语课，我一踏进教室，却看到童淑娟和其他人在座位上哭。讲桌上是一大堆凌乱的条码以及一封信。原来童淑娟偷偷把自己搜集到的五千张条码抢先寄给XX仁爱之家，希望换到一部轮椅，对方却把东西退回并且附函请她跟她的同学"好好读书，不要乱开玩笑"。

矮个子的班长哭得最厉害。我不知道是不是有人责骂了她。事情果然像一场梦，梦灭了，她们自然要伤心难过。我自己倒不后悔过去几个月对条码疯狂的追逐，它们起码让我的生活有重心、有目标、有活力，并且让我注意到许多我以前不曾注意到的人物、细节。我告诉学生：假使她们真的换到十部轮椅并且送给学校附近的老人院，她们得到也只是精神的满足、内心的快乐。但难道过去几个月她们不快乐吗？她们可以假设她们可以用五千部换到的轮椅向XX主爱之家换一部大号的轮椅，而五万部大号的轮椅可以换一部无所不包、无所不容，可以回群星、动地球的特大号轮椅。

假设，只要假设。像文法课本上所说的：与现在事实相反的假设；与过去事实相反的假设；与未来事实相反的假设……

（一九九二）

甘纳豆的世界

甘纳豆是小小、甜甜的红豆。有一天,吃完晚饭,母亲拿了一些给刚上小学的她的孙女吃。七岁的女儿起先有点犹豫,吃了几粒后,高兴地说:"很甜、很好吃。"甘纳豆对她是纯然新鲜的东西。我也拿了几粒——的确很甜、很好吃,就像小时候吃的一样。

小时候拿到零用钱,就会跑到卖糖果的摊子上"抽糖果"。摊子上各式各样的糖果很多,但是手上的钱很少,一次只能选择一两种。甘纳豆是用"抽"的,大纸板上悬着分装成小包、中包、大包、特大包的甘纳豆,你在一张黏着许多密封的小纸的纸板上"抽奖",十次有九次会抽到"小"字,换一包里头不到十粒豆子的小包甘纳豆。你意犹未尽地吃完,已经没有钱了。你觉得甘纳豆真好吃,你觉得悬在那里的唯一的一包特大号甘纳豆是世界上最美好的东西——你从来没有看到有人抽到过它,它像梦一般清楚地让你看见、又像梦一般难以实现。

还有一种东西同样令你着迷:它是一个棋盘般隔成许多整齐小格子的大盒子——每一个小格子外面用纸覆住,里面各藏着一样东西。你给一毛钱,戳一格,也许得到一个小塑料玩具,也许得到一粒糖果。你觉得很好玩,因为你永远想知道其他格子里藏着什么东西——世界太大,而小小的你每次至多只能拥有有限的几格。但你仍觉得很好,因为你心里充满渴望。

然后有一天,你更大了些。你决定把整个世界买回来。你拿着过年赌剩的压岁钱,走过两条大街,到桥头那一家糖果玩具批发店。琳琅满目的玩具让你心跳加速,但你还是镇定地找到那几样你要的东西。你学大人的语气跟老板说:"老板,我要批发这些东西。"

你搬回棋盘般的大盒子,不到一个晚上就把所有的小格子戳破,并且发现里面的东西大同小异。你搬回甘纳豆,不断地撕开密封的小纸抽奖,在许多个"小"字、"中"字跟"大"字之后,终于抽到"特大"两个字。但是你一点也不觉得好玩,因为奖品老早就在你的手上——在你的手上,而不是像梦一样遥远地悬在似乎伸手可及的地方。

那同时也是泡泡糖流行的年代。所以你决定不再向卖糖果的摊子买一个五毛钱的泡泡糖。你批发了好几盒泡泡糖回家,卖给父母、弟弟、叔叔、舅舅,还有弟弟的同学。过了几天,一场台风把整条街的房子都泡在水里,你的泡泡糖变成浸了水的"泡泡泡糖"。你只能自己不断咀嚼这些卖不出去的泡泡糖,直到你确定人生的确空洞乏味。

所以那一天当母亲说"你们既然喜欢吃就把整箱甘纳豆搬回去"的时候,我并没有照着做。我还是想把那小小、甜甜的甘纳豆留在更宽阔的记忆的世界,留在更舒缓的渴望的空间。甘纳豆所含纳的"甘"并不全然来自它本身,在我们长大成人、变老变孤独的过程中出现的许多磨难、挫折、匮乏,丰富了它的甘美。甘纳豆甘,因为人生有苦。

所以我决定每次只让我的女儿吃到几粒甘纳豆。世界要大大的,人要小小的,才会感觉渴望的美好。

(一九九二)

从一朵花窥见世界

十几年前,刚上大学不久的我,在罗斯福路台大前面的现代书局颤抖地买到一套美国出版的画册。这套包容古今西东号称"两万年世界画集"的书,由六本手掌大的画册组成,每一本逾两百页,用铜版纸精印,每一页介绍一幅名画,图文并茂,实际有效;每本定价美金一块四毛五,虽然当时书店皆以美金定价乘六十换作新台币售价的吃人方式售书,我还是如获至宝地将之买下。其中有一本《19、20世纪绘画》真的是被我翻烂了——就是在里面,我第一次看到乔琪亚·欧姬芙(Georgia O'Keeffe)的画。

那是她1926年作的《黑色鸢尾花》(*Black Iris*)。整张画是一朵花的特写,画面中央花心部分是浓得化不开的黑,上方敞开的花瓣颜色微妙地在粉红、灰、白间变化着;在某些地方,欧姬芙以极轻巧的笔触捕捉住花心天鹅绒般柔软的质感。这幅画给当时的我很深刻的印象,因为我不知道她画的到底是黑色的鸢尾花,或是眼球里的虹彩(Iris的另一个意思),或是女性的性器官——那细腻巧妙的色感与质感太容易引人做此联想。这正是欧姬芙画作的特色:把客观的形象置于观者眼前,让他发挥想像力自由玩赏,感受更丰富的意义。欧姬芙奇妙地把简单的自然的形式提升成为包容整个世界的象征。她画的也许是某个物体,但她把它放大到成为抽象的东西,让我们不再能认出它原来的样子——如此更能领受颜色、形式、笔触所带来的喜悦与奥秘。浓缩两行布莱克(William

Blake)的诗句,欧姬芙真的是让我们"从一朵花窥见世界"。

欧姬芙于1887年11月5日出生于美国威斯康星州太阳大草原附近的农场。十岁起父母即请老师教其画画,老师们看得出她有才华,但常常不满她喜欢把东西画得比实际尺寸大。从小她即已一步步脱离对物象写实的描摹,朝向用自己的眼睛和心灵感受事物。十八岁时她进入芝加哥艺术学校接受正式的艺术教育(1905—1906),一年后又入纽约艺术学生联盟就读(1907—1908)。

1908年她在纽约首次看到罗丹与马蒂斯的作品,见识到迥异于学院内的创作方式。也许是对当时美国僵硬的艺术教育方式感到失望,她中止绘画,改当商业画家,在芝加哥为人画广告插图。1912年夏天,她在弗吉尼亚大学随阿隆·贝蒙(Alon Bement)修习艺术课程,重新燃起她艺术创作的兴趣。1914年秋至1915年春间,她到纽约哥伦比亚大学教育学院随亚瑟·道(Arthur Dow)学习,这位思想自由的艺术老师强烈影响了这个时期的欧姬芙。

1915年秋,在南卡罗来纳州一所小学院任教的欧姬芙突然大彻大悟。她决心扬弃过去所学的僵硬的写实主义,遵循她自己的本能:"再没有比写实主义更不真实的了,那些琐碎的细节叫人困惑。唯有透过选择、透过剔除、透过强化,我们才能抓住事物真正的意义。"她画了一些不同形状和尺寸的黑白的半抽象画,开始孕育她独树一帜的风格。

她把其中的一些画作寄给纽约的一个朋友,嘱咐她不要给任何人看。她的朋友看了大为感动,不顾她的嘱咐,将这些作品拿给斯蒂格里茨(Alfred Stieglitz)——著名的摄影家及现代艺术提倡者。斯蒂格里茨一见大喜,未知会欧姬芙就在他自己的"二九一画廊"展出这些作品。欧姬芙怒气冲冲地跑到纽约要求取下画作,经过斯蒂格里茨一番劝说,欧姬芙终于相信自己这些作品的质量并且允许继续展出。斯蒂格里茨肯定欧姬芙的才华,认为她的画未受欧洲流风的感染,具有一股直接、清晰、强烈,甚至野性的力量。1918年6月,在长她二十三岁的斯蒂格里茨的感召下,三十一岁的欧姬芙终于放弃教职,搬到纽约,专事绘画。他们随即同住在一起,并且在六年后结婚。

斯蒂格里茨无疑是成就欧姬芙艺术生命的最大功臣。他是她的知音兼良师,提供她展览的场地,像父亲一样保护她支持她,使她信心十足地追求她艺术的理念。他也是她形象的塑造者,为她建立独立、神秘、坚毅又带几分冷漠的艺术家形象——终其一生,这个形象一直留在世人心中。他为她拍摄了许多美丽而富个性的照片——黑色的衣服、犀利的眼神、后梳的头发,以及女神般修长的艺术家的手。

1929年,欧姬芙初次到新墨西哥旅行。厌倦了纽约人造的城市景色,新墨西哥截然不同的风光对她而言是无穷尽的自然奇观,提供她丰沛的创作灵感。此后二十年间,她几乎每年做一趟西部之行,花近六个月的时间在那儿孤寂地作画,然后每年冬天回纽约,在斯蒂格里茨的画廊展出她的成果。1949年,也就是斯蒂格里茨死后三年,欧姬芙定居新墨西哥的阿比丘(Abiguiu);到1968年3月她九十八岁去世为止,新墨西哥一直是她画作的题材和她的家。

欧姬芙把一生贡献给艺术,然而她并不依附任何主义、流派,而只是孤独、坚毅地走她自己的路。风景、花和骨头是她最常画的题材。为了捕捉事物的神韵和本质,她喜欢密集、重复地处理同一题材:"我会花很长的时间反复处理一个意念,就好像要认识一个人一样,我不是那种很容易和人家混熟的人。"她每每花上数月甚或数年的时间,系列地探索同一主题——通常是三四幅,有时则多达十来幅;前面提到的《黑色鸢尾花》即是同一系列中的第三幅。

欧姬芙一生创作了超过九百幅的作品,其中最容易让人窥见她生命与艺术丰厚特质的,当属两百多幅以花为题材的画作。这些画作多数创作于欧姬芙生命中极突出且具创造力的一个阶段:1918到1932年。这正是她和斯蒂格里茨恋爱、结婚、共同生活的年月。1924年,他们结婚那年,欧姬芙完成了第一批大尺寸的花的画作。当这些巨大的花展出时,观众的反应激烈且纷歧:有人怒骂,有人争辩,有人敬畏。有位评论家说,面对欧姬芙画的花,会使人觉得"仿佛我们人类是蝴蝶"。

许多观众看后都呆住了。这些画的尺寸比实物大出许多——欧姬芙常取花的局部加以放大特写。有人在杂志上写说:站在欧姬芙的画前,"我们很像是喝了'变小药水'的爱丽丝";另外一个作家把这些花想像成"给巨人吃的花"。欧姬芙显然刻意要造出这种惊人的效果。她说:"当你仔细注视紧握在手里的花时,在那一瞬间,那朵花便成为你的世界。我想把那个世界传递给别人。大城市的人多半行色匆匆,没有时间停下来看一朵花。我要他们看,不管他们愿不愿意。"

欧姬芙的画不但比例惊人,用色也令观者惊叹不已。她大胆地组合色彩,营造强烈的明暗对比,美国画家从无人如此。一如她喜欢选定单一主题,她也喜欢用纯粹的颜色作画——有时热闹多彩,有时又几乎只用单色。欧姬芙说:"我不知道重点到底在花或在颜色。但我确知我把花画得很大,以便把我对花的体认传递给你们——我对花的体认,除了颜色外,还会是什么?"

欧姬芙画的花具有强烈且丰富的暗示性,常引发观者不同的议论:有人认为它们是官能的,甚至是色情的;有人却认为它们象征贞洁的灵魂。据说有些父母还用这些画教导孩子有关鸟和蜜蜂的知识;还有些牧师认为她所画的尖尾芋是圣母玛利亚"纯洁受胎"的象征。难怪斯蒂格里茨宣称欧姬芙的艺术是"新宗教的起点"。

跟新墨西哥时期的孤独、隐遁做对比,画花时期的欧姬芙显然不吝惜展现她自己的情感。这些花是她自我的呈示,是一个情感饱满、生命力旺盛的女人兼艺术家的自画像。这些花述说着喜悦、美、神秘以及爱。它们让我们窥见欧姬芙的世界,也窥见欧姬芙所窥见、揭示的世界。

有一个九十多岁的收藏家,她非常珍爱自己在20年代买的一幅小小的、宝石似的欧姬芙的花。每天早上她睡到很晚才起床,然后一径走过许多幅毕加索和马蒂斯,到达那幅欧姬芙——坐在那儿大半天,欣赏她的花。

当我们九十几岁的时候,我们也许只需打开记忆——如果我们年轻的时候买过一本欧姬芙的画册——坐在阳光移动的窗边,等候花开。

(一九九二)

魔术火车

对我来说，火车永远是魔术盒子。

永远带你到某个地方，每一次——跟着几乎完全不同的人。我永远猜不到坐在我前面、后面、左边、右边的会是什么人。也许我会重复坐过某个车厢某个号码的座位，但我永远不能确定下次我会坐在哪一个车厢，跟着哪些陌生、相识，或似曾相识的人。这是火车的第一个魔术——比扑克牌、麻将牌、六合彩更富变化的重组游戏。

这是藏着各种不同声音和生命风景的魔术盒子。你也许一上车就听到两个聒噪的声音天南地北地开讲起来。这声音你确定你并不熟悉，然而它们居然愈逼愈近，开始谈到你身边的某个熟人。你试图猜测说话者的身份，忽然间，他们居然谈到了你。你赶紧探头看看他们，发现他们并不认识你，等你定下来，准备再听他们怎么说你，他们已转向改谈天气……

或者坐在前面的是一对情侣，轻声细语地把他们的浓情蜜意清楚地传播到你的耳里。你也许并没有偷窥癖，但魔术盒子强迫你接收他们的亲密画面。这是唯一可以合法（并且有义务）分享他人隐私的公共场合。你看到隔座女郎轮廓分明的内衣；你看到后面欧巴桑金牙微露、两腿大开的睡姿；最勇健的是一群放假回乡、活力充沛的阿兵哥，七嘴八舌地在"保密防谍，人人有责"的标语下争谈他们的性经验。

你不知道这些人来自何处,也不知道他们要去什么地方。你闭眼小睡几站,发现刚才站在旁边吃便当的壮汉不见了,走道上如今站满了背着背包,拿着手电筒的童子军。他们要去露营。

魔术盒子开开合合,倒出这些,又装进那些。当兵的时候有一次搭每站皆停的夜车从高雄到台北,半夜醒来发现脚下、座位下、走道上,甚至头上的行李架上都睡满了人。这真像魔幻写实主义的小说。

我特别怀念童年时候的东线火车。那时候,坐火车似乎是一件大事。每次要到外公家,母亲总是烧一大锅热水帮我们兄弟洗头、洗澡。记忆中我的东线火车总是载着明亮的阳光跟浓浓的肥皂味从花莲开到玉里再开到大舅舅住的富里就停了。火车从台东方面开回时,我已是在台东机场数馒头、等退伍的英语教官了。记得都是在星期五夜里坐火车回家。车厢里的旅客不多,多半是少数民族。小火车经过一个个小站,拿着煤油灯的值班人员和善地挥动旗子,变化红绿灯志。那点着的煤油灯仿佛从日据时期流动到现在,我感觉自己好像是穿着女校制服,带着心爱的照片,准备上花莲来找工作的母亲。

那真是魔术火车,仿佛印在地图上的铁路,一格黑、一格白地穿过时间,驶抵记忆深处——象征青春、喜悦、希望的魔术火车;象征岁月、哀愁、梦幻的魔术火车。所以超现实主义的画家,譬如奇里诃(De Chirico)、德尔沃(Delvaux),总喜欢把火车画在画里——或者神秘地,忧郁地从地平线的一端,或者孤单地,怪异地突出于日常事物当中。

去年冬天一个晚上,我从台北买了两本奇里诃的画册带回花莲。下了车,离开火车站,才发现画册还在火车上。我急忙奔回:一半的火车已继续开往台东,一半拖回车库。我辗转查询,到了将近十二点才找到进入车库的门路。一节节车厢像上了锁链的机器兽,一排排囚禁于夜晚的铁道。我突然感觉它们也有灵魂,并且正在做梦。我看到一排依然亮着灯的车厢,跳上去,发现几个山地妇人正在整理、清洗车厢。所有的座位整整齐齐地空着。啊,走了旅客的车厢原来这么地孤寂、空虚。我找到了那两本奇里诃的画册,不知道是梦是真。

明天,它们将继续载着不同的旅客驶向相同的地方。

(一九九二)

我的视听工业盛衰史

每次送瓦斯、收电费、修马桶或查户口的来到我家，看到客厅壁上、地下放置的一大堆唱片、录像带、录像机、录音机，总会忍不住问："你们家是不是在租录像带或帮人拷贝？"如果我回答说不是，他们一定会好奇地询问我的工作是什么，如果我据实回答，他们一定接口说："噢，我知道，音乐老师。"实际上，我既不是音乐老师，也不是录像带租售商，但很多人走进我家总觉得好像走进工厂，尽管我费尽口舌解释那些软件、硬件只是我个人业余嗜好之所在，他们总怀疑我一定在经营某种庞大而秘密的工业。

我的视听工业是从喜欢音乐开始的。小学二年级时，父亲买了一支口琴给我，我用它反复吹我听到的旋律。上了初中，我买了两本定价新台币十元的《世界名歌精华》和一本《中国民歌精华》，用口琴一首首吹看看是否听过。我的口琴是全音阶，遇到升降记号只好在心里自动升降半音。大概为了帮校长开辟财源，我读的中学每学期都规定要买两种音乐课本；每次注册回来，我都老老实实地把里面的歌曲、乐理、古典音乐介绍先读完。就这样，比别人多认识了一些好听的曲子。

然后是买唱片，买新台币十元一张的翻版唱片，并且拜托唱片行老板娘把他们店里仅有的一套唱片厂产品目录送给我。虽然印刷粗糙，但里面列着许多令我心动的作曲家、演奏家、指挥家的名字，被当时的我视为至宝。高中三年是我的"和声学时期"，没事和几位同学一起打开音乐老师郭子究的《合唱曲集》或者一本新台币五元的英文《世界名歌 101 首》练习四部合唱;要不然一个人在家,试着把合唱曲的每个声部一遍遍唱过。我丢下了口琴,换上了吉他,在六根弦上摸索各种和声。上了大学以后,求知欲倍增,我发现自己从小到大土法炼钢的自我音乐养成教育,对于自己继续涉猎各种艺术有举一反三、事半功倍的催化作用。等大学毕业出来,教书、赚钱,我的视听工业机器便正式开动了。

早期只是一组音响。我记得在我初当老师的那几年,一半以上的薪水都拿去买原版唱片;那时还是 LP 的时代,我第一次到台北中山北路上扬唱片公司,一登上二楼,足足呆立了三分钟——我被一屋子从 A 到 Z 排列的唱片吓住了。我的心充满渴望,呼吸急促,但却不知从何下手。那情景正如济慈在初读奇妙的荷马后所说的:"感觉像某个发现新行星的天文学者,或者张着鹰般的眼睛在山尖初见太平洋的探险者。"

很快地,上扬在我的眼里愈变愈小,因为他们给了我几本外国大公司的唱片目录——按图索骥,发现很多我要的唱片店里都没有。那时教书一有空堂就回去听唱片,顺便用仅有的一台录音座录下来推销给我的同事。由于纯粹出于"好东西与朋友分享"的心理,我并没有注意录了多少卷。直到几次到同事家,看见他们柜子里、抽屉里摆满了我录的录音带,我才晓得自己的事业做得有多大。一位女同事在结婚时告诉我,她的嫁妆中最不寻常的是我帮她录的一百多卷录音带。我惊讶地问她:"我真的卖给你那么多卷了吗?"她说:"是啊,你自己都忘记了噢?我喜欢你用黑色钢笔写在录音带盒子上的那些字。当它们一整排放在一起时,看起来特别动人。"没错,我早期的录音带都是我亲手慢工精制的。我像写信给爱人般一笔一画把曲目、演奏者、作曲者等等资料写在上面。我常常告诉我的朋友:"我的录音带里录的不只是音乐,还有我的呼吸,我的爱。"这时期有一张唱片颇值得一提:辗转购自海外,由小泽征尔指挥波士顿交响乐团和刘德海合作演出的琵琶协奏曲《草原小姐妹》。我把它录给同事,第一次接触大陆作曲家作品的他们听后都感动不已,有人在流泪之余还要求我多拷贝几卷以分送亲友。

然而 LP 这种胶质唱片是很容易发霉且有杂音的,所以当我一听到 CD(镭射唱片、激光唱片)发明上市,我就立刻痛下决心停购 LP,并且抛售我的收藏。当初帮别人录音,自己并没有留下拷贝;为了日后能够重温旧唱片曾经带给我的美好经验,我不惜以双倍价钱,说好说歹地向同事买回我的产品。

跟随镭射唱片机来到我家的是镭射影碟机和 Hi-Fi 录像机。镭射真是伟大的发明,它可以跳前、跳后、静止、反复,随心所欲地让你播放你所想要的段落。这视、听两样伟大的发明结合在一起,就使我进入废寝忘食、一日比一日发狂的视听工业勃兴期。

我把所有的视听器材都集合在楼下客厅,以使它们相辅相成发挥最大效用;所以电视上播的可以立即录在录像带或录音带上,而 CD 或录音带的声音也可以转录到录像带。我一回家就坐在客厅中间,遥控这,遥控那。客厅成为我的起居室兼研究室兼工作室。

我猎取知识、搜集信息的方法是前面提过的"目录主义",加上我所谓的"百科全书/图书馆精神"。也就是说我情愿主动出击,而非守株待兔;对于已知存在的美好事物有排除困难、一一取得的决心。然而"吾生也有涯,学也无涯",要以有限的躯体拥抱宇宙无穷的知识终有夸父追日或飞蛾扑火之悲。清朝章学诚说:"宇宙名物,有切己者虽锱铢不遗,不切己者虽泰山不顾。"对我来说，只要列名经典、辞书、百科全书，或我直觉好听、好看者，不论长短大小，俱在我搜藏范围。为了磨炼鉴赏力，我买了大量的工具书跟参考书，日夜翻阅，以免有眼不识泰山。只用耳朵听音乐的日子是单纯而幸福的，但一旦加入影像，我发现这世界可爱的东西又更多了。于是悲惨地，我的搜藏范围随着镭射影碟（LD）目录的翻动，由古典扩及流行、扩及爵士、扩及电影、扩及动画、扩及美术……

我变成一只驮着录像带的蜗牛。我发觉我赚钱的速度跟不上我买录像带、CD、镭射影碟的速度；我发觉我花在搜集、录像的时间多过我花在观赏、回味的时间。为了充分运用自己的"视听图书馆"，我开始把录音机、镭射唱片机、录像机搬到学校，利用上课和课余时间把最美妙的一些东西介绍给学生，并且在周末开放我家楼下让有兴趣的同学一起来欣赏。我剪贴、影印了许多讲义帮助他们欣赏，为他们列出进阶式的欣赏节目，代购相关书籍，并且录制集精华于一卷的录像、录音带。为了让众多学生能快速拥有美物，我大举添购录像、录音设备，以做到人手一卷或多卷，随时交换欣赏。这是真正的视听教育，充满创造力、欢乐、自由和活力。

我的视听工业的极盛期应该是在"小耳朵"登陆我家之后。我花了新台币十一万元，于日本卫星电视开播不久后在我家屋顶秘密安装了一支；夜里，拉下铁门，观看远来的精彩节目，真有一种秘密的快感。租镭射影碟要花钱，观赏小耳朵却不用付费，偏偏好看的节目又那么多——为了同时收录不同台的节目，我装置了两台调谐器，并且购买可与之连动、预约录像的新录像机。我订了一份卫星电视月刊，每个月初，对着日文的节目表划重点、做记号。时间一到，战战兢兢，深恐没有录到或没有录好。这阶段真是寝食难安、行止难定。有时怕电视节目临时变动，不敢随便外出，整日守候机旁;万一因事必须离开家里,到了外地也不忘以电话遥控,随时查询。我的太太可以作证:好几次我因为操控有误、错失节目,当场失神、流泪——也许是定时录像时搞混了上、下午的时间;也许是机器全动,然而却错接了一条线。长期熏染,全家都养成敬重卫星、爱护卫星的忧患意识。凡事以卫星电视节目为上,连七岁的小女儿一看到电视上出现古典音乐节目,都会呼叫:"爸爸,快录,快录!"

处在这种耳鸣目眩、声光大备的快乐的深渊,我哪里还有时间、空间做其他事,难怪很多人不解为何十年前"活跃文坛"的陈黎有一段时间销声匿迹、不再写作。然而我并不后悔这段狂热岁月。这几年重新写作,有许多动力、灵感、题材都是来自这些视听经验。前一阵子,小耳朵因卫星故障,收视不良,我倒也有忧有喜,因为我总算可以强迫自己有一个"免于视听恐惧"的假期。

但我知道这假期并不会长,因为即使我不再有昔日为别人录像、录音的热情,至少我自己视听的兴趣永远不变。感谢镭射兄弟,感谢小耳朵,让我们足不出户就可以欣赏到世界上最美好的事物。最近卫星又恢复正常,我一口气在小耳朵上看到了梦寐已久的贝尔格的《伍采克》,巴赫的《无伴奏大提琴组曲》,比莉·哈乐蒂、迈尔士·戴维斯……

诗人爱默生说:"当我读到一本好书,我真希望人的一生可以有三千年。"遇到好的视听节目的我,不仅希望一生有三千年,更希望一天有四十八个小时。中学英语课本上教过一段课文:"我们的心,如同我们的身体,也需要一种食物。这种食物叫知识。"我的视听工业就是我的心灵工业,只要心不死,它就永久不衰。

(一九九二)

苦恼而激情的生命画像

弗里达·卡罗(Frida Kahlo, 1907—1954)是20世纪最富传奇性的墨西哥女画家。她非凡、悲剧的一生,跟她热情、大胆的画一样,永远是探新窥奇的世人最感兴趣的对象。她的故事被拍成电影和纪录片,她的传记(如赫烈拉1983年写成的《卡罗传》)一卖十万本,连罗勃·狄尼诺跟麦当娜都动过拍片之念。麦当娜在1989年曾探访卡罗中学时代的男友,请其告诉她"有关卡罗的秘密",她写了一张谢卡告诉他:"她令我着迷,是我灵感的来源。"1991年,卡罗的一幅《散发的自画像》在佳士得拍卖会上以一百六十五万美元的高价卖出,在国际绘画市场普遍不景气的今日,卡罗的画却独能掀起热潮:这除了归功于她画作本身的特异性与优秀性外,更大的驱力也许来自隐藏于画作后面她动人的生命故事。

卡罗出生在距墨西哥城一小时车程的柯瑶坎(Coyoacán),父亲是德国犹太人,母亲是有印第安血统的墨西哥人。卡罗六岁时得了小儿麻痹症,使她的右腿明显瘦于左腿,她开摄影店的父亲很疼爱她,时常带她出外运动、照相,她也常帮父亲整理装备,并且学习洗、修照片以及上色等技术。也许因为脚疾,卡罗比同龄的孩子晚进小学,大约就在此时,她养成了终身持续的两个习惯:少报年龄,以及掩饰自己身体的缺陷——她照相时总是把右脚藏匿起来。

她十五岁进入墨西哥国立预校就读,这是当时墨西哥最好的中学,同年级两千名学生中只有三十五名女生。她很快地让人知道她是大胆无比、爱恶作剧、爱开玩笑的叛逆学生:想像力丰富,并且精通脏话。她对同学说她只有十二岁,宣称她生于1910年——墨西哥革命之年,如是是一名"革命之女"。

她很注意自己的外表,极力想要引人注目,有时甚至着男装或自己设计的大胆服饰。她的笔记簿涂满了无聊时画的素描。就在国立预校,她首次遇见了正在那儿绘制壁画的墨西哥大画家狄亚哥·里维拉(Diego Rivera)。她告诉她的朋友她愿意付出一切,只要能为里维拉生个小孩。同学们都很惊讶,因为她们虽然仰慕他的才华,但在她们眼中他却是一个肥胖、邋遢、突眼的有妇之夫。卡罗常跟来校作壁画的里维拉捣蛋,她还拿里维拉跟其他女人们的绯闻当面取笑他老婆。

卡罗举止早熟,她老喜欢向世俗的教条挑战:小的譬如穿校规禁止的短袜上学,大的譬如跟一位比她年长的女子发生不正常的关系。家人、同学对她在性方面的狂放都大感骇异,但卡罗自己却不以为耻。她说:"我不在乎,我喜欢自行其是。"

十八岁那年,家境转坏的卡罗进入商校学习打字,后在一家雕刻店当学徒。同年九月十七日,与男友出游,回家时所乘巴士被电车撞碎,扶手的铁棒刺进卡罗的身体。多年后卡罗的医生在病历表上汇集了她这次意外所受的伤害:"腰部脊椎第三、四根挫伤;骨盘挫伤;右脚挫伤;左手肘脱臼;腹部重伤——由于铁棒从左臀部刺进,自外阴部穿透而出。急性腹膜炎;膀胱炎,排脓数日。"但卡罗却喜欢夸大此次意外的灾情,经常为自己补上新伤:譬如颈部脊椎以及两根肋骨挫伤,右腿十一处挫伤,左肩脱臼。她总是告诉别人铁棒刺进她的子宫,自处女膜穿出,她"因此失去童贞"。她也将自己不能怀孕生产的情况归咎于此次意外,虽然她还有其他一大堆解释自己不孕的说辞。

凭想像修饰、捏造、变化自己的生命故事是卡罗从小养成的特长,她企图虚构自己的传记,创造自己的神话和传奇。

卧病期间,卡罗开始画画。她的母亲帮她定制了一个放在膝上的小画架,她在床顶悬一镜子,以便以自己的影像为题材——这也是她后来为什么画那么多自画像的原因之一。车祸辍学后的卡罗开始与一些左翼艺术家、作家、知识分子交往,并且加入共产党,也因此又碰到了里维拉;她请他看她的画,里维拉颇赞赏她的才华,并且爱上了她。1929年8月21日,二十二岁的卡罗和四十三岁的里维拉结为夫妻,这是里维拉第一次的合法婚姻,虽然在这之前他曾娶过两次老婆、碰过无数女人。

卡罗和里维拉的婚姻是充满矛盾、不协调的奇妙组合。纤小、美丽的卡罗嫁给体重三百磅的里维拉被人形容成"一只大象娶了一只鸽子"。卡罗曾说她一生遭遇两次重大灾难:一是让她半身近乎残废、导致终身大小手术不断进而借酒止痛、耽溺成瘾的电车事故;另一则是里维拉。他们的结合既现实又浪漫:卡罗需要里维拉为她纾解她父母的经济困境,她也需要里维拉的地位,使她有机会接触国内外艺文名流,而同时里维拉本人也具有一种令她着迷的活力与亲和力。

但里维拉是一位无可救药的好色者,即使在婚后他照旧不断追逐女人,甚至诱奸了卡罗的妹妹。起初她还以她爱的男人不能没女人缘自我安慰,饱受嫉妒与冷落之苦后她开始反击,开始和许多男人发生关系;她也和许多女人幽会——包括与里维拉有染者。这些恋情大多火热而短暂,连俄国革命领袖托洛茨基也成为她入幕之宾。

卡罗的报复虽使她对自己的魅力重获信心,并且适度平衡里维拉带给她的苦痛,但里维拉依旧是她的最爱。浪漫的激情一过,她依旧想要回到里维拉坚实的爱里；即便她个性如何坚毅，她仍然需要里维拉来赞美她的才智和美丽。她常常夸大她的残疾，以固守里维拉对她的关心。她有许多次手术是选择性产生在她发觉里维拉另结新欢时。她虽然流产多次，并且期望别人以为她因为不能尽母道而苦，但实际上她已经把所有母性的爱灌注在里维拉身上：像对待婴儿般对他说话，为他洗澡，给他玩具在澡盆玩，为他做衣服、准备饭食、整理文件，甚至整理出一个标明"里维拉情妇来信"的档案。他们的婚姻分分合合：1935年他们分居，后又复合；1939年宣告离婚，次年底又重新结婚。终其一生，里维拉像一棵巨树盘踞在卡罗不健康然而意志力强韧的生命之土上——这棵树是她生命的重心，却同时也投给她许多她必须不断冲破的巨大的阴影。

卡罗把身心所受的创伤全表现在她的艺术中，在健康不良和精神痛苦双重的折磨之下，她创作出一幅幅撼人又动人的画作。这些画作悲凄善感地述说着她的故事和心事，也赋予她传奇的一生新的血肉。具有自虐倾向的卡罗喜欢把自己的悲苦命运和自我毁灭的癖好结合在一起。在她一系列自画像里，她的表情始终如一：犀利的眼睛流露出怀疑的眼神，几分鄙夷地看着这个世界；冷傲倔强的唇边浮显出细黑的短髭；浓密的眉毛在鼻梁上方交合成展翅飞鸟之姿，经过妆扮的女性容颜散发出阳刚的气质。令人悸动的是她颈间的风景——有时是鲜红的发带绳索般纠缠于颈部，有时是浓密的发丝巨浪般拍打于颈间；有时是灰黑的铁环或兽骨传递出被奴役的讯息，有时是带刺的荆棘鲜血斑斑地刻画出受难者的形象。她的画是她的告白，是她的自传，暴露出她的内心世界，强有力地传递出她的孤独和悲苦。有人问她为什么如此常作自画像，她的回答是："因为我孤单。"或许这是她寻求寄托的手段,是她求生存、克服病痛、孤寂和死亡的最终手段。她在写给朋友(不论交情深浅)的信中,最常用的字句是"不要忘了我"。晚年,她把自己的照片大量分送给亲朋好友,这或许是她企图巩固自己在别人心目中的地位的另一个手段。

除了绘画,卡罗于1944年左右开始她写日记的习惯。她以充满想像力及高度创意的笔触,用铅笔、彩色笔或水彩这些颜料,又画又写地记录自己的心路历程,宣泄她狂热且丰沛的情感。她的日记在朋友间传阅,有时她还会慷慨地撕下几页送给好友。这种赤裸、坦白暴露个人情感的作风,和她的画风在本质上是相近的。尽管她的画有超现实主义的味道,但她不喜欢别人把她归类为超现实主义画家,她说:"我从不画梦;我画的全是真实的自我。"

面对生命中的诸多缺憾,卡罗选择了面对,而非逃避。她喜欢把自己置于极端的情境,试探自己生存的能耐。她在柯瑶坎老家"蓝屋"的书架上放了一个广口瓶,里头装着浸泡于甲醛的胎儿(她告诉访客那是她死产的胎儿)。她在床头挂了一个骷髅,每天早上必先握住它的手,亲切地问候:"嘿,你早,好姊妹!"然后她才开始一天的作息。在她的卧床的罩篷顶上还有一具更大的骷髅,平躺在两个枕头上。对卡罗而言,死亡是生命的必然结果。她企图面对生命真相,以接纳死亡,以战胜对死亡的恐惧。

或许因为参透了生命,卡罗才能坦然地面对生命中的忧喜悲欢,才能以如此蓬勃旺盛的生命力走完生命全程。晚年,她不良于行,卧病在床,但她并未与外界隔绝,她的卧房成了小型的沙龙,她把来访者的名字用红色颜料一一写在卧房墙上,以感念他们的情义。1953年4月,他们为她在当代美术陈列馆举行回顾展。卡罗在摩托车前导下,坐救护车抵达展览会场。她病重无法站立,他们事先在会场中央架起她的床,让她能躺在床上向观众致意。这次画展所展出的不仅仅是她一生的画作,也展出了她在病痛的百般凌辱下不妥协的精神和灵魂。她说:"我并没有生病,只是有些破损。但是只要能作画,我仍乐意活下去。"后来,她因脚部坏死,再度住院切除膝盖下的右腿——这对她当然是一大打击——但她仍和探访的朋友谈笑风生。她在日记上写下了令人心疼的句子:"当我可以展翅高飞时,我还要脚干嘛?"

卡罗的激情和执着,不仅表现在她对里维拉的爱与恨中,表现在她对生活苦难的勇敢承受,也表现在她对政治的参与和对体制的反抗。她跟随里维拉投身各种左翼政治活动。在托洛茨基被追缉时,她和里维拉出面将他接引到墨西哥。对公理、正义和自由的追求是她一生的理念。1954年7月2日,她撑着久病之躯,坐在轮椅上,手持"争取和平"的标语,冒雨参加示威活动。回家后,她因疲惫过度而感染支气管炎,十一天后死于肺血管阻塞。这种类似殉道者的死法,或许正符合卡罗一生所追求的悲壮的美感。

她最后一则日记是一幅黑色天使的速写,以及这样的字句:"我希望快乐地离去,永远不再回来。"死亡也许真的让她快乐地脱离人世的苦难,永远不再回来,但她苦恼而激情的生命故事,伴随她留下来的画作,将永远活在人们心中。

(一九九二)

有绿树，柠檬和时间的风景

这不是印象派的画，并且那些柠檬也不是挂在绿树上；这也不是超现实主义的画，虽然一如今年夏天，在过往的每一个夏日午后或夜晚，你的确看到它们在那里：绿树、柠檬、时间，以及在时间中流转的记忆。

那老者在榕树下卖柠檬冰已有四十多年了。他自然曾经年轻过，但至少在我看到他时他已经是一个老者了。他的冰摊干净而简单：手推的摊子上一只装冰水的大玻璃桶子，前面几排整齐叠放的柠檬，一个木制的压柠檬的器具，一些杯子。他有两面细长的玻璃镜子，上面写着：正老牌柠檬冰——正老牌，因为他的柠檬现切现压，一点也不苦。来的人都站着喝。老者戴着银边眼镜，徐徐把柠檬汁倒入杯中，加入糖水，加入冰水。并不是每个人都知道他立足的这条小街的名字，但他的冰摊、他的身影早已成为这小城风景的一部分：在夏天，当生命由翠绿转成金黄，由柠檬转成柠檬汁。

在他的摊子旁边是一摊卖绿豆汤的，有时比他早推来，有时比他晚，卖的人是他的女儿和女婿。喝完柠檬冰的，往往会坐下来再吃一碗冰镇绿豆汤。在我离开小城上大学前的那些年，穿过庙前广场到忠孝街尾喝他们家族卖的柠檬冰、绿豆汤是夜读生活里的一大享受。

那时候，生命的夏天似乎比较长。老者的柠檬冰从端午节前就开始卖了，一直到十月底还吃得到。他总是中午不到就出来卖，几个玻璃杯轮番使用,洗杯子的一桶清水一天要换好几次,到夜阑人静才收摊回家。一开始他的柠檬冰小杯的五角、大杯的一块,后来变成小杯的一块、大杯的两块,一天居然能卖新台币三千多元。那个时代自然也有其他的爱玉冰、仙草冰、青草茶、冬瓜茶,却没有今天四处可见的泡沫红茶铺、便利超商店、铝箔装/易拉罐饮料自动贩卖机。

所以这几年,走过忠孝街,你发现夏天比较短了。老者只在最热的七八月出现,摆好摊子开始卖时已经接近黄昏了。他的柠檬冰现在一杯十五块——不分大小杯,最好的时候一天可以卖新台币一千多元。他的女儿已死,他的女婿车祸受伤,清凉的绿豆汤只能在记忆中回味。

绿树,柠檬,时间。你的确看到这幅风景,以及在风景中进出、老去的大人、小孩,和我。

(一九九二)

立立的秘密舞台

　　自出生即在父母亲陪伴下长大的立立，几乎没有一刻孤独过。她和妈妈一起扮家家酒、捏黏土，和爸爸一起听音乐、下象棋，即使在门口和附近小孩玩游戏，爸爸或妈妈也一定跟在旁边。妈妈在厨房准备午餐时，总会不时探头问爸爸："立立呢？怎么没听见她的声音？不知道一个人在楼上做什么？"和爸妈外出，她永远抢占中间的位置。她像一个球，但无论多大幅度的蹦跳或滚动，她永远在父母亲预先设置的安全防护网内。从未孤独也从未享受过孤独的喜悦的立立，在上了小学之后，仍是一个爱撒娇、爱黏人的孩子，但是有时候她会向爸妈要求一些些"免于被陪伴"的自由。她要求妈妈让她一个人过马路到对街百货行买一包绑辫子用的橡皮筋；她要求自己练习洗澡，自己练习洗衣服；她要求爸爸不要在一旁讲解而让她自己看音乐解说；她要求妈妈不要带她上街买菜而让她独自待在家里画画；她要求自己做功课；要求爸妈进入她房门之前得先敲门。眼看这个上厕所从不关门而且心里头藏不住话的小女孩开始为自己争取保有隐私的权利，眼看这个小时候立志嫁给爸爸以便和妈妈永远在一起的小女孩开始发表她的"独立宣言"，立立的妈妈很高兴女儿真的长大了，逐渐长成了独立的个体，但是，当女儿关起房间之后，一向以尊重人权和了解人性自诩的妈妈，却有种被遗弃的感觉，她若有所失地徘徊门外，有了偷窥的冲动。她问立立："你在房间做什么呀？门关着，会热死的！"立立说:"这是我的秘密,不可以让你们知道!"

但是,妈妈不久就识破了立立的小秘密,因为妈妈从来没有教过大嗓门的立立"隔墙有耳"这个成语,而且立立常常粗心得忘记"湮灭证据"。原来立立秘密地成立了一个"文具剧场",每天上演她自编自导的宫廷爱情故事。剧场就设在她平日做功课的书桌上。立立在上面建了一座颇具现代趣味的城堡——堆叠的铅笔盒是城墙,竖起的尺是楼梯,斜倾的书架是大门,木制雕花笔筒是石柱,银色铃铛是门铃,小小的桌灯是大大的太阳。堡内的设备一应俱全:绿色的卫生纸地毯、笔记本床铺、橡皮擦枕头、广告纸床单和棉被、香皂盒茶几、艺术茶垫屏风、字典橱柜。城堡的四周布满了短小的铅笔士兵(那是立立入学至今用剩却不舍得丢弃的笔尾巴),城堡内则住满了各式颜色、各样长短的铅笔绅士和淑女们,男士们的头上都顶着橡皮擦高帽,女士们的腰际都系着立立设计的纸裙。最令妈妈好奇的是在笔记本床铺上已足足躺了两个星期的深绿色利百代铅笔和粉红色雄狮铅笔,在妈妈的苦苦追问和一个蛋卷冰淇淋的诱惑之下,立立道出了背后那段凄美的故事:"利百代铅笔王子爱上了敌国的雄狮铅笔公主,就在他们准备爬墙逃走的时候,他们的父王请毛笔大将军命令铅笔士兵发射牙签竹箭把他们射死,所以他们只好一直躺在床上啦!"这个老掉牙的故事架构,经过立立用全新的媒介物所呈现出来的效果真是令人耳目一新,那是一种动画的趣味,童真的放任。立立告诉爸爸妈妈只要他们保证不偷笑,以后上演新剧时,她会邀请他们当观众的。

立立的爸爸和妈妈等了又等,却不见新剧上演,剧场的布景和道具依旧,公子和王子的故事大同小异,周而复始地进行着。他们原先以为立立江郎才尽,再也想不出新点子,后来才知道立立的自恋狂和收藏癖又犯了。她过于爱恋自己初任舞台美术总监的"处女作",舍不得变动舞台上的一景一物、一兵一卒;没有全新的场景,当然也就无法上演新的戏码了。最后,立立干脆"封锁"剧场,把刹那凝结为永恒。从此,这个文具剧场成为立立最具特色的收藏,不供玩赏,只供凭吊,就像古希腊神殿遗址或罗马竞技场的废墟一样。

隔不了多久,立立又在爸爸妈妈的卧房另辟舞台,上演她的"饭店秀"。她把所有的布偶都召集到床上,分派它们不同的角色:兔宝宝担任柜台小姐,小象和小熊是第一桌客人,大白鹅和猴子是第二桌客人,长颈鹿是大门守卫,而立立本人则担任大厨师兼侍者,她心爱的两只小白狗是她的助手。在安排这些客人入座之后,立立为它们点菜,并且亲切地递上餐桌纸、餐巾和刀叉。总之,她把爸爸妈妈带她上中信饭店吃牛排所看到的那一套餐厅服务全用上了。妈妈在几次偷窥之后,归纳出一个结论:立立大饭店的拿手好菜是卫生纸三色面、跳棋生菜色拉、围棋咖喱饭、象棋铜锣烧和名实相副的石头火锅。立立是个专注又忙碌的厨房工作者,常常妈妈在一旁站了半天,她仍浑然不觉。不过,一旦被她发现,会即刻被驱逐出境,因为"这是动物大饭店,人类是不可以进来的"。

最有趣的一出戏是在妈祖诞辰的第二天上演的。妈祖诞辰那天,立立跟着妈妈到妈祖庙看善男信女膜拜、烧香,顺便沾染一些节庆的气氛。庙前广场上的祭祀桌上整齐有律地摆满了一盘盘祭品,立立目不转睛地看着。回到家里,爸爸拿出《台湾民俗大观》,为她讲解台湾的神祇和祭祀礼俗。这是立立的第一次宗教之旅。第二天中午,妈妈唤立立吃饭,三次叫唤,不见回应,于是推开卧室房门一探究竟。妈妈愣住了,眼前竟是热闹滚滚的庙会情景!一盘盘的菜肴放满了整张床,塑料餐盘上装塑料炸鸡、热狗三明治、塑料菠萝、葡萄、苹果、塑料豌豆、茄子、玉米、塑料煎鱼、荷包蛋;立立拿着三支彩色笔,带领着她的芭比娃娃们,虔诚地跪拜。她告诉妈妈她为妈祖、王母娘娘和观世音菩萨准备了丰盛的食物,替自己和芭比娃娃许了好多个愿望。妈妈问她许了哪些愿望,她神秘地捂着小嘴说:"这是我的小秘密,不可以告诉你们。"然后眨眨眼睛问:"我用假的水果和食物拜拜,不知道可不可以?"妈妈说:"妈祖知道立立还小,不会赚钱,买不起真的食物,一定不会怪你的。只要立立乖乖吃饭,快快长大,愿望就会实现的。"

立立在家里的各个角落不断地建立她的秘密舞台,上演她的戏剧。除了书房和卧室之外,浴缸、厕所、沙发、地毯、桌子底下,都是她挥洒想像,实践戏剧人生的地方。她让米老鼠爱上唐老鸭,让白雪公主和巫婆成为好朋友,让兔、狗、熊、猪成为一家人;棉被是魔毯,毛巾是披风;巴黎铁塔就在伦敦铁桥的旁边;向日葵和梅花同时怒放;貂蝉和西施转眼成了热情的夏威夷姑娘。在立立的秘密舞台上,善恶、美丑的界限不见了,时空穿梭自如,四季交融,世界一家,快乐的想像是支配舞台的唯一美学。

(一九九三)

立立的音乐生活

小女孩立立生下不久，立立爸爸的朋友便建议立立的爸爸多让立立听一些奇妙的声音，以培养她的音乐感。立立的爸爸没事就把厨房里的碗筷盆锅，以及各种瓶瓶罐罐，拿过来敲敲打打，但发觉实在有点刺耳，不像能激发音乐美感的样子。立立的爸爸抱着"多耕耘，多收获"的态度，在玻璃瓶子里装进不同的东西，每当立立睡醒，便在她耳边摇晃出不同型态的音响。他发现，立立最喜欢听的是绿豆和玻璃碰撞的声音。他竭尽所能变化节奏和演奏效果，含着奶嘴的立立并没有手舞足蹈，闻乐起舞。立立的爸爸不知道朋友提供的幼儿音乐教育理论到底是否有效，他确定的是立立长大后，每次吃绿豆汤，都只喝汤，不吃绿豆。

那些立立不吃的绿豆，原来都跑到五线谱上，连同其他有芽没芽的豆豆，手牵手组合成美妙的旋律，融进小女孩每日的生活里。

立立的爸爸很喜欢听音乐，家里到处是大大小小各种播放音乐的唱盘、录音机、录像机、影碟机。他在立立两岁多初识英文字母与阿拉伯数字时，买了一台手提的 CD 唱机/录音机给她，让她随心所欲播放她喜欢的音乐。爸爸给她的第一张 CD 是电影《真善美》(《音乐之声》，The Sound of Music) 的插曲。立立虽然听不懂英语，但她很喜欢爸爸帮她录的电影《真善美》的录像带，没事一遍遍观赏，对里面的人物、歌曲都很熟悉，并且深深投入，仿佛她自己就是剧中人。她看不懂英文，但是她知道演傀儡戏的那首

《寂寞的牧羊人》在唱片的第七首,《小白花》在第十四首,而她最喜欢的《Do-Re-Me》是第十一首。这些歌对她而言,是活生生有感情的东西,她清清楚楚知道它们的顺序、位置。在妈妈帮她解释过歌词的意思后,她也能咿咿呀呀跟着唱:兜,阿笛儿,阿飞美笛儿;雷,阿抓破狗登山……(Doe, a deer, a female deer; ray, a drop of golden sun ...)这些歌像一道道金色的阳光射在她心上,交织成一张透明的音乐网。

立立也喜欢用她的机器听爸妈为她搜集的童话和儿歌录音带。妈妈教立立唱儿歌,然后两个人自己窜改歌词,自得其乐地翻唱新歌。妈妈把这些好玩的歌录下来,无聊时回放聆听。她们两个人好像是同一个幼稚班的同学,一同唱歌游戏,一同成长学习。

立立四岁的时候,这两个同学又一起报名去上山叶音乐班,从最基本的节拍、键盘指法、视谱、和弦等学起。从来没有学过乐器的妈妈,每次上音乐班回来,就和立立轮流在家里的钢琴前练习。立立弹什么,妈妈也跟着弹什么,两个人还互为评审,比赛谁弹得好。但每次比赛总是立立第一,因为立立不许妈妈给她打低于九十九的分数。妈妈认真地把上课的重点记在笔记簿里,回家反复叮咛立立,但很快地,立立愈学愈顺,妈妈却像唱片跳针般,老是卡在几个关口。立立已经弹完幼儿班、先修班八本教材了,妈妈还是停留在第三册。妈妈看立立对弹琴有兴趣,又另外送她到同事家个别学琴。升上小学二年级的立立,每周花在学琴、练琴的时间就更多了。她往往不主动练习,要人催,练了琴以后也不主动停,要人提醒方才罢手。她的表现愈来愈纯熟,愈来愈"职业化",不但收妈妈为学生,模仿老师个别授琴,还发信封给妈妈,要她按月缴交学费。

立立的爸爸每天在家里放各式各样的音乐,他希望立立像他的学生一样，能养成听古典音乐的习惯，并且有一天能互为知音。但立立太小了，很多东西都还不懂，然而爸爸还是尽量利用各种机会，加深立立对乐曲或作曲家的印象。每次看到音乐班或钢琴课教到某一首简易化了的名曲，爸爸就会故意拿出原曲的CD，大声放出那个乐章，问立立有没有听过或者知不知道是谁作的，然后又一遍遍回放。所以立立先从山叶音乐班学到铃鼓、响板与钢琴合奏的打击乐版《惊愕交响曲》第二乐章，再从CD上听到海顿这首完整的交响曲，并且相信"交响曲之父"海顿爸爸，真如老师和爸爸所说，是一位风趣而幽默的作曲家；所以立立虽然在钢琴课上弹过三种版本的《爱之梦》，但是却承认爸爸从CD上放出的比她弹的任何一种都困难，她甚至没想到还有一种是加上人声的艺术歌曲版——但不管什么版本，她学到了李斯特是浪漫乐派作曲家，学到了浪漫派就是有"爱"、有"梦"；所以立立虽然反复弹过教本里标明为柴可夫斯基《第一号钢琴协奏曲》或《悲怆交响曲》的钢琴曲，但是当爸爸从CD上放出原曲时，她几乎认不出这就是她弹过的只有两声部的曲子——她恍然大悟，原来协奏曲与交响曲比独奏曲复杂多了。

　　立立最爱的CD，是一张不同作曲家们写的"描写音乐"集。立立的爸爸在这张外国制CD的外壳上贴了一张纸，亲笔写上各首曲子的中文译名——从《森林水车》、《小鸟店》、《时钟店》，一直到《波斯市场》、《邮递马车》、《雷鸣与闪电》……这些是最贴近小女孩立立幻想与游戏世界的音乐，她在跟她的宠物和玩具们玩游戏的时候，心里头响起的也许就是这些音乐。

　　立立的爸爸有时也会搬出录像带或镭射影碟做教材。当立立在教本上弹到了比才的《斗牛士之歌》时，爸爸便会讲歌剧《卡门》的故事给立立听，并且拿出家里有的歌剧、电影、舞蹈等不同版本的《卡门》录像带让立立欣赏比较。立立从里头听到了音乐,也似懂非懂地看到了爱和嫉妒。立立蛮喜欢多彩的歌剧或音乐故事的世界。在听过帕帕奇诺和帕帕奇娜的二重唱之后,她会打开邵义强编译的《两百世界名歌剧》,对照剧情观看爸爸放的莫扎特歌剧《魔笛》录像带。在弹过林姆斯基柯萨可夫《天方夜谭组曲》的主题后,她会拿出邵义强写的《古典名曲欣赏》,仔细阅读乐曲的故事,并且要求爸爸回放前几天从小耳朵录下的交响乐团演奏。有一次立立弹到了奥芬巴赫的《船歌》,爸爸依例拿出歌剧《霍夫曼的故事》的录像带,把《船歌》这一幕放给立立看。画面上出现的是酒池肉林,艳丽迷人的宴乐场景,爸爸试着告诉立立歌剧的故事,但是他没有办法告诉立立什么叫"颓废",什么叫"官能之美"。

　　有些知识需要时间,需要一生的经验来补足、完成。但有些喜悦,有些感受,却似乎跟年龄没有关系。爸爸喜欢玩"猜猜看"的游戏,在纸上写下巴赫、海顿、莫扎特、贝多芬、舒伯特、肖邦、勃拉姆斯、柴可夫斯基以及"以上皆非"等等答案,随便抽放一张CD,让妈妈、立立或来访的爸爸的学生猜。立立虽然听得最少,却往往猜中最多。她能直觉地辨认作曲家的味道。她虽然误以为巴赫(台译"巴哈")是"哈巴",但是她知道他的音乐像是在"堆音乐积木"。她知道刚毅、节制中带光辉的贝多芬,和甜美、哀愁中带高贵的莫扎特有什么不同。她比较不容易区分的是:那样的甜美、哀愁是舒伯特而不是莫扎特,那样的哀愁、甜美是肖邦而不是舒伯特。

　　七岁的立立确然已能体会不同音乐带来的不同感受。她并且学以致用,自己作曲。好几次,爸爸以为她在弹教本里的练习曲,趋前一问,才知道她在弹自己的曲子。数学概念还不是那么完备的立立,用她个人的符号把她的作品抄在一张张古怪似菜单或秘方的纸上。去年除夕,她居然把它们全拿出来,在家里开了一场陈立立作品演奏会:有独奏的钢琴曲,也有她自己作词的歌曲,她甚至把几首爸爸的诗也谱成了曲。听立立弹她的作品,常让爸爸感叹音乐纯粹而普遍性的感染力量:小小心灵如她,照样在缓急高低轻重的乐音间,映见人间的悲与喜,光与阴影。

有一天午后,爸爸和立立两个人单独在家,爸爸在书房写稿,立立在钢琴前练新学的曲子。在反复几次辍断后,立立终于完整地把主题弹出来——那是圣桑歌剧《参孙和大利拉》中著名的咏叹调,也是爸爸最珍爱的曲子之一。爸爸听到后,有一种想哭,想跟着把歌唱出来的冲动:"我的心随你的声音开启,像一朵花在晓光中绽放,让你的蜜语拭干我的泪水,告诉我永远不再和我分离,再说一次昔日的海誓山盟,回答我的温柔,让我的心陶醉……"爸爸觉得他和立立在这首乐曲中相遇了。立立虽然不知道这首曲子唱什么歌词,但经过一遍遍的摸索,她逐渐加进了感情。这是迂回而单纯的音乐的相逢:迂回,因为立立也许要等到二十年后,才能了解整首歌曲,整首歌剧的涵义;迂回,因为立立也许要等到四十年后,才能领会为什么爸爸在这个午后,听到立立弹出来的音乐,会有一种想哭的感觉——然而这相逢又是单纯的——单纯的始于音乐,归于音乐。

小女孩立立长大后,读到这篇文章,也许会翻开爸爸的诗集,找到作曲家武满彻说的一段话:"音乐的喜悦,基本上,似乎与哀愁分不开。那哀愁是生存的哀愁。越是感受音乐创作之纯粹喜悦的人,越能深体这哀愁。"

(一九九三)

立立的兄弟姊妹

立立没有兄弟姊妹。

立立的爸爸和立立的妈妈是大学同学,他们在毕业后结婚。立立的妈妈在三十岁怀了立立,按照孔夫子的说法就是"三十而立"——三十岁而有了"立"。立立的妈妈三十而"立",立立的爸爸也是三十而"立",两个人加起来,他们的第一个孩子便是"立立"。

立立的爸爸想:如果他们过了十年又怀了一个孩子,那时他四十岁,"四十而不惑",立立的妈妈也四十岁,也"四十而不惑",那么他们的孩子岂不是要叫做"双不"?听到这么"负面"的名字,立立的妈妈大声说:"Oh, no!"立立的爸爸也大声说:"Oh, no!"既然两个人都双双说不,这个孩子只好不生了。根据孔夫子的说法,"五十而知天命,六十而耳顺",立立的爸爸妈妈由于不想在五十岁、六十岁时生下名叫"天天"或"重耳"之类的孩子,所以立立没有兄弟姊妹。

没有兄弟姊妹,对立立来说,也许有一点孤单。她很羡慕妈妈,因为外婆生了三女二男,排行中间的妈妈恰好兄弟姊妹都齐了。每次过年随妈妈回娘家,看到妈妈和舅舅、姨妈们有说有笑,自己跟表哥、表姊、表妹们也有说有笑,觉得生活真热闹。但是她不知道,妈妈小时候每次和舅舅姨妈们争家中唯一可以写字的桌子,或者排老半天的队才从外公手上的杯子喝到一口汽水时,妈妈多希望自己是家中唯一的孩子。从来是一个人独享一大盒冰淇淋的立立，自然希望生命既甜美又热闹。所以当五岁的立立知道爸爸妈妈不想再有第二个孩子的时候，她甚至问妈妈她可以不可以自己生一个弟弟或妹妹。

爸爸妈妈当然希望立立有兄弟姊妹，但是他们不知道他们是不是有能力，再一次，用全新的爱、耐性、喜悦、期待，去面对他们的新孩子。立立几个月大的时候，第一次半夜小感冒发烧，爸爸妈妈一方面紧张地送立立到医院急诊，一方面难过地哭了。到了医院，匆匆赶来的医生帮立立检查了一下，开个药，然后对爸爸爸妈说以后这种小毛病可以不必来急诊。

爸爸妈妈希望给他们的独生女立立全部的爱，但是他们知道，全部的爱应该包括让立立拥有"拥有兄弟姊妹"的权利。这真是矛盾的事。他们能够陪立立看书、玩游戏，但是他们毕竟不是她的兄弟姊妹。为了让没有兄弟姊妹的立立拥有比全部还更"全部"的爱，爸爸妈妈殚精竭虑，绞尽脑汁，为立立找到几个不会和她争吵的兄弟姊妹，希望他们和立立在人生的路上携手前行，相互照料。

第一个要送给立立的是兄弟——"孤独"。爸爸自己就没有这个兄弟，所以在现实生活里，虽然爸爸有两个弟弟，却始终是一个不安，焦躁，不懂得如何自处的人。爸爸希望立立不要害怕"孤独"——他虽然名字有点难听，外表不够漂亮，却是一个心地善良的兄长。他的声音细细的，常常在别人不说话时才开口说话，但你要用心听，才会发现他说的都是我们内心想说的。他是一个有宽厚肩胛，可以让我们倚靠，让我们信赖的兄弟。接近他，你会感觉到一种比热闹、喧哗更自由、更广大的喜悦。爸爸曾经以为他是"热情"的敌人，是"寂寞"的表兄弟，但好几次在自己充满热情、渴望,努力做某些事情,却依然觉得空虚、寂寞时,爸爸突然觉得孤独其实是最不会背叛自己的朋友、亲人。

第二个要送给立立的是姊妹——"美"。她是最美丽动人的姊姊,有着迷人的气质,但不要以为她只有"一张"美丽的脸孔——她有许许多多张美丽的脸孔:有时候是未经化妆的自然、朴实;有时候是久历沧桑的深刻、平淡;有时候是委婉细致的柔美、优雅;有时候是狂野奇突的幽默、巧思。爸爸希望立立能喜欢不同的美的面貌,倾听她不同色泽的歌声、笑声、叹息声,那里面有很丰富的情感的线条,可以让我们在难过的时候拿来系紧我们松颓的心,拿来编织温柔或刚强的网,拿来像变魔术一般,变出各种想像的奇迹。她是最体贴的姊姊,拥抱我们的快乐,也拥抱我们的痛苦。爸爸很想告诉立立,这位姊姊其实立立老早就认识了,以前立立画的图画、弹的音乐里,就藏着许多这位姊姊身上的小饰物。

最后要送给立立的是"怜悯"——它没有性别,没有年龄,所以既是兄弟,也是姊妹。它的面容乍看之下平板无奇,毫无个性,细看却发现像每一个人——简直像一面镜子,让你照见人间百态,你定睛直视,发觉镜中呈现的人像的最后居然是自己。爸爸希望立立常注视这位好像是自己孪生兄弟姊妹的"藏镜人":没有比一面能藏在心里,时时照见世界,也照见自己的镜子,更珍贵的东西了!这面"怜悯"的镜子,会让立立在胆怯犹疑时,勇敢地坚持自己的良知;这面"怜悯"的镜子,会让立立在骄傲忘形时,及时地察见自己的本相。爸爸希望立立知道,"怜悯"这位兄弟姊妹最好的朋友不是"施舍",不是"伤感",而是"尊敬"。当每一次"怜悯"和"尊敬"站在一起的时候,立立会发现到,那面小镜子闪烁着一种奇妙的光辉。

有了这些兄弟姊妹,爸爸妈妈相信立立应该不会孤单了。等爸爸妈妈到了孔夫子所说"从心所欲,不踰矩"的七十岁时,如果立立还希望再添一个兄弟姊妹,也许爸爸妈妈可以努力再生一个名叫"心心"的小孩,让他们的下一代帮他们达成"为天地立心"的神圣使命。

(一九九三)

偷窥大师

偷窥大师并不是一开始就被称作大师的。读幼儿园大班的时候，别的小朋友在吃完午餐的香蕉或粉圆后，都会满足地跟老师说"午安"，然后乖乖趴在小桌子上安静午睡，以免园长肥胖而怕吵的先生凶巴巴地从楼上拿棍子下来打人。但我们的小偷窥大师并不甘心屈服在大人的淫威下。他歪着头趴在桌上，一手支着额头，一手摊开遮面，两只小眼睛穿过指间，偷偷观望坐在屋子角落对着镜子挤青春痘的小黄老师，以及坐在柜台后面，不是讲电话就是在数钱的园长女士。园长有时候会出去开会。当园里头只剩下小黄老师一个大人的时候，园长的先生会拿着棍子从楼上下来，一点也不凶地跟小黄老师聊天，并且伸出一只手帮小黄老师治疗脸上或胸前的青春痘。

我们的小偷窥大师是在一次伤感的事件后声名大噪的。有一次，在小黄老师跟着园长的先生上楼五分钟后，我们的小偷窥大师勇敢地迈上楼去，透过钥匙孔发现园长的先生躺在地板上，为小黄老师做全身治疗。我们的小偷窥大师下楼把正在午睡的小朋友叫上来，一个接一个地排队观看。当其中一个小朋友因为头部用力过猛把门撞开时，惊慌的小黄老师推开园长的先生从地板上坐起来。园长的先生生气地挥动着棍子，声称要把这些不规矩的小朋友"开除"掉。但所有的小朋友第二天还是照样来园里上课，倒是可爱的小黄老师一直生病请假，没有再来。

我们的偷窥大师虽然从童年的小钥匙孔得到最初的启发,但他一生"偷窥美学"的建立却有待成长各阶段经验的累积。小学时,他最好的一个同学家开旅馆,没事常邀他去玩。看到那些进门辟室的男女,若即若离,故作陌生以掩饰内心紧张兴奋的情状,使他充分认识到"偷"这个字的意义与魅力。他的同学带他到各楼参观。在狭窄昏暗的走道,他们贴着木板墙壁窥探房间里的动静。他的同学熟知这旅馆的每一个缝隙、洞孔。但我们的偷窥大师在乎的不是缝隙或洞孔里的风景,而是立在那儿聆听、窥视时,自己澎湃汹涌的心。多么伟大而饱满的存在:里面的人在"偷",外面的人在"窥"——而在偷与窥之间紧紧张着的是奇妙而晕眩的生之感觉。

　　我们的偷窥大师自然不是唯一的偷窥者,但他跟那些自命为"偷窥党",躲在楼梯底下偷看女老师穿什么颜色的内裤,或者公然掀开女生的裙子让对方惊叫的小男生,是大异其趣的;他们的作为只是无心、粗糙的恶作剧,谈不上任何美感。有一次放学回家,一大群同学围在路旁,争相传阅路摊上买来的花花公子杂志,大家评胸论臀,毛手毛脚,指指点点。他远远看了觉得实在无趣。这事应该夜半闭门独自为之,才能享受秘密的喜悦。第二天到学校,他对他们说偷窥是用心看,不是用眼睛看。他们听了大感惊讶,觉得他标新立异。

　　不错,他也曾到小镇的小戏院看歌舞团,但他绝不会跟他们一样一伙人挤在第一排,随着歌舞女郎身体的摇摆急速地移动视线。他会孤独地、隐秘地坐在后面,在朦胧的灯光护卫下窥视台上的表演以及台下的反应。他曾在不同的时间,在那儿搜寻到他的父亲,他的小学老师,以及中学公民老师。有一次他还看到即将退休的校长跟着一位浓妆艳抹的女郎坐在前面的角落观赏。

偷窥不是性,偷窥不是色欲,虽然性或色欲的材料也可以是偷窥的材料。以烹调做比喻,性或色欲重视的是肉,而偷窥重视的是肉上面的色、香、味。对于我们的偷窥大师,偷窥是一种心境,是爱情,是对于关注的对象出神的鉴赏。当偷窥的喜悦涌现时,一个人是自由且富有的。好几次,当他透过望远镜在阁楼上窥视对面楼中的妇女更衣时,他心中闪现的是一幅幅威尼斯派画家或印象主义画家的裸女图。那是包含善与美的感官经验,把粗糙的现实,在刹那间提升成永恒。

对于我们的偷窥大师,偷窥是一种含蓄而微妙的艺术。他曾经在一本春谜大观里(啊,春谜本身就是一种含蓄而微妙的偷窥艺术)看过有人为"窥"这个字做谜。谜面是"新娘脱裤";谜底附注:"穴,夫见也。"他觉得"窥"这个字更好的解释应该是:"一个丈夫透过洞穴看东西",或者:"穴,被夫子看到了"——这个夫子当然是满口道德仁义的夫子,但是在偷窥时,他可以完全没有这些负担。另外一个灯谜说"翁媳同浴",射四书一句,答案是"欲洁其身而乱大伦"。他觉得这个题目太棒了,一语点出人性的束缚,以及化束缚为快乐的春谜的力量。只有在偷窥的世界,人才能痛快而不乱伦常地满足并且洁净自身的欲望。

对于我们的偷窥大师,迂回永远胜过直接,隐秘永远胜过公开,暗示永远胜过明示,局部永远胜过全景。所以,坐在大学的课堂里,当同学们索然于老师无味的讲述,他可以津津有味地从女讲师衬衣上的一根毛发推出一大片想像的世界;坐在每日单调重复的办公桌前,他可以从女同事身上一粒鲜明的纽扣或拉链,引爆出充满活力的遐思。他不需要在眼前筑一道墙,挖一个洞,也不需要在胸前配一副望远镜;因为他长年积累的美感经验,他可以毫无困难地只注意到一个点,一个局部,然后让他的想像享受以偏概全,以管窥天的乐趣。这种乐趣跟他在读到一首言有尽而意无穷的好诗,或者解出一道巧妙的数学题目时,所获的喜悦是一样的。

我们的偷窥大师不是诗人、画家或数学家,但是他相信所有的诗人、画家或数学家都是偷窥者,而所有的偷窥者都是天生的诗人、画家或数学家。

(一九九三)

俳句的趣味

俳句是日本诗歌的一种形式，由5、7、5共十七个音节组成。这种始于16世纪的诗体，虽几经演变，至今仍广为日人喜爱。它们或纤巧轻妙，富诙谐之趣味；或恬适自然，富闲寂之趣味；或繁复鲜丽，富彩绘之趣味。俳句具有含蓄之美，旨在暗示，不在言传，简短精炼的诗句往往能赋予读者丰富的联想空间。曾有评论家把俳句比做一口钟，沉寂无声。读者得学做虔诚的撞钟人，才听得见空灵幽玄的钟声。

俳句的题材最初多半局限于客观写景，使读者与某个季节产生联想，唤起明确的情感反应。17世纪著名的日本诗人松尾芭蕉将俳句提升成精炼而传神的艺术形式，把俳句带入新的境界。他从水声，领悟到微妙的诗境：

古池——
青蛙跃进：
水之音

在第一行，芭蕉给我们一个静止、永恒的意象——古池；在第二行，他给我们一个瞬间、跳动的意象——青蛙，而衔接这动与静，短暂和永恒的桥梁便是溅起的水声了。这动静之间，芭蕉捕捉到了大自然的禅味。

底下再举几个著名的例子:

乌鸦栖在枯树上,秋色已暮(松尾芭蕉)
海暗了,鸥鸟的叫声微白(松尾芭蕉)
我看见落花又回到枝上——啊,蝴蝶(荒木田守武)
如果下雨,带着伞出来吧,午夜的月亮(山崎宗鉴)
露珠的世界:然而在露珠里——争吵(小林一茶)
对于虱子,夜一定也非常漫长,非常孤寂(小林一茶)
春雨:屋顶上,浸泡雨中的是孩子的破布球(与谢芜村)
刺骨之寒:亡妻的梳子,在我们卧房,我的脚跟底下(与谢芜村)
他洗马,用秋日海上的落日(正冈子规)

这些俳句具有两个基本要素:外在景色和刹那的顿悟。落花和蝴蝶,月光和下雨,露珠和争吵,孤寂和跳蚤,海的颜色和鸟的叫声,这类静与动的交感,使这极短的诗句具有流动的美感,产生令人惊喜的效果,俳句的火花往往就在这一动一静之间迸发出来。

20世纪的西方诗坛自俳句汲取了相当多的养分:准确明锐的意象、跳接的心理逻辑、以有限喻无限的暗示手法等等;1910年代的意象主义运动即是一个显明的例子。从法语、英语到西班牙语,我们可以找到不少受到俳句洗礼的诗人——美国的史蒂文斯(如《十三种看黑鸫的方法》)、庞德(如《地下铁车站》——人群中这些脸一现:黑湿枝头的花瓣),墨西哥的塔布拉答(如《西瓜》——夏日,艳红冰凉的笑声:一片西瓜)等皆是。

周作人在1920年代曾为文介绍俳句,他认为这种抒写刹那印象的小诗颇适合现代人所需。我们不必拘泥于5—7—5总数十七字的限制,也不必局限于闲寂或古典的情调,我们可以借用俳句简短的诗形,写所见所闻、所思所感。事实上,现代生活的许多经验皆可入诗,而一首好的短诗也可以是一个自身俱足的小宇宙,由小宇宙窥见大世界,正是俳句的趣味所在。

(一九九三)

一茶之味

因为阅读、写作俳句,逐渐熟悉并且喜欢上日本江户时代的俳句诗人小林一茶(1763—1827)。在我们家两个大人和一个小孩中,最早对小林一茶四个字存留深刻印象的,是七岁的女儿立立。有一天,她看我在稿子里写到这四个字,兴奋地对我说:"啊,小林一茶我认识!"我问她怎么认识这个名字,她马上跑去拿来一本日本演员黑柳彻子原著的中译注音版《窗边的小豆豆》,翻到其中一章,标题赫然是"小林一茶"。她告诉我书里头"巴氏学园"的小学生们常常戏称他们秃头的校长为"小林一茶,秃头一茶",因为他名叫小林宗作,并且很喜欢教学生们一茶的俳句。立立还当场背了一首一茶的俳句:"雪融了,满山满谷,都是小孩子。"

我觉得实在有趣。我准备动手介绍我的俳句新欢给我的读者,没想到我的女儿已先我而知他。小林一茶的名字——一如小林一茶所写的俳句——简单而有味,我居然不曾让它在我脑中早早生根。我大学毕业前后,即已从英译的日本诗歌选里读过一些一茶的俳句,不过当时映入我眼帘的是读之无甚感觉的英文译音——Kobayashi Issa——所以要等到多年后,和他的汉字之名凑在一起后,才蓦然惊艳。

小林一茶,本名信之,通称弥太郎,生于信州柏原贫苦农家,自幼坎坷多难。排行老大的他三岁丧母,受继母虐待,十四岁时爱他的祖母去世,父亲遣其往江户(今之东京),免得与继母冲突,他只身在外,备尝辛苦。二十五岁,拜二六庵竹阿为师,学习俳句。三十岁,取笔名一茶,过着四处流浪的穷困生活。三十九岁时父亲病故,与异母弟为遗产相争多年,至半百之年始和解。五十一岁,一茶回乡定居,翌年结婚,生三男一女,皆夭折,妻亦染病而死(在一岁多的爱女死后,一茶写出这首言有尽而悲无穷的俳句:"露珠的世界是露珠的世界,然而,然而……")。罹患中风的一茶二度结婚,不幸失败,又三度结婚。六十四岁时,家遭大火,只得身居贮藏室,同年冬天死去——唯一继承其香火的女儿,尚在其妻肚内。

一茶一生留下总数两万以上的俳句。他的诗,是他个人生活的反映,摆脱传统以悠闲寂静为主的俳风,赤裸裸表现对生活的感受。他的语言简朴无饰,浅显易懂,经常运用拟人法、拟声语,并且灵活驱使俗语、方言;题材虽然平凡,但透过他批判的眼光以及同情的语调,呈现一种动人的抒情性。

一茶曾说他的俳风不可学,相对地,他的俳风也非学自他人。他个人的经历形成了他独特的俳句风格。那是一种朴素中带伤感,诙谐中带苦味的生之感受。他悲苦的生涯,使他对众生怀抱深沉的同情:悲悯弱者,喜爱小孩和小动物。他的俳句时时流露出纯真的童心和童谣风的诗句,也流露出他对强者的反抗和憎恶,对世态的讽刺和暴露,以及自嘲自笑的生命态度——不是乐天,不是厌世,而是一种甘苦并蓄又超然旷达的自在。他的诗捕捉了一般百姓精神上的寂寥,并且因为语言的平易,读来倍感亲切。这种刻绘生命,强烈自我的诗风,不同于以风雅为生命的松尾芭蕉(1644—1694),也不同于憧憬古典世界的与谢芜村(1716—1784)。

在芭蕉的诗里,譬如说,青蛙只是置于客观自然中的一个物体,引发人悟及大自然幽远的禅机("古池——青蛙跃进:水之音"),但在一茶的诗中,青蛙不再臣属于人(虽然诗的视点仍是以人类为中心),而是被拟人化,被提升到与人类同等的位置:

> 向我挑战
> 比赛瞪眼——
> 一只青蛙

完满的移情作用,使人与动物成为"生物联合国"里平起平坐的会员。这种移情作用体现了一茶对弱小动物的悲悯,间接地讽刺了人类的不仁:"对于虱子,夜一定也非常漫长,非常孤寂"——那些无心之人,怎会有此感受?"来和我玩吧,无爹无娘的小麻雀"——此诗书写六岁时的一茶,在平凡的语言中,表现了孤儿对孤儿的同情,据说当时一茶穿着旧衣,孤坐一旁,远远看着其他穿着年节新衣嬉戏的孩童。

一茶许多以动物为题材的俳句,都颇能显示出他特有的幽默与同情:

> 张开嘴说出"好漫长的一天"——一只乌鸦。
> 他们也许在闲聊迷雾的日子——田野上的马群。
> 暗中来,暗中去——猫的情事。
> 悠然见南山者,是蛙哟。
> 猫头鹰!抹去你脸上的愁容——春雨。
> 无需喊叫,雁啊不管你飞到哪里,都是同样的浮世。
> 随露水滴落,轻轻柔柔,鸽子在念经哉。

> 早晨的红天空:使你心喜吗,啊蜗牛?
> 个个长寿——这个穷村庄内的苍蝇,跳蚤,蚊子。
> 成群的蚊子——但少了他们,却有些寂寞。
> 瘦青蛙,别输掉,一茶在这里!

最后一首是一茶看到一只瘦小的青蛙和一只肥胖的青蛙比斗时(日本旧有斗蛙之习)写的。我在写这篇文章的时候,曾把一些有关一茶的日文资料拿去请我父亲翻译,他看到一茶的名字后即刻背出的就是这首俳句,他并将原文写出,说是日据时期读公学校时教的(诗底下英文注音是我加的):

> 瘦蛙　　　　　Yasegaeru
> まけるな一茶　　makeruna Issa
> 是に有　　　　　kokoni ari

这首诗显然是支援弱者之作,移情入景,物我一体,颇有同仇敌忾之味。但对我而言,一茶的俳句更具魅力的是那些以超脱的逸气和诙谐,化解贫穷、孤寂的阴影,泯灭强与弱,亲与疏,神圣与卑微的界限者:

> 柴门上,代替锁的是——一只蜗牛。
> 从大佛的鼻孔,一只燕子飞出来哉。
> 有人的地方,就有苍蝇,还有佛。
> 在盛开的樱花树下,没有人是异乡客。

读一茶的俳句,不费力气,却令人心有戚戚焉。

一茶的味道是生活的味道：愁苦、平淡的人生中，一碗有情的茶。

（一九九三）

辑三:咏叹调(1994)
——给不存在的恋人

So long as men can breathe, or eyes can see,
So long lives this, and this gives life to thee.
——*William Shakespeare*

I：夏夜微笑

1

在音乐厅听克里夫兰弦乐四重奏,舒伯特,莫扎特,德沃夏克,近乎完美的聆赏经验。而我不曾想过要把这美好的一夜浓缩成一张 CD。我只想把它停格成一张照片,一张你的照片,因为你和音乐一样美好。

2

阅读约翰·巴思,一个勇健而充满实验精神的创新者。他说一般人以为实验只是冷冷的耍弄技巧,但他觉得艺术创作的技巧其价值一如性爱的技巧:有心而无技跟有技而无心一样是不足的;我们要的是深情的妙技。

困难的小说,读起来却不觉有碍。因为你正在阅读约翰·巴思。

3

武满彻,沉静中飘动香气的音乐,单纯而诗意的流动:

"仰视蓝天,云朵如棉絮飞过,负载哀愁。忆及童年的我,因顽皮而受责,我哭了……""地球是圆的,苹果是红的,沙漠是大的,金字塔是三角形。天是蓝的,海是深的,地球是圆的,它是一颗小星星！地球是圆的,苹果是红的,俄罗斯是巨大的,俄罗斯的三弦琴是三角形……"

"别了,结霜的窗玻璃上孤寂的脸孔……莎哟哪拉,在你身体某个深处,爱情颤抖如枯树。莎哟哪拉,隐藏发中的手指羞红动人如石头。莎哟哪拉,我在你里面,你在我里面。莎哟哪拉,在你里面我继续我无止境的寻觅,寻觅一个房间……"

圆形与三角形的歌,纷纷开且落的樱花。

4

你穿过我正在阅读的小说走进我。它们变成一堆不相关的纸。连结它们的如今是梦一般的情节,虚构的你身体的轮廓,虚构的你呼吸的声音。我小心翼翼地翻移新写好的书页,看到你继续行走在密集的字里行间,用一根头发串起整页的字母,用一声叹息换取所有的惊叹号。我知道我正在阅读创作中的你,正在思索你书写的颜色、气味,像一条河从一页流到另一页,像一树花在夜里次第开放。我知道我正在阅读我们自己的小说,虚构的你身体的轮廓,虚构的你呼吸的声音。我知道你在那里:一本你和我共同创作的时间之书。

5

你,遥远而亲近的你啊,你究竟存在于夜的哪一个角落?

何种色泽的香料或巧克力酝造你欲望的额头?

你是书写者或被书写者?

你是阅读者或被阅读者?

你是食欲或是食物?

你是歌者或是歌?

6

三个乐念贯穿这首以渴望和猜疑为主题的咏叹调:玻璃杯,火车,车牌号码。

你摔破玻璃杯,耐心地把飞散四处的碎片从房间的每一个角落捡回来,巨细靡遗,如同收拾一颗破碎的心。你穿过拥挤的车厢,寻找所爱的人的身影,穿过城市的大街小巷,寻找潜在的情敌的车牌,如果不幸地,像彩券中奖般你遇着了,握在手上的仍将是一个不忍舍弃的玻璃杯。

一个碎玻璃杯,照见爱,也照见嫉妒,回旋闪烁如魔术灯笼。

7

吹掉地图集上的灰尘,跨过梦的边界,让我们走入夏夜的微笑:"远去吧,悲伤与烦恼,忧虑与不安,这里是只有欲望之所,隐藏着戏耍与爱。在这里只要享受人生,游乐是我们唯一的工作。只有头脑的爱,全是形式。若不堕入情网,哪里还有人生?"

"夏夜的微笑有三次,"柏格曼在电影里如是说。在微笑与微笑间,行将老去的年轻恋人,歌唱行乐吧。

8

青春与爱的音乐,致命的浪漫主义——肖邦第一号钢琴协奏曲。

从十几岁到现在,不知道听过多少回相同与不同的演奏家年轻时录下的此曲的唱片或录像带:阿赫丽希,波里尼,崔玛曼,布宁……但这一次,猝不及防地,在午后的小耳朵上,听到熟悉亲密的旋律晶亮地流泻出,惊颤之外,只能窃喜。一个我全然陌生的年轻的女钢琴家。她的琴音,清丽中包含无限的幽怨。素朴而不造作的表情,更衬托出音乐的纯粹力量。

安娜·玛丽可娃,1993年慕尼黑音乐赛钢琴首奖,来自俄国,猝不及防地把我带回对你的思念。

9

为了剪辑几首教过的歌给学生们看,重新拿出 Peter, Paul & Mary 成立二十五周年的演唱会录像带。他们从招牌歌"Puff, the Magic Dragon"唱起,歌本身的意涵加上岁月添加进去的意义,使得动人心弦的词曲变得更加动人心弦。当年的少者、壮者,现在变成壮者、老者,坐在观众席上一起聆赏歌唱。Peter 跟大家说,说话的语字有时会说谎,但歌唱的语字不会。他希望"总统"候选人以唱歌代替竞选演说。

那是八年前的录像;歌里头那条象征童真的神奇龙一直活在我的心中。

你第一次听他们的歌时,也是十五岁吗？二十五年后,今天在课堂上听我放这些歌的中学生将是我现在的年纪。

10

回到纯真。

几年前给你听吕炳川、许常惠采集的台湾少数民族音乐,你似乎不觉特别感动。但现在一个叫 Enigma 的外国乐团,把其中一首阿美人欢聚歌摇滚成他们的新歌,并且拍成 MTV 闯进欧洲流行歌曲排行榜后,你突然觉得那音乐动听极了。

阿美人音乐样式之繁富,旋律之多变化,实为岛上各族群之冠。他们有许多汉人所没有的卓越唱法,其中最迷人的是自由对位的复音唱——这首以虚词元音唱出,二声部自由对位的欢聚歌即是一例。这首歌本来收在许常惠录制的胶质唱片《阿美人的民歌》里,绝版多时后,赫然出现在法国世界文化之家出版的CD《台湾少数民族的复音歌曲》里,又忽然东冠西戴,旧曲新唱,回流台湾。

Return to Innocence.

有些东西似乎要经过一番翻转,才会体会到它们的好处。音乐譬如是,爱情譬如是。

11

渴望的秘密在于不确定地拥有——或接近——喜悦的事物。秘密的渴望,朦胧的欲望。在似有非有之间,在似懂非懂之间,逐渐接近、获得神秘的喜悦。并且是孤独地。而非光天化日之下与众人共食分享习惯的事物。

在小耳朵播出他之前,我根本不知道有帕拉杰诺夫这个人。这位用影像写诗的俄国导演。连续三个子夜,我在荧光幕前读他的影像,不管听不懂的俄国话或者猜不透的日文字幕。我喜欢他,喜欢他打破陈规,前卫而古老的呈现方式。《石榴的颜色》说的是亚美尼亚诗人莎雅汀的故事。《阿锡柯莱》说的是另一位行吟诗人的故事。但这些电影里并没有很多剧情,我们看到的是充满民俗与魔幻色彩的诗的影像。帕拉杰诺夫自己就是一个诗人,一颗石榴,饱满而艳丽地喷出多彩的流汁。

12

此时最合适的也许是韦伯恩的音乐,精简、凝聚,点描的音画,或者音话。如他的老师勋伯格所说:"把整部小说,化作一个姿势,把喜悦,化作一声叹息。"

我们的故事需要一整部小说来说它。但此刻,我只想把它化作一声叹息。你要选择什么作品?我选择作品九,《弦乐四重奏六短曲》:第一曲四十一秒(根据茱利亚弦乐四重奏的录音),第二曲二十七秒,第三曲二十三秒,第四曲四十九秒,第五曲一分十五秒,第六曲三十五秒。你要问这本小说的主题吗?那你就听无编号的《为弦乐四重奏的徐缓乐章》,韦伯恩1905年后期浪漫主义如梦似幻的少作。

13

说说勋伯格吧。

如果只能选一个作品的话,我自然选作品十,有女高音独唱的《第二号弦乐四重奏》。这是一首划时代的作品。不只因为它第一次在弦乐四重奏上加上人声,更因为它打破了两百年来的调性传统,在终乐章出现无调的音乐语言。勋伯格把这首曲子献给移情别恋,又重回怀抱的妻子玛席尔德。

我要你听的是根据格奥尔格的诗《连祷》与《忘我》谱成的三、四乐章。特别是第三乐章。我曾经在绝望的早晨一遍遍听它,发现它甘美如泉水。这首歌祈求解脱激情,杀死渴望:"深深的忧伤包围着我,主啊,我再度进入你的屋宇……借我你的冰凉,弄熄火焰,灭绝一切希望,赐我你的光……杀死我的渴望,关闭我的伤口,带走我的爱情,赐我你的和平!"终乐章《忘我》第一句诗说:"我呼吸到另一个星球的空气。"说的是无调音乐的新世界吗,或者是激情死灭后新生的清明的狂喜?

勋伯格想要成为创新者,而不是追随者。

14

对于"新维也纳三杰"剩下的一位,你的选择又是什么?

贝尔格的歌剧《伍采克》自然很伟大,融表现主义的狂乱、荒谬与不因无调音乐走失的感性、悲悯于一炉。悼念马勒遗孀可爱的女儿曼侬的那首《小提琴协奏曲》,听后也是让人惊动不已。但为了你的缘故,我要一遍遍播放《抒情组曲》。贝尔格在这首弦乐四重奏中使用十二音技法,早为世人所察知。但一直要到1997年,此曲写成半世纪后,人们才从重见天日的手稿及贝尔格亲笔加注的一份乐谱上,发现它原来是献给一位已婚女子韩娜·傅克丝的爱的宣言。

这份宣言是由巧妙的音乐密码构成的。贝尔格秘密地把两人姓名的开头字母 H. F. 和 A. B. 嵌入音乐中,并以韩娜的数10,贝尔格的数23为基底,建构乐曲。六个乐章的小节数都是10或23的倍数,第五乐章为两者的倍数,到处所见的速度指数亦同。贝尔格的学生兼友人阿多诺称此曲为"潜在的歌剧",因为它实在是高度戏剧性、极度内省、情感浓烈的作品。最后一个乐章据波德莱尔《恶之花》中《来自深渊的呼喊》一诗谱成,贝尔格抄在谱上的是格奥尔格的德译:我向你求怜,我唯一所爱的,从我心陷入的阴暗深渊……

贝尔格把这份加注的乐谱交给他生命中最后十年的秘密恋人韩娜,在乐谱上他写着:"愿它是伟大爱情的小小纪念碑。"

我反复播放《抒情组曲》,愿它是伟大爱情的小小纪念碑。

15

夜是我们的纪念碑:

我给你水,因为夜像一个瓶子。

我给你阴影,因为无限光滑的夜的肌肤。

有人(神吗?)拔开瓶塞,一次喜悦的惊叹。

有人以梦探路,颤抖,在陡峭而冷的瓶的表面。

有人攀缘瓶口,呼喊,虚空。

有人循声张望,失足,到夜的瓶底。

我给你绳子,因为存在不附送阶梯。

我给你回声,因为孤寂没有瓶颈。

16

但夜也可以像锅子,一个辽阔无边的平底锅,不然我何以辗转煎熬,反侧难眠,直到成为一尾全焦的鱼?

17

瓶中稿:

"我对你的爱一定是被上天所眷顾的,因为它们常常发出圣洁的、狂喜的声音与光辉。

在夜半醒来,一种声音在呼唤我,宁静而亲密,不似这无眠的日夜里嘈杂、绷裂的脑的骚动。我穿过二分之一沉睡的城市,到达你的所在。伟大的夜。我到这儿是为了察觉那无所不在的爱的呼吸的。你站在那儿,一身画片里明艳欲滴的赭红。在一夜的工作后,也许你累了,但那赭红的存在依旧是这夜的中心。让全世界疲倦的人先歇息吧,歇息,然后用更新的、更鲜活的虔敬赞美你,接近你。

我对你的爱一定是被上天所眷顾的,因为它们不只是勇敢的,它们还是人性的(虽然它的巨大许多人必须退得远远才察觉到),

神圣的,旷久持远的。随着每一个日子,不断涌现新的力量。

亲爱的,如果旷久持远四个字令人想哭的话,你就哭吧。因为我们的爱一定是被上天所眷顾的,巨莲般穿过污泥,升出水面。"

18

弗朗明戈,爱与悲苦的歌舞。西班牙诗人洛尔迦说它是从第一声哭泣和第一个吻中产生的。洛尔迦的诗,几十年来不断被安达鲁西亚的歌者传唱着,从弗朗明戈来,又回到弗朗明戈去。

弗朗明戈大致分为两类:描写死亡、痛苦、绝望或宗教信仰题材的"深沉之歌",以及描写爱情、乡村生活或欢乐的"轻松之歌"。"深沉之歌"的歌词简单,旋律自由变化——或借固定形式,或借富变化的复奏,伴随众多的装饰音与多变的节奏——凡此种种皆需技艺圆熟的歌者方能胜任。因此在充满戏剧性与表现力的"深沉之歌"里,歌声的重要性胜过吉他的伴奏。这点与基本上较简单的"轻松之歌"不同。

听歌手查诺·罗巴多演唱"塞桂里亚舞曲"(他从小就喜欢唱跟跳洛尔迦的作品),简单的歌词,古老的节奏,反复吟咏,一唱三叹:

> 你毫无悔恨地离开我的身边,
> 你如今为什么又来到,为什么又来到,
> 跪着请求原谅?

唱片里舞者顿足、击掌、摇动响板,热烈悲情的气氛,历历在目。

深沉之歌,发自生命深渊,内心深处的爱,死亡与痛苦之歌。

19

然而我为什么回想起许久前你寄给我的问候,一张印有巴赫《平均律钢琴曲》主题的 B4 的影印纸?

"巴赫的平均律:平而且均"

那是你写在上面的所有的字吗?

平

而

且

均

。

20

然后他们问我对"家"的看法。

我说"家"就是一头猪在一个屋顶下。我觉得从小自己就是那头猪,而我的父母就是那个屋顶。然而当我长大以后,当我行将,或者已经,为人夫,为人父时,我仍然觉得自己是一头猪。而不是屋顶。

你也是一头猪吗?

那我们是两头没有屋顶的猪了?

21

"以 X 为屋顶"的几种解法。

X = 别人的屋顶;= 爱;= 包容谅解;= 一时之欢;= 旅社或饭

店；＝天空；＝无法无天；＝苦尽甘来；＝阴影；不安；＝永恒的等候；＝死亡；＝痛苦；＝渴望；＝心甘情愿；＝激情；＝艺术的感动；＝天长地久；＝时间；＝金融卡及信用卡；＝谎言；＝现在；＝未知；＝家；＝我们。

22

海枯石烂的几种变奏。

英国诗人彭斯在《红红的玫瑰》中唱说："我将永远爱着你,亲爱的,直到所有海水枯竭……直到岩石被太阳熔解……"这是异曲同工的盟誓。差别是,诗人所在的苏格兰,太阳也许大一些。

乐府《上邪》中的女子说："上邪（＝天啊）,我欲与君相知,长命无绝衰,冬雷震震,夏雨雪,山无陵,江水为竭,天地合,乃敢与君绝。"海枯变成江枯,但烂的不只是石头,而是整座山。

有一首客家山歌说："坐下来啊聊下来,聊到两人心花开,聊到鸡毛沉落水,聊到石头浮起来。"石头会浮起来,一定是里面都烂空了。这是抗拒"地心引力"的神圣之爱。比利时画家马格利特的画里,石头也浮起来,但不是浮在水面,而是浮在天空——一个以城堡为额的漂浮的巨石。

下一次,在你的窗口,看到一颗石头浮在天空,不要害怕。它们因我不断上扬的思念而升起。

23

音乐三要素:节奏,旋律,和声。

贝多芬第七交响曲第二乐章开头的主题,旋律让人印象深刻,但你没想到它一点都不"旋律":开头的音在同一个音高上重复十二遍,爬两阶后又原地踏步。变化的只是音长,四分音符与八分音符两种音符。这只有节奏而没有旋律的旋律,照样可以撩起人波荡不已的情绪。

布农人的音乐在台湾少数民族中是极特殊的。因为他们内省的、闭锁的、着重集体行动的族群性,他们的歌几乎都是集体的合唱,少有独唱的方式,内容以农耕、狩猎为主,少有爱情的题材。在构成音乐的三要素中,布农人只重和声,不重旋律、节奏。听他们的歌谣并不是听取旋律,因为每一首歌唱起来几乎都一样,也没有什么跃动的节奏。他们的音乐之美在于和声,单纯连续的协和音程,听起来却宛如天籁:圆满,和谐,虔敬而和平。

如果爱情像音乐,我愿意我们的爱只有简朴的和声,不必有起伏的旋律或变化的节奏。一种心境:平行四度或平行五度的亲近,宁静、淡远的协和。

24

莱昂纳德·科恩,加拿大歌手,诗人,小说作者。他的歌声低迷,慵懒,无可救药的颓废。但它们曾经像膏油般给陷在痛苦中的我慰藉。能治疗颓废的颓废的歌声。特别是那一首《慈悲的姊妹》:"噢,慈悲的姊妹,她们不会分手或离去。当我以为我再也撑不下去时,她们带给我她们的慰藉。而后,她们带给我她们的歌。噢,我希望你遇见她们,长久漂泊的你啊……"吉他的伴奏简单而动人,逐渐加进来的铁琴声、刮响器以及手风琴,让整首歌回旋如旋转木马,缓缓旋动发条的八音盒子。我甚至听到整个马戏团在上面旋转:小丑,大象,破涕为笑的女走索者……

"她们躺在我的身边,我向她们告解。她们轻触我的双眼,我碰到了落在她们布边上的珠泪。如果你的生命是一片被岁月扯下、磨难的叶子,她们将用慈悲翠绿如叶梗的爱系住你。""当我离去时她仍在睡眠,我希望你很快地遇见她们。不要把灯打开,你可以借着月光读出她们的地址。我不会嫉妒,如果我听说她们甜蜜了你的夜。我们并不是那样的恋人,况且这本来就无所谓。"

诗与音乐,慈悲的姊妹。

25

诗,音乐,爱情,三位一体的信仰。

欺瞒,虚假,背叛,三位一体的梦魇。

集我的信仰与梦魇于一身的你啊,你如何以方寸之巾,洁净你庞大而无法分割的一体之两面?你如何在擦拭你的颈项时,不致让落下的谎言污染了夜的眼睛?你如何,在一次次卸下又装上你多零件的器官、德行后,面不改色地维持它们的优雅、机巧?

施予者。掠夺者。

起始者。终结者。

慈悲的姊妹。

邪恶的女神。

26

很多年前你的笔记:"我只有一个请求,我只希望当故事结束的时候,X 能告诉 K,否则留 K 一个人沉迷在故事里,那是不公平的……"谁是 X?谁是 K 现在反而是 X 留在故事的迷宫,留在一大堆不足为外人道的符号、密码、仪式里。

什么是 777?什么是 2323?什么是 051 393?什么是 365 060?

谁知道这些是欢愉与哀愁的化身？谁知道这些是时间与空间的交合？

你寄给我的《贝多芬〈欢乐颂〉主题狂想曲》（四手联弹，for two sheep）是什么意思：

$$\underline{3\ 3}\ \underline{4\ 5\ 5\ 4}\ (\text{pp})\ \underline{3\ 2}\ \underline{1\ 1\ 2\ 3}\ (\text{ff})\ \underline{3\ 2}\ \underline{2\ 0}$$
$$\underline{3\ 3}\ \underline{4\ 5\ 5\ 4}\ (\text{pp})\ \underline{3\ 2}\ \underline{1\ 1\ 2\ 3}\ (\text{pf})\ \underline{2\ 1}\ \underline{1\ 0}$$

谁知道那是最大胆，最有创意的情诗？

我留在故事的迷宫，什么东西留在你记忆的迷宫？车轮？喇叭声？脚踏车？电梯？茉莉蜜茶？即使现在——虽然不知道你身在何方——我仍然不敢轻易触按喇叭，深恐激响深埋在你头脑里的千千万万个喇叭。

什么东西留在我们记忆的迷宫？

27

爱带给我们精力，也浪费我们的精力。

28

所以很多年后，也许会收到你的一封信，发自异国：

"读你的书时，我正陪孩子上第一堂小提琴课。午后的暖阳照在不断延伸坚实的橘木地板，伴着轻扬温柔的琴。我读你沉重的近作，并且为你担忧。

这些年，我努力缩小自己、平凡自己，在忙碌与不忙碌的日子里简单地做个尽责的母亲。这些生活里简单重复的步骤帮助我固定思绪。塞尚的海，因为固定，使地活了。

对你,我一直不敢平起平坐。我也许太古式,太陈腐。但我敬你、尊你,并在生命的每一站回首,确定你独一的位置。

'一只单纯而美的昆虫别针/在黑暗的梦里翻飞/在抽走泪水与耳语的记忆里攀爬/直到,再一次,我们发现爱的光与/孤寂的光等轻,而漫漫长日,只是/漫漫长夜的孪生兄弟……'这些句子一并如贝多芬的《欢乐颂》,令人哽咽。我深知你已逐步迈向圆熟的艺术之境,并且相信,你能再一次处理生命中迭次而来的瓶颈。

繁复的四季,简单的家居,是一种福祉。我的生活地盘一向极小,我也只能应付极少的人。惟有对驯服心中的孤寂的猛兽,我须更多的修行。

常常想及你。及其他的人。像死去的人梦见生前遇见的几朵金水仙,在黑暗的心室闪闪发光。"

29

或者:

"午后。沉厚的雨,沉厚的绿荫,与大片清凉的空间,一起映在窗前。窗前树。这些忙碌的树。才刚发芽,茂密,开花,长果,又为着即将来到的腐朽恭谨垂首。它们熟知仪典的每一个细节,仔细如钢琴师的手指,遵守每一个乐符的长短、强弱、刚甜。并且没有困惑地在每一个休止符,停顿。那些树的附生者,火红、靛蓝、棕色与黑白,飞来飞去,筑巢,废巢,爱、憎、怨、离,直到深冬的雪帐沉睡一切颤动……"

30

而我们都老了:年长的我非常非常非常老,年轻的你非常非常老。留下来的是不老的音乐，诗，画，还有，也许这些。嫉妒是火炉边静止的灰尘。爱跟恨一起在屋角和平地结网，柔弱的蛛丝。而也许我们都还能翻书写字，非常非常非常老的我拿着年轻时你送的钢笔，非常非常老的你读着初认识时我们一起买的《占星术》。而世界在哪里？而时间在哪里？

31

天 X 座与 XX 座：

"这两星座具有同情性的吸引力，但是 XX 较专制，她欣赏天 X 的美和正义感，天 X 则在 XX 身上发现了他所赞赏的美德，XX 的性冲动正是天 X 所冀求的。这种结合值得推荐，因为他们具有许多共同的同情心，天 X 是柔情善感的爱人，这种接受的特质，很吸引 XX 那种专制占有的冲动。只要 XX 的自尊不受到伤害，天 X 是可以在她身上发现自己所找寻的特质的。"

XX 座与天 X 座：

"天 X 所需之亲爱和归属，正是 XX 也要的，XX 将会比较专制，不过这个占有的星座，一定会讨好天 X，而不会激恼他。天 X 刚好在 XX 身上，找到他所要的优点和邪恶，热情的 XX 的那种爱，正是天 X 所想要的特质。在此依然要小心地处理 XX 的自尊，不过这种努力，是一定有快乐的回报的。"

32

我找到一张你寄给我的东西，我忘了它们是什么意思：

	1	2	3	4	5	6	7	8	9	0	p	f	x
1	·ㄉㄜ	·ㄉㄜ	·ㄊㄜ	ㄍㄜ˙	ㄎㄜ˙	ㄏㄜ˙	ㄇㄜ˙	ㄓㄜ˙	ㄉㄜ˙	(!)	ㄆㄜ˙	ㄔㄜ˙	ㄞˋ
2	ㄎㄜˊ	ㄉㄧㄡˊ	ㄅㄧ	ㄗㄥ	ㄇㄛˊ	ㄊㄨ	ㄉㄨㄟ	ㄊㄞˊ	ㄕㄨㄤˊ	,	ㄇㄣ	ㄉㄜ	ㄞˋ
3	ㄑㄧㄠˇ	ㄋㄧˇ	(ㄨㄛˇ)	ㄇㄥˊ	ㄗㄨㄟˇ	ㄊㄨˋ	ㄐㄧㄤ	ㄒㄧㄤ	ㄊㄧㄤˊ	ㄧㄡ	:	ㄩˇ	ㄇㄢˇ	ㄞˋ
4	ㄐㄧㄠˇ	ㄒㄧㄠˊ	ㄇㄣˋ	ㄊㄠˇ	ㄠˋ	ㄆㄧㄠˇ	ㄉㄧㄠˇ	ㄐㄧㄠˇ	。	ㄧㄠˇ	ㄊㄧㄠˇ	ㄞˋ
5	ㄇㄥˊ	ㄒㄧㄥˊ	ㄅㄥˇ	ㄐㄧㄥˇ	ㄆㄥˇ	ㄓㄨˋ	ㄕㄨˇ	ㄇㄡˋ	?	ㄏㄡˇ	ㄍㄡˇ	ㄞˋ
6	ㄔㄤˊ	ㄧ	ㄕˋ	ㄗㄨㄟˋ	ㄅㄚˇ	ㄒㄧ	ㄩㄝ	ㄉㄨˋ	ㄧˋ	:	ㄨˊ	ㄜˇ	ㄞˋ
7	ㄕㄚ	ㄖㄢˇ	ㄕˇ	ㄐㄧㄝˋ	ㄑㄩ	ㄔㄣˊ	ㄙˋ	ㄧㄡˋ	ㄇㄞˋ	—	ㄑㄧˊ	ㄉㄞˋ	ㄞˋ
8	ㄅˋ	ㄉㄨㄟˋ	ㄅㄣˇ	ㄙㄢˇ	ㄇㄢˇ	ㄒㄧㄤ	ㄅㄠˇ	ㄙㄨ	ㄆㄠˋ	」	ㄍㄜˋ	ㄙㄨㄥˋ	ㄞˋ
9	ㄎㄞˇ	ㄐㄧㄣˋ	ㄍㄨㄥˇ	ㄍㄨㄞˇ	ㄌㄚ	ㄙㄨㄥˇ	ㄐㄧㄣˇ	ㄖㄢˇ	ㄡˇ	一	ㄇㄧㄥˊ	ㄅㄞˇ	ㄞˋ
0	ㄊㄢˇ	ㄓㄨˇ	ㄈㄧˇ	ㄗㄚˊ	ㄏㄜˊ	ㄒㄧㄠˊ	ㄇㄣˇ	ㄏㄨㄢˊ	一	ㄒㄧ	ㄞˋ
p	ㄉㄤˋ	ㄒㄧㄤˊ	ㄋㄧㄝˇ	ㄘㄨㄛˇ	ㄑㄧㄠˊ	ㄒㄧㄤˊ	ㄖㄣˇ	ㄘˇ	ㄓㄨˇ	:	ㄖㄨˋ	ㄏㄠˇ	ㄞˋ
f	ㄍㄨˋ	ㄙㄨˋ	ㄆㄡˋ	ㄎㄨˇ	ㄑㄧㄡˇ	ㄆㄞˇ	ㄔㄠˇ	ㄊㄠˇ	、	ㄊㄨˊ	ㄑㄧㄚˊ	ㄞˋ
x	ㄞˋ	ㄞˋ	ㄞˋ	ㄞˋ	ㄞˋ	ㄞˋ	ㄞˋ	ㄞˋ	ㄞˋ	ㄞˋ	ㄞˋ	ㄞˋ	ㄞˋ

33

所有有情的都荡漾成星鱼,无忧无惧。

Ⅱ:音乐精灵

1

Big my secret.

"你为什么对我好?"

因为一个声音向着另一个相同的声音说话。因为灵魂找到孪生的灵魂。

这段两分五十一秒的音乐,今天已重复放了103遍,在我书桌旁的小 CD player 上。一波波由深蓝转浅蓝转粉红的浪,以静妙的身姿,流自信仰的海。

我深信它们的源头是你。它们在复述、演绎你的情感——流自你的指尖——在早晨,阳光映照的钢琴前,你和你的音乐精灵。你专注的神情令我心动。你和你的音乐精灵在说话。用风的语言,用花的语言,用星的语言。当你纤巧的右手,张开、触及那最高处的升 F 键时,我听到一颗星坠落了。一颗紫色的星,喜极而泣,坠落在粉红色的大海,幻化作群花群树的眼泪。

Big my secret.

而我只能做潮湿的岸。

诗为什么对音乐好?

钢琴师和她的阿拉贝斯克恋人。

2

阿拉贝斯克,我们的会名。

在周而复始的音乐之浪拍打的岸边。起始于夜。你和你的姊妹,在黑暗的沙滩,手牵手,用虔诚的诗的朗诵升起我们的会旗:"莎孚克利斯许久以前／在爱琴海边听到这声音,让他／心中升起人类苦难混浊的／潮起潮落;我们／在这遥远的北海边聆听,／也在这声音里听到一种思想……"然而你们的声音是无邪的,在这岛屿北部的海边,穿过亘古忧郁的大海的音韵传递给世界一个单纯的字:爱。是的,爱音乐,爱美,爱生命……。我们坐在一百多年前阿诺德在另一个空间坐过的海边,交换我们的身份证号码。德彪西是我们的最爱,而阿拉贝斯克,最爱中的最爱。阿拉贝斯克第一号,优雅明快的琶音,如雨后闪耀于绿叶上的水珠,如午寐的少妇胸前的项链……。你们给忧郁的人生明亮的腰带,愉悦的装饰,精巧的阿拉伯风。

阿拉贝斯克第一号,我们共同的身份证号码。

3

然后自然是肖邦。你说,说说各自的最爱。我说,第一号钢琴协奏曲除外(啊,那一定是我们共同的首选)。你说,叙事曲第一号,夜曲第八号,作品25之1练习曲,幻想即兴曲,第二号钢琴奏鸣曲,英雄波兰舞曲……噢太多太多了。我说,让它们并列第一吧,让所有美好的事物都并列第一。美好的事物是永恒的喜悦,你说,是济慈说的。我说,你最喜欢第一号钢琴协奏曲的哪一个乐章?你说,第二乐章,甚缓板的浪漫曲,紫色的夜曲,好多星星在里面掉下来。我说第二号钢琴协奏曲第二乐章掉下来更多星星。你在沙滩上即席演奏起叙事曲,用手指加歌声,说这逐渐推移的律动好比层层涌来的海浪,在最高潮处化为繁华的琶音,就像此刻,坐在滩上等流星雨划过夜空的我们。我说,我特别被他作品 33 之 4,风情万种的第二十五号马厝卡舞曲所吸引,还有他的大提琴奏鸣曲也很珍贵,因为肖邦是钢琴诗人,要让他碰其他乐器多不容易啊。你说,肖邦是个天才,是个可以让我们彻夜不眠的天才。我说,他也希望人们入眠,想想,每天早晨在他的练习曲声中醒来是多棒的一件事,特别是舒曼所说像"风鸣琴"的那首作品 25 之 1。你说,啊作品 25 之 1,雨过天晴,万物慢慢苏醒过来的作品 25 之 1,让我们入眠吧……

4

这个时候,应该听琼·拜雅唱拜伦的《让我们不要再游荡了》。琼·拜雅,天籁似的歌声:"让我们不要再游荡了,夜已经这么深了,虽然心还是那般地热着,而月光仍然那般明亮。但剑会把剑鞘磨穿,灵魂也会让胸膛受不了,心得暂时停下来喘一口气,而爱自己也必须休息一下。虽然夜本来就是为爱而设,并且良宵苦短,但我们还是不要再在月光下游荡了……"

5

醒来后,我坐在窗前,信手翻阅书架上自己的旧作。我流出泪来。我没想到我二十二岁时的作品是为今日而写。为许许多多已过或未至的今日而写。为你而写。

6

塞尚说"莫奈只是一只眼睛,但天啊何等的一只眼睛"。你们也只是一只眼睛,一只纯洁、无邪、直观的眼睛,一颗心。察觉所有美好的事物。察觉所有事物之美好。你们和一棵一棵树说话,吸纳它们的呼吸,呼叫它们的小名,拥抱它们。你们永恒地珍惜一朵花,一片叶,当它们在枝上,在瓶中,在梦中。啊,甚至当它们一瓣瓣枯萎,掉落在地上,你们把它们纤小的躯体轻轻移进你们的笔记簿,移进你们的艺术史课本,成为新的插图,成为感情的月历。你们让美在你们体内滋生利息。

你们自己就是美。

7

几种音乐的行书。

巴赫《无伴奏大提琴组曲》,运弓如笔,行云流水的线条游戏。自在的行书。圆熟醇美者,傅尼叶,力足神驰,王羲之《兰亭序》或可比拟:天朗气清,惠风和畅,仰观宇宙之大,俯察品类之盛,所以游目驰怀,足以极视听之娱……。浪漫纤美者,马友友,如歌咏,如崖岸溪流,转折洄演,处处风景,试看董其昌《赤壁词》卷:予梦久矣,须臾得寤,悄然而悲,肃然而恐,何翅风流过?跨鹤归来,赤壁望中如顾……行草之间,美丽的哀愁。至于自由奔放如卡萨尔斯,则近草矣。

贝多芬有两段音乐令我心醉神迷。第五号交响曲第二乐章以及第九号交响曲第三乐章。这是御风而行,纵浪天体的音乐。第五号交响曲第二乐章,稍快的行板,自由的变奏曲:中提琴与大提琴缓缓齐奏出优美、沉静的主题,伴之以低音大提琴的拨弦奏,第一变奏由第五十小节开始,在小提琴与低音大提琴拨弦伴奏中,中提琴与大提琴以十六分音符奏出主旋律,这是以舞蹈之姿,在地上模拟天上的飞行,第二变奏自第九十九小节起,中提琴与大提琴以三十二分音符——加倍的动力——奏出飞升的旋律,小提琴与低音大提琴以拨弦伴之,仿佛鼓动风的翅膀,八小节后,旋律更上层天,转由小提琴接手,中提琴与大提琴拨弦伴奏,低音管与竖笛以忽低忽高的音型推波助澜,断奏的音彩仿佛点描,这是御风而行,神妙狂喜的八小节。这十六小节是第五号交响曲中的天梯,让尘世的我们上达"天听",听到天国的音乐。

在第九号交响曲第三乐章,如歌的慢板,这天梯伸得更长。同样是双重主题的变奏曲,此处的旋律却更加精巧、动人。崇高、清明而抒情的第一主题由弦乐器奏出,竖笛与低音管回声般在每个乐句末复述最后几个音符,仿佛说:"岂不美哉?"前后两次出现的第二主题——第一次由弦乐奏出,第二次由木管变奏——是贝多芬写过的最动听的旋律之一,充满感情地唱出对爱情的憧憬,对天国的想望。第一主题在曲中有两次华丽的变奏,并且在尾奏的部分再现风情。在第一变奏中,小提琴像波浪般在竖笛的曲调旁彩饰着,以款款深情向心灵倾诉天上之美好,在第二变奏中,小提琴御风而行,流泻出一连串如痴如醉的十六分音符,旋律极尽工巧之能事,伴以多层的管弦音彩,仿佛推移、伸展着华丽的天国之梯。这是所有音乐中,最令我珍惜的——因它无可匹敌的绮丽的音色,因它融化一切抗拒的纯粹、优美。瓦格纳说:"对于意外享受到的、极为纯真的幸福的回忆,在这里再度苏醒了。"

几种音乐的行书。因为你说书法像舞蹈。

8

翻阅日本二玄社印的张旭的《古诗四帖》与《肚痛帖》,忽然觉得应该找一张爵士乐的 CD 来放。我拿出 Sonny Rollins 的《萨克斯风巨人》,对照听阅,觉得妙哉。即兴演奏、爆发力极强的草书的爵士乐,以及落笔如云烟、神在形先的爵士乐的草书:忽肚痛,不可堪,不知是冷热所致,欲服大黄汤,冷热俱有益如何……

9

好的诗人在诗里让我们闻到花香,也闻到植物病虫害,给我们绿叶,也给我们树的阴影。好的作曲家也是如此。

10

所以,莫扎特最令人着迷心动的,并不是那些汩汩而出的甜美的旋律,或者华丽炫目的作曲法,而是在甜美明亮的旋律间不时渗透出的阴影。他晚期的作品时见幽暗的色泽,深邃的情感,这些每每透过半音阶乐句,以及在大调音乐中插入小调乐句达成。他常常在表现欢愉的乐段中嵌进半音阶乐句,造成独特的明暗并置效果。这种半音阶效果有时巧妙地隐藏着,在半音间插入一两个全音,但内在张力仍然可感。试听他 K.491、K.466 两首小调钢琴协奏曲,里头有许多动人而富感情的组合:抒情与戏剧的对比,沉思与激动的对比,悲观与平静的对比;或者 K.488 第二十三号钢琴协奏曲,单纯明快然而又充满诗意的暗示、瞬息变动的色彩——对于第一乐章中流露出的春日照射下的微妙阴影,爱因斯坦曾喻之为"透过彩色玻璃窗所见",终乐章是活泼而生意盎然的轮旋曲,却几度场景突变,插入小调乐句,让阴影的威胁增强乐曲的欢乐气氛。

莫扎特是深谙对比之妙的作曲家。

11

然而,你们的聆赏是"无阴影"的。并不是不觉阴影之存在,而是不知其为阴影,照样领受其与光嬉游之美,如共坐忽轻忽重,此起彼落的跷跷板,不必问何端为喜,何端为忧,或置身急旋的旋转木马,因过度的兴奋,鲸吞一切来不及分辨的共生的感觉。

12

"Big my secret"就是爱的气味。

13

你闻到琥珀色的孤独的味道了吗?在迪帕克(Duparc, 1848—1933)年轻而古老的歌里。迪帕克一生只写了十七首歌,却在艺术歌曲世界稳据大师的地位。他所有的歌都是在二十岁至三十六岁这十六年间写成,之后到八十五岁死时为止,再不曾写过一个音符。这十七首歌几乎是他一生所有的音乐创作,完美主义的他一再修改、毁弃其作品,除了歌曲之外,只留下一首交响诗、一首管弦乐夜曲以及一组(五首)钢琴曲集。

迪帕克是极度敏感的作曲家,对文学、美术、音乐都具有超前于时代的不凡品味。他崇拜但丁,拥护波德莱尔、魏尔仑,喜欢托尔斯泰的《战争与和平》、易卜生的戏剧、法国的素朴绘画以及东方艺术——日本的浮世绘、能剧以及柬埔寨的舞蹈。他的歌气质独特,纤巧、细致,又具有丰盈的表情和深邃的情感——特别是一种动人肺腑的迷人的乡愁,让人听后久久难以自已。他受到他的老师法朗克以及瓦格纳的影响,但他创作旋律的天赋以及体现诗境、啮合诗与音乐的能力是独一无二的。他的歌是丰富自足的小宇宙。听听他谱的波德莱尔的《邀游》(波德莱尔在《恶之花》出版时,曾希望有音乐奇才将此诗谱成曲并且献给他所爱的女子,二十二岁的迪帕克所作正是如此——他将此曲献给其妻),或者二十岁时谱的拉奥的《忧伤之歌》或《叹息》,即可知道他为什么跻身法国最伟大的歌曲作者之列——罗兰·巴特在《恋人絮语》里说拉奥的诗是"糟糕的诗",但敏锐的迪帕克将之转化成节制而深情的歌唱。

正是这种敏锐,极度的敏锐,让迪帕克在三十六岁那年精神崩溃,停止创作。然而他并没有发疯,虽然接着他又失明了。他安静而虔诚地度过余生。他说:"对于形色之美,我难道不是爱得太多了吗——上帝难道不是希望我从今而后过一种与祂单独相处的更内在的生活吗?""音乐的喜悦,比之上帝给我的和平,实在不足为道。灵魂之眼比肉体之眼从更高的层面看东西……"

迪帕克,让我们从低处仰望的狂喜、美绝的孤峰。

14

在你们的美术馆看布尔代勒的雕塑。

站在高一公尺半的伊莎多拉·邓肯雕像前。然而更吸引我的却是七步外一座名为《瓮》的直立的裸像:一个女子高举、握合双臂,如一容器。《瓮》高不及一公尺,但天花板上的灯光,清晰而巨大地把它的影子投射在身后白色的墙上,环握的双臂圆周更大,更优雅。

影子是瓮的心事。像此际,站在距你不远处的我。

来到瓮底,便知道我的心事。

15

夏天在一个热带的渔镇,在一个十六年前驻足过,在春天晚上吃过一碗一碗冰豆花的热带的渔镇,我和我轮胎突然被铁棒戳入,进而瘫痪在公路上的车子,等待回到记忆的轨道。

车上的CD正播着莎士比亚的十四行诗,第三十首:"当我召唤往事的回忆／前来甜蜜默想的公堂,／我为许多追求未遂的事物而叹息⋯⋯"

在正午的炙阳下,打开后车箱盖,搬开刚买的好几册厚重的画集,取出千斤顶、备用胎。CD继续播着:"我为已往的悲苦而再感悲苦,／把以往的痛心的事情／一件一件的从头细数,／好像旧债未还,现在才偿清⋯⋯"

16

车行十余公里,一大片有别于岛屿东岸的鲜蓝,介于蓝与绿之间的闪亮的海。海的对面是山。山的上面是树,以及叶的波动。风吹时翻白,风定时呈绿色的阳光的树海。然而没有两片叶子同时静下来,所以你有千千万万变化不已的色浪。

17

经过卑南人的村落。卑南,Puyuma,多么异国情调的名字,然而我却像回到了家。我心中响起他们的音乐:emayahayam, parairau, temilatilau,妇女唱的《除完小米草后聚会歌》,成年男子唱的《年祭之歌》,老人唱的《传统年祭歌》⋯⋯。卑南人与阿美人一样,惯用五声音阶,音域相当广,两族群旋律之丰富、优美,殆为岛上其他各族群所不及。但阿美人的歌谣较热情而富活力,卑南人则较抒情、平稳而幽雅。卑南人的二部复音合唱,以齐唱的顽固低音答句和八度及自然和弦音的长音对位于领唱的单旋律,虽不如阿美人多声部自由对位唱法生动多姿,但另有可以媲美布农人的和声之美。

抒情、平稳而幽雅,如驱车行过卑南浓荫遮覆的绿色隧道。

18

看 NHK 早晨十点的"古典音乐时间"。今天播出埃及"光与希望协会"管弦乐团一个月前在东京的演出。这是由全盲的少女组成的乐团。习惯性地打开录像机,边看边录。她们演奏莫扎特、比才、圣桑的音乐,演奏埃及作曲家的作品,也演奏快节奏的哈察都量的《剑舞》。相当整齐而感人。但我却想关掉录像机。她们的演出对我是太大的负担。她们千里迢迢带着乐器到异国演出,让别人看到她们。她们是悲悯的风景,嵌进了别人的心窗,但异国风景如何装饰她们的失明的梦?她们如何看到远东与近东掌声的不同、善意的殊异?节目很快进入尾声,安可的曲子是日本民歌集锦,当管弦乐奏出前奏后,台下马上响起合唱声:《夕烧小烧》,《七つの子》,《故乡》……,观众们用母语唱出日本。这些埃及女孩微笑了,她们看到了异国的风景,她们看到了异国的光。

19

所以我知道为什么你在听完音乐会回来后,会急着向你的小狗讲述内心的感动,你在传你的教,传爱与美的福音。13世纪意大利僧侣,阿西吉的圣方济,在森林中对鸟儿传教,作曲家李斯特将之谱成钢琴曲《两个传说》中的第一首。即使你是怀疑论者,只要你听过李斯特音彩闪耀、高贵简朴的音乐证言,你也会相信奇迹。

20

自然是最大的奇迹。飞花落叶,小草露水,风的吹拂……

你说曾经读过一首诗,十分震撼——一个人以坚定自信的口吻告诉人们:"我的籍贯是～～宇——宙——!"你为他广博的襟怀感动许久。如今,从林中归来,你想说:"我的籍贯是～～自——然——!"不,是"我们"的,你说。

21

德彪西的牧神是和你们这样的精灵一起嬉戏的吗?因为风的拂动,而有旋律。因为光的晃漾,而有和弦——或者说,不协和弦。因为你们的假寐,而有休止符。

音乐的野宴,牧神的午后。

22

葛利果素歌,赤足行走过及膝的水上,用清风丈量天的蓝度,用湿意丈量神。

23

梅西安一生用音乐颂赞神,颂赞自然。这位活了八十四岁的作曲家,到八十岁时都还是巴黎圣三一教堂的风琴师——他兼任这个职位长达五十八年。他写了许多风琴曲,《天国的筵席》、《主的诞生》、《光荣的圣体》、《风琴书》、《圣三位一体神秘之冥想》,以及其他许多天主教、基督教题材的音乐——钢琴曲《阿门的幻想》、《注视幼儿耶稣的二十种眼光》,管弦乐《升天》、《为神降临的三个小礼拜》、《天堂的色彩》、《期待死者复活》、《主耶稣基督的变容》,但这些并不是为教堂仪式而作的教会音乐,而是放在音乐厅演奏,寓信仰于象征,极端个人化的宗教音乐。在这些作品里,梅西安大胆地融入异教及异国的元素:古希腊的诗歌韵律,13

世纪印度的节奏模式,爪哇的甘姆蓝音乐……,这些并无损于他对天主教的信仰,因为他认为上帝的手触及万物,万物皆可用来回报上帝荣光。

对于神秘主义的梅西安,自然和神一样奥妙。他从十五岁起就着迷于形形色色的鸟鸣,并且用他的耳朵和传统的记谱法将它们记录下来。他是好几个鸟类学会的会员,终其一生,他不但为每一种已知的法国鸟记下声音,并且远赴南北美洲、非洲、印度采集鸟鸣。他奇妙地把鸟叫化作他的音乐,除了直接以之为素材的长笛小品《黑喜鹊》,管弦乐《鸟儿醒来》、《异邦鸟》、《时间的色彩》,以及为钢琴的《鸟志》和《花园的鸟鸣》外,鸟叫的旋律在他的作品里随处可闻。

这样的敬神爱鸟——难怪他唯一的歌剧是兼容这两大主题的《阿西吉的圣方济》。这部写成于七十五岁的静态的歌剧,规模宏大,动用了一百二十人的管弦乐团(包括三台单音电子琴——ondes Martenot——梅西安作品里特见的一种具有颤抖的音效的乐器),一百五十人的合唱团,外加独唱者。这部三幕八景的歌剧总结了贯穿梅西安一生作品的几条主线:狂喜的神秘主义,鸟叫,以及取法东方的配器法和节奏模式。梅西安的学生,作曲家布列兹说梅西安"教我们观察周遭事物,并且悟出'万物'皆可成为音乐"。

梅西安的音乐是造化之美的客观体现,来自万物,又回归颂赞那创造万物的神。

24

梅西安也歌颂男女之爱。

一九三六年,二十八岁的梅西安写了歌曲集《给咪的诗》,献给结婚四年的妻子小提琴家黛博丝（咪是她的昵称）。梅西安的父亲是有名的莎士比亚法文译者，母亲是诗人。梅西安的歌用的几乎都是自己的诗，他说："我写诗时心中总是响着音乐，大部分时候是同时产生的。"诗与音乐对梅西安是二而为一之物。九首《给咪的诗》颂赞夫妻之爱，并且以之反映耶稣与教会、神与人的结合。

在一九四五到一九四九年间，梅西安写作了三件以爱与死为主题，他名之为"崔斯坦与伊索德三部曲"的作品：《哈拉威》、《图兰加丽拉交响曲》和《五首叠唱》。《哈拉威》即秘鲁印第安盖楚瓦语"爱与死之歌"之意，是将崔斯坦传奇移枝于秘鲁神话传说的联篇歌曲集，用了许多秘鲁的歌谣以及鸟声做素材（梅西安曾说世上最美的旋律蕴藏于秘鲁。）梅西安所写的诗充满强烈的超现实味道，他还添加了拟声字，模拟舞者脚铃以及咒语的声音。梅西安颂赞恋人们的激情，也将之提升到与天地同宽。

《图兰加丽拉》一词则来自梵文，结合"图兰加"（时间之逝）与"丽拉"（爱的过程；创造，繁殖，毁灭）两字，梅西安自己表示含有"爱之歌，对喜悦、时间、运行、节奏、生与死的赞歌"等意思。这首以印度节奏为本的交响曲，长八十分钟，共十乐章，由环环相扣的恋歌组成，庞大的管弦乐团包括钟琴、电颤琴、钢琴与单音电子琴，气势磅礴，仿佛要吞纳整个世界，是一首颂赞性爱，充满丰盈色彩与感官之美的乐曲。禁欲主义者如布列兹甚至称之为"妓院音乐"。这首交响曲对年轻听众深具吸引力，最好的演奏录音也往往出自三十几岁的指挥家之手。梅西安不曾写过芭蕾音乐，但这首曲子在一九六八年被编成芭蕾在巴黎歌剧院演出（另一首被编成芭蕾的则是《异邦鸟》！）。

三部曲最后一首——为无伴奏合唱团的《五首叠唱》，也是据印度节奏写成，是送给他的学生，钢琴家罗丽欧的情歌，歌词除了梅西安自己写的法语诗外，还包括梅西安用自己发明的语言写成的诗行。梅西安的妻子因精神病入疗养院，至逝世为止。罗丽欧后来成为他的第二任妻子。她也是梅西安音乐最忠实的诠释者，构筑"彩虹"音响的音乐精灵。

25

象征主义诗人蓝波说："我发明母音的颜色！——A 黑色，E 白色，I 红色，O 蓝色，U 绿色。"抽象主义画家康定斯基一本正经地把颜色和形状之间的关系科学化：与30°角对应的颜色是黄色；60°角，橘色；90°角，红色；120°角，紫色；150°角，蓝色。他认为正方形兼容冷热的特质，使人想起红色——一种介于黄蓝之间的颜色。而等边三角形有三个活泼、刚强的角，使人想起黄色。锐角具攻击性，是热的黄色，角愈趋向红色直角，热度就愈低，之后愈来愈趋近冷，直至到达150°这个钝角——一个具有曲线意味，终将趋于圆的典型的蓝色角。

梅西安从小就具有色听的感觉，听到声音就会联想到颜色，这使他在二十几岁就发展出他特有的"移位有限的调式"，每一类蕴涵不同的颜色，譬如他认为第二类调式"在某些紫色，某些蓝色，以及紫蓝色间流转，而第三类调式对应的是一种带有红色与黑色味、且带有些许金色的橘色，以及一种像蛋白石般发出彩虹光泽的乳白色"。在《天堂的色彩》这首乐曲，他甚至明白地把各种色彩的名称标示在总谱上，以便指挥有此幻想，将之传达给乐手——真是神秘的象征主义者！

你也有你自成一套的感觉共鸣。你说你的老师N是不规则形的块状,且每块颜色都不一样——色彩非常鲜艳,偏向红、绿,非常活跃地组合在一起,而你的朋友 F 是柔和的粉红、粉黄、粉橘色的组合,上面有线条柔软的花儿,且带有淡淡的香味。你呢,你自己呢?你在德彪西《牧神的午后》里听到褐色、黄色及绿色,在《阿拉贝斯克》第一号听到由河流中浮出,五光十色,互相穿叉、层叠的彩色泡泡。

26

聂鲁达在他的《回忆录》里,如是描述他所居住的南太平洋黑岛的春天:

"春天以蔓生的黄色展开它的行动。万物都覆上了不可胜数的金黄的小花。这矮小、火力十足的作物开满山坡,爬过岩石,一直向海边挺进,甚至冒生于我们平日行走的小径中央,好似向我们抛下战书,以证明它的存在。那些花长久忍受隐匿的生活,贫瘠的大地弃绝它们,让它们寂寥地久藏地底,而今它们似乎找不到足够的空间去安顿那丰沛的黄。

这些淡色的小花很快地烧尽,被另外一种浓烈的蓝紫色的花取代。春天的心由黄转蓝,又转红。这些数不清的、细小的无名花冠是如何交互兴替的?风今天抖开一种颜色,明天又吹醒另一种颜色:春天在这寂寞的山坡不断地变换旗帜……"

27

听蔡小月唱南管,御前清音,袅袅流自异国制的 CD,散入寻常百姓的我家。宛转甜美,如其名,小月之姿,在今夜,怀君未眠的秋日今夜:"风落梧桐儿,惹得我只相思,惹得我只相思怨,忍不住苦伤悲。阮不是,不是惜花春早起,只是爱月夜眠迟……"

28

买到一张令人惊奇的CD：德彪西弹德彪西。留声机发明前的录音，录于再现钢琴打洞纸卷上，一九一三年，德彪西五十一岁时。相信这是现今唯一找得到的德彪西的独奏录音。经由"再现钢琴"再现出来的琴音，相当真实，细腻而干净，真难想像是机器的自动演奏，而不是手的演奏。唱片的第一曲是《特耳菲的舞姬》，德彪西《前奏曲》第一卷第一首。我忽然想到年少时曾经用德彪西的标题写了几首诗，有一首就是《特耳菲的舞姬》——但不曾收在诗集里。我现在用再现钢琴的情绪重现这首少作：

  在那里游荡一个背鲁特琴跟诗的少年
  在那里，那株挂着月亮的桂树底下
  特耳菲的舞姬们把酒洒了一地
  跟着恍恍惚惚的月光
  爱说谜语的都拖着长发，不停不停地甩头
  并且除了忧郁跟又深又黑的眉毛什么都不想
  但他怎么知道
  他怎么会怀疑那些婆娑的桃金娘常青藤不是身体
  他怎么会？那般细腻逼真的描写
  微笑，浮雕，种种神秘的事端
  在那里特耳菲的舞姬们把酒洒了一地
  在那里，一个少年他的鲁特琴跟诗

29

诗，音乐，爱情。周而复始的轮旋曲主题。

少年听雨歌楼上(雨滴如彩色玻璃珠滚动于紫水晶轮盘);中年听雨客舟中(雨滴如夜半钟声穿过记忆的玻璃色纸渗透入梦);而今听雨僧庐下(雨滴如午后蜻蜓点水飞过教堂彩色玻璃)。

圣三位一体神秘之冥想。

30

兰屿雅美人的歌谣相当原始,基本音阶是大二度加大二度的三音旋律,以及大二度或小二度的二音旋律,音域极窄,最多只在四度之内移动。也就是说,他们的音乐"跳格子"游戏,最多只有四格,但常常只用到两三格,并且很多时候是原地跳跃,久久才移动到上面或下面的格子。这种单旋律吟诵式的唱法,既无大跳动的旋律,也无复杂的节奏变化,外人听之或觉单调,但对雅美人而言却宽如天地,可以随歌词的改变形成各种类的歌:捕鱼歌、农耕歌、放牧歌、船祭之歌、粟米丰收祭之歌、新屋落成歌、情歌、摇篮歌……

简单的丰富:小岛大海,执一驭万的极简艺术。

31

音乐的黎明:
我是鱼,我是鸟,
翻身变形,
在空中拆解
黑暗的海的纱布。

32

Big my secret.

揭开它,如同揭开秘密的香气。

如果你是夜,如果你是瓶子,蕴藏在里面的是整座海洋的欲望与记忆。

如果你是风,如果你是镜子,闪烁在里头的是整座天空的目光与睡意。

揭开它,如同揭开一层肌肤。

一层肌肤,隔离我们,也连结我们。

弹指即破——轻轻地——呵护它,也信赖它,因为它是精灵们秘密的礼拜堂。

因为它是梦的暗房。

Big my secret.

33

来到瓮底,便知道我的心事。

Ⅲ：腹语术

1

　　我将在豪雨中的 T 城失去你，那一天早已走进我的记忆。我将在 T 城失去你——而我并不恐惧——在某个跟今天一样的秋天的星期五。

　　一定是星期五，因为今天（星期五）当我提笔写这些的时候，我的手肘不安得厉害，而从来从来，我不曾感觉像今天这样的寂寞。

　　我们精通戏法的腹语术师失去了爱情，每一个人都狠狠地锤他，虽然他什么也没做。他们用笑声重重地锤他，重重地，用冷语：他的证人有星期五、手肘骨、寂寞、雨，还有路……

2

　　你在十五年前邂逅雅纳切克，因为他迷人的联篇歌曲集《一个消失男人的日记》。你在岛上的音乐杂志率先介绍了这个作品，还有他的歌剧（那时你的卡蜜拉仍然沉睡在另一个世界）。你一直很喜欢他的弦乐四重奏，特别是七十四岁辞世那年写的《亲密书》。你在你的散文集里写了一篇谈他的同名文字，以及另一篇将他的管弦乐狂想曲《塔拉斯布尔巴》嵌入标题，向他以及所有的创作者致敬的狂想曲。你甚至把你厚厚的诗集定名为《亲密书》。雅纳切克六十岁后认识了小他三十八岁的古董商人之妻卡蜜拉,激发了他汩汩不断的热情与创作灵感。他写了六百多封情书给她——包括最别致、永恒的一封:第二号弦乐四重奏《亲密书》。

你的卡蜜拉现在在哪里?

3

警告逃爱(特征——舌端有浪,作案后眼眶泛蓝,会隐身术……):

你无故离我而去,置我的五官四肢七情六欲于不顾。见报后速与我破裂的心联络,否则诉诸笔端,历史相见。仁人君子若有知其下落而通报者,当酬以新印的悲歌一集……

4

纵使你不在这里,
纵使你离我远去,
你仍在我的腹内。
只要我愿意,
你随时复活。

5

我记得,我记得许多事情。

我记得波德莱尔街转角慢慢走路回家的女孩;我记得米罗山上一夜闪烁不停的星光;我记得罗丹湖畔的寒气与温泉;我记得风眠寺前的海边涛声;我记得冬季制服里面露出的紫色毛衣;我记得随夏风飘动的蓝色裙子;我记得秋天时穿的橘色外套;我记得深藏

不露的墨绿色的内衣;我记得蹲在小人国城堡前拍照的大女孩;我记得在大都市美术馆拨长途电话的兴奋的少女;我记得你不在时静静摇动的绿树的光与影;我记得时间和它的鞋带;我记得远方……

6

Dear Y：

即使你从远方回来,恰好与我相遇,仍然不能阻止我的忧伤。忧伤,在噩梦乍醒,辗转失据的子夜。忧伤,在一身冷汗,虚无惊惧的清晨。所有的资产在不被谅解时都变成负债。我很疲倦。我不愿意崩溃、腐烂。然而我正在腐烂中……

7

泪水。梦想。花朵。绿荫。爱和哭泣。春日。蛛网。桥和流水。窗。屋顶。倾斜的微风。高飞的树。丰腴的音乐。瘦的椅子。不诚实的镜子。黄粱。香味。哑巴的梦。硬的书。野姜花。萤火虫。歌声。木棉。波光。海的影子。大象。摇椅。婴孩。婴孩的气味。哭泣。爱和哭泣。距离。晨光的距离。断了的桥。失了鞋子的脚。棉被。鱼。蓝色的玻璃。太小的伞。吃不完的午餐。流不尽的眼神。梦的颜色。孤独的岛。金色的水仙。没有四季的岛。诅咒的爱人。温柔。痛。千疮百孔。歌声。绝路。石头。灰蒙蒙。淅。沥沥。

8

Dear L：

你的信给我相当程度的安定作用,平淡中散发出一种普遍性的定力——大概就像你所说的塞尚的画吧。反复阅读,很是喜悦。

　　正在写一本札记体的《咏叹调》,如背后影印所见——我用它来平衡自己最近内在的失衡。打算写100则,分三部分:33＋33＋34,已写了二分之一多。唉,是一种洗礼——洗涤作用,仪式。先让你看影印的这十四则,下次再把其余的寄给你,也许可以较清楚地呈现一些东西。我自己到目前为止也还不知道这本书会有什么发展,它们整体的意义又是什么。我在第一部分拼贴了两则你的来信。我以为这是创作,而不是暴露隐私,你下次看了也许就知道了。

　　很久没有拿笔写信,写时的胆怯、笨拙,不下于你。这样慵懒的台风天,其实还是有一些明快的喜悦的,譬如坐在桌前跟你写这封信。

9

　　读者买这本书是因为A:它的副标题是"给不存在的恋人"(特别是"恋人"两字)——某某大师有一本《恋人XX》(翻译本),在此地知识分子人手一册,某某女士有一本《XX的恋人》,久居畅销书排行榜不下;B:因为它轻薄短小,每则所记不过数百或数十字,又附庸风雅地谈了一些困难或容易的音乐或艺术——消遣之外,似乎可兼做音乐、艺术欣赏指南;C:这些文字在报纸上发表的时候,插图非常漂亮。

　　出版社印这本书是因为D:这个作者的散文集比诗集滞销情况不严重些;E:作者保证初版卖不完的书他全数购回。

　　你找这本书来看是因为F:你想看看我到底在书里头写了你什么——有没有呕心沥血歌赞你? 有没有心有不平丑化你? 有没

有暴露出你想窥探的我的心路历程?

因为A,我要加强有关爱情或恋人的描述。

因为B,书末最好附录相关CD推荐(厂牌、编号、表演者……)。

因为C,这本书印刷时应该尽量配上漂亮插图。

因为D,我必须坚称这本书是散文,而不是诗或评论,或虚构的小说。

因为E,我必须努力在书出后,做一些相关的促销动作(上广播节目;上电视节目——如果人家要你的话;增强在报章杂志的曝光率——最好能挤上影剧版)。

因为F,我必须小心翼翼地把你的缺点化作优点,把我的苦闷装饰成美感。

10

Dear L:

那天的电话有点突然,但它帮住我缩小、安定了最近的我内在不安、颓败的版图:一向凭借热情、渴望支撑自己的我,突然发现事情反其道而行,自己又无法立即用简单、宁静的方式面对它,整个人于是瘫痪了。

数十年来,我未曾离开过这个岛屿。一直自我地在我的世界旅行全世界,在我的城复制所有的城。这一次,遭遇这样的困顿,最知己的几个学生仿佛仪式般都跟我碰了面,谈了话。我不是李叔同,但李叔同很像也是在四十前后变成弘一。过去几年,我的创作力大致可算旺盛,但我太仰赖他人——仰赖从别人身上猎取热情,猎取爱,而所谓热情,所谓爱等等常常又是无常的。而我却一直不曾警觉到此。

这些年来几次在困顿时读你以前的文字,兴起寻你之念。我也不知是要寻你,或是寻生命里某种纯粹、持远的力量。但我知道我正在梳理自己混乱了的交通系统;我正试图接通断绝了的一些生命网络。

11

失物招领:

维也纳爱乐交响乐团演奏会票根两张。

语文作业簿(中·高)一本。

凯蒂·肖邦短篇小说一篇(英文,影印,前三页单字已查好)。

XX大学英文系德文2期中考试题一纸。

XX大学研究所一九九X年度招生简章一份。

激匠派发廊五折优待券一张。

TDK六十分钟录音带一卷(内录中、英文歌曲数首,A面外壳蓝色原子笔标曰"我愿意")。

孔雀咖啡卷心饼(小包)一盒。

博士伦隐形眼镜药水半瓶。

7—11购物发票三张。

XX医院妇产科挂号证一张。

粉红色丝瓜布沐浴巾一条。

爱佳大饭店乌龙茶包两包。

耳屎(?)2.1公克。

掌上型俄罗斯方块一台。

12

制造方块的几种方法:

```
□ = 匚 + 刁 = □
‖             ‖
回            古
+             +
凸            凹
‖             ‖
□ = 匕 + 彐 = □
```

13

Dear M：

看了整个《音乐精灵》，你说你哭了，一遍遍在钢琴前重复弹奏那首"凤鸣琴"，直到成为潮湿的琴。你说这个作者好孤独啊，那么浓烈的情感，那么含蓄的表达。"来到瓮底，便知道我的心事。"你说整个《音乐精灵》好完整喔，从 Big my secret 到 Big my secret，深深隐藏的心事。

你好像拿了一个透明的大石头，打破了我的水缸，让水流出来，但同时又奇妙地维持了水缸原来的形状——甚至里面的水，在不断流出后，依然饱满如昔。

你一定弹了 103 遍的"凤鸣琴"，在今天，在我感觉另有一种潮湿而饱满的孤独的今天。

我会在 10 月 3 日把整本《咏叹调》写完，啊，10 月 3 日。

14

希望这本书有一个起码的情节或故事大要的读者可以如是观：这本书的作者在书的第一部分虚构了一个（？）"不存在的恋人"，这个恋人是他信仰（"诗，音乐，爱情"）的来源，但一如现实世界里所有被认定的永恒的恋人,她(他)们都是不永恒的——会让人受苦、猜疑,会和现实冲突,惟有在失去她(他)后,她(他)才能永恒地存在,永恒地被拥有。

在第二部分,作者转向另一个虚构的恋人告白:在这几乎是他自己的化身(和他同月同日生——"孪生的灵魂"——书里头没有明指出)、音乐精灵般的纯真恋人身上,他找到了没有冲突的精神的交流。但他不确定这孪生的恋人(或者他自己),是不是能全然领受他的心事,为他卸下错综复杂的秘密负担。

因此,在第三部分,他继续和这些,以及其他存在、不存在的恋人、友人,以及他自己,交谈。希望曾经有过的美好事物,能够永恒地被咏叹、拥有。

15

Dear L:

多么希望多听到你的声音,但电话里我只听到自己急躁地说着话,唉,没办法,一直听到时间一节一节地侵入、压迫。

前几天,一个读书性的电视节目来这儿访问,问了几个问题:1. 你作品里"时间"的意念;2. 对中年的看法。"时间现在"不断地窥视、威胁着我,以种种形式:水滴声、阴影的河流、指针、钟摆(以及它们的表兄弟姊妹)、风吹草动……"时间过去"凝结成记忆——一座曲折的镜子的迷宫,重组、再现一个虚构了的真实,在其中现实世界的缺憾获得了补偿,爱与恨的对立消融……当个人的记忆与群体的记忆——或者历史,交融相叠的时候,诗和生命开始有了一种厚度,一种化解小我哀愁、孤寂、苦难的抽象力量。至于中年,虽未至而心有戚戚焉。(理论上,我自然已是中年,但"实际上",不是。)这两年的确在学习"割舍",但多不容易啊,特别是一向强调"渴望"、"热情"、百科全书式吸纳的我。

我大概会在半个月内把《咏叹调》写完。寄给你看的四分之三,如果可能,就给我一些意见吧。你的生活,你在纸上呈现的你的感觉、思想、形态,一直清新有力地静静地亮着:很好的距离,很好的亮度和自在。

像电话中你的声音,那般节省而好。

16

最后,雾来了。
行走在树尖,白肚细脚的蜘蛛,
用吐气的网,收走树和湖亮丽的外套。

17

由于相信可以永远共享,他们不曾重复买过相同的 CD,唯一一张各自拥有的是女歌手 C 唱的闽南语老歌。那是为了分手后,彼此能一遍遍温习绵绵的旧情吗?"男子立誓甘愿看破来避走,旧情绵绵犹原对你情意厚,明知你是轻薄无情,因何偏偏为你牺牲,啊……不想你不想你不想你,怎样若看黄昏到,就来想你眼泪流……"

我愿意用一生的作品换一首有血有肉的台湾歌:旧情绵绵、港都夜雨、望你早归……洪一峰、杨三郎、叶俊麟、那卡诺……

18

Dear N:

感谢你在中秋夜让我听到男歌手 C 唱的《暗淡的月》,你说你最喜欢唱片里散发出来的那种台湾人的流氓气概,特别是借日本歌填词的那首《温泉乡的吉他》:"啊……想起彼当时,咱也来洗温泉,快乐过一暝,今夜孤单又来叫着你名字……"我不确定你说的"流氓气概"究竟何指,但我从十几年前大学毕业以来,即喜欢让我的学生在课堂上唱那些闽南语歌曲,特别是初三的男生,当他们在应付联考的每日晚修空当大声唱出《秋风夜雨》或《港都夜雨》时,你真是听到一种冲破郁闷、意气风发的台湾男性的流氓气概:"海风冷冷吹痛胸前,漂浪的旅行,为着女性废了半生,海面做家庭,我的心情为你牺牲,你那昧分明,啊……茫茫前程,港都夜雨那昧停。"我相信那些十几岁的男生没有一个是流氓,以后也不会是流氓,但他们在那些可以唱歌的黄昏,用闽南语齐唱出生命中早早埋藏的悲情。

那些歌是个人的记忆,也是群体的记忆。

19

思慕的人:

你也在那样的黄昏唱过,或听我唱过,流氓气概的歌吗?

20

口簧琴是泰雅人音乐中非常重要而特殊的乐器。他们用它来传达讯息,交谈,伴奏舞蹈,也演奏音乐。单簧的口簧琴,琴台和簧片都是竹制,多簧的口簧琴,通常则都是竹台金属簧。由于音量不大,适合人与人之间近距离传话谈心,特别是年轻恋人们面对面难以启齿时,就用它来互相倾吐爱意。所以,虽然其他少数民族也使用口簧琴,但泰雅人的口簧琴别具一种亲密而迷人的风采。例如,邀请恋人散步,他可能会拉奏一段

(吕炳川采谱)

或者

而当女方回以

大概就是表示同意求爱了。

泰雅人是多情歌的。山谷之间,星月之下,年轻的恋人,年老的恋人。

21

后来者把这个作者的创作生涯分为"前热情"与"后热情"两个阶段:他们所用的"热情"实际上源自这个作者在但丁所谓"在人生旅途的中路"——但丁初写《神曲》的年岁,所写的五首《拟泰雅民歌》中的第一首。

这个作者的《拟泰雅民歌》其实并不很泰雅人,因为他当时对泰雅人的认识非常有限。但是他的"热情"是真的,双重的真。研究 K 据时代岛屿边缘文字垃圾史的学者将发现,这个作者后半生的创作起自五首《拟泰雅民歌》,起自"热情"。

令这个作者羞愧也兴奋的是,这些诗后来被谱成曲,被太鲁阁峡谷前面泰雅初中女生们吟唱。

22

梅西安的音乐翻新了我们对形式的概念,他扬弃了古典的动机发展手法,不再理会那套借主旋律的呈示、发展、再现等等,演绎音乐戏剧的旧招;他追求一种马赛克(镶嵌画)式的音乐结构,让块状、不连续的音乐节段猝然并置,仿佛组合五颜六色、高高低低的嵌片,透过大大小小音乐色块的对比、对称或对峙,达成统一与平衡。以文学为喻,他的音乐并不求情节、动作的发展、连贯,而情愿让某些气氛、色彩、情境以静态的图样反复再现,在块状与块状间呈现戏剧张力。

马赛克就是 mosaic。我咏叹马赛克效果。

23

——茶是日本俳句诗人小林一茶的名字。

——茶是台湾诗人 X 的一首诗。

——茶是用春天的寒意煮夏夜的微笑秋日饮之。

——茶是把你的心事泡在我的杯里。

——茶是你到我之间的距离。

24

于是我知道
什么叫做一杯茶的时间

在拥挤嘈杂的车站大楼
等候逾时未至的那人
在冬日的苦寒中出现
一杯小心端过来的,满满的
热茶
小心地加上糖,加上奶
轻轻搅拌
轻轻啜饮

你随手翻开行囊中
那本短小的一茶俳句集:
"露珠的世界;然而
在露珠里——争吵……"
这嘈杂的车站是露珠里的
露珠,滴在
愈饮愈深的奶茶里

一杯茶
由热而温而凉
一些心事
由诗而梦而人生

如果在古代——
在章回小说或武侠小说的
世界——
那是在一盏茶的工夫
侠客拔刀歼灭围袭的恶徒
英雄销魂颠倒于美人帐前

而时间在现代变了速
约莫过了半盏茶的工夫
你已经喝光一杯金香奶茶
一杯茶
由近而远而虚无
久候的那人姗姗来到
问你要不要再来一杯茶

25

在七星潭海边看阿美人歌舞，伟大而蓝的天，伟大而蓝的海。年轻的女子们穿着五彩红艳的传统衣饰，男子们裸着上身，年长的妇女们白衣黑裤，一起在歌声中扩大、缩小，成为浪中之浪，领唱，应答，领唱，应答……

无名、无时间的舞者。伟大而蓝的天，伟大而蓝的海。

26

秋：

"临街
公牛澄黄的角

刺破叶的尖端
渐渐流出
初夜之血
刺破月的氆氇
梦般熟悉
冰冷的蹄角
围困在齿轮的花园
最精细
最精细的角落

落下落下
落下因撞击散落的色彩
落下落下
落下繁花
承接强暴的股腹

因而流出怜悯之泪
啊,这凶残而抚慰的季节
惊觉
一头野猪正环伺"

27

我们的恋爱也许才刚刚开始。

28

Dear M：

你居然也给《咏叹调》的每一则涂上了颜色,你说它们就像马赛克一样,由一块块大大小小,看似无关联的嵌片拼构成一幅色彩跃动、光影交叠的大画。每一部分是一个大色块,色块与色块间呼吸相通,又各具个性。你说就像梅西安,也像点描主义,但是以"块"为点的"粗"点描主义。

我自己也给它们涂上了颜色。从心情出发。结果有点像颜色的赋格——捷克画家库普卡(Frank Kupka)般的音乐建筑。

29

所有的东西都被浓缩成一个画面,一张你的照片。

那一天,当我躺在那儿反复端详那张我最喜欢的你的照片时,你一定觉得很奇怪(因为我的喜欢,你把它框在镜中放在床头)。你一定在想,如果喜欢,就把它拿走,不就一劳永逸了吗?然而我并没有拿走,并没有拿走任何一张你的照片,我知道所有美好的东西都是带不走的(如今想起来,我的反复端详是一种仪式了?)。我没有带走那张照片,然而因为记忆,因为爱,我真正拥有了它。风檐独立,笑意盎然。那是最后一夜/页吗?(我愿意为你我愿意为你我愿意为你忘记我姓名……)我没有带走你的笑容,没有带走你,然而因为时间,我没有失去你。

30

找到一张你寄给我的纸片:"寄上某种植物的果实,如果不懂的话,就去问生物老师吧。"

是别名相思的红豆吗?还是别名哀愁的相思豆?

31

永恒的大街:

波德莱尔莫奈米罗李可染夏戈尔林风眠罗丹欧姬芙肖邦死诗

人学会普契尼波里尼伯恩斯坦韦伯李梅树陈进东山魁夷普鲁斯特伍尔芙乔伊斯加缪鲁迅钱钟书陈映真……

32

小说家O在他的电脑里开了一个以二十五位数字为文件名的隐藏档(他不知道电脑其实只阅读前面八个数字!),咏叹、追忆和她相处的种种情事。多年后,他忘记了这个档名——虽然他试图从跟他或她有关的一切数字重组这个号码——他的秘密永远消失在他的电脑里。但他不知道他的电脑和我的是联机的:那些语字,早已化作沼泽、池塘、青蛙、鱼、花、浪,被我吞进腹中。

33

苦恼而清澄的海

呼吸

呼吸

呼吸

爱

34

在你里面我继续我无止境的寻觅,寻觅一个房间……

(一九九四)

辑四:想像花莲(1995—2013)

张爱玲和我

张爱玲和我有什么关系?当然没有。

但当这位七十五岁,特立独行,在作品中酷恋月色的女作家,孤寂地陈尸美国寓所的消息在中秋夜传回岛上,并且引发一波又一波读者与作者切身的哀悼与追忆后,我不禁再一次问自己:"大家都跟张爱玲有关系,你独独和张爱玲没有关系吗?"我用力思索了好几分钟,找来她写或写她的一切书籍,苦读、重读、快读了两日夜,然后,总算不再怕人会笑我落伍地告诉自己:"张爱玲当然和我有关系!"

张爱玲和我有什么关系?我,一个在台湾写诗的人。张爱玲是和一个在台湾写过诗的人有过一点关系。在散文集《流言》里的一篇《诗与胡说》张爱玲写说,她第一次看见路易士的一首诗《散步的鱼》,颇觉其做作,后来读了他的《傍晚的家》,觉得非常满意,因之"不但《散步的鱼》可以原谅,就连这人一切幼稚恶劣的做作也应当被容忍了……"路易士就是五十六十年代在台湾诗坛领一时风骚的纪弦。我自然不是纪弦。

张爱玲和我有什么关系?有的。张爱玲出生、成长于上海市街,我也是从小就生活在上海街上,只不过我的是花莲市的"上海街"。上海市街和上海街有什么差别,我因为没有到过上海,就不得而知了。张爱玲倒是来过花莲,并且,我相信,看过我的上海街。1961年,四十一岁的张爱玲来台湾访问,随她所欣赏的年轻小说家王祯和到花莲一游。那几天,张爱玲就住在王祯和中山路家里。

照片为凭,在我负责编务,今年春天刚出版的洄澜本土丛书(4)《观光花莲》里,有一张张爱玲和王祯和和王祯和母亲在他家附近金茂照相馆合照的照片,上写"张爱玲小姐留花纪念50.10.15"。这是我见过最美丽的张爱玲的照片,也是张爱玲和台湾土地发生关系的唯一印证。1961年,我七岁,10月10日过后几天,小学二年级的我和父母亲看完电影,从天山戏院右转中山路,我仿佛看到一位高瘦时髦的女子,从东部书局隔壁楼上走下。天山戏院,东部书局,中山路……这些都是王祯和小说里最常出现的场景。但我不知道,高中毕业那年,我经常跑去看书并且找他们女儿聊天的这家书局,门前曾经留过一位要被万人迷、万人窥的女作家的鞋印。高中毕业那年夏天,我在王祯和受到张爱玲青睐的处女作《鬼·北风·人》中写到的"满布密密丛丛的掀天大树"的花岗山上的书展里,买到香港今日世界社出版,林以亮编选的《美国诗选》(林以亮就是张爱玲遗嘱里委托他处理遗稿的宋淇!)。诗选的最前面是张爱玲翻译、评介的爱默生与梭罗的诗选。这些,和今日世界社另一本《美国现代七大小说家》里新批评大师罗勃·潘·华伦所著,张爱玲译的一篇海明威论,是我最早接触到的张爱玲笔下的产物。它们是相当明晰、洁净的文字,颇不同于上大学后在台北买到的文字浓艳、凄美的张爱玲短篇小说集。也许因为这种"参差的对照",我很难把张爱玲二三十岁写的小说和散文当作"全部"。也许因为这样,我从来不是一个"标准的"张迷。

张爱玲留花期间,曾在王祯和四舅安排下,到"大观园"逛了一下。大观园,王祯和说是"甲级妓女户",但大观园其实是酒家,就在我家后面南京街与仁爱街转角,距我家不到二十公尺。小学五、六年级到老师家补习完后,经过大观园,总要和同学爬到门口树上,窥探彩色玻璃窗内酒客与酒娘饮酒作乐之景。我家周边的几条街风月场所林立,"大三元"、"高宾阁"、"夜都会"、"满春园"……耀眼的招牌在华灯中互相辉映。我每晚看着盛妆的女子从我家门前走去上班,在深夜带着醉意和客人在我家门前的妈祖庙口吃宵夜、唱歌、打香肠,隔天又看到卸妆的她们来庙里拜拜,或者出来洗头、聊天。这是一种真正的"参差的对照"。她们进出舞台,上班像演戏,下班卸妆,回到更大的生活。这样的上海街,和张爱玲笔下耽溺、沉沦的上海"海上花"世界是颇不相同的。我常常觉得张爱玲小说中的人物生活太"戏剧化",使用的话漂亮得像是小说对白,戏剧台词。从中山路到仁爱街,张爱玲一定会经过陈克华住的南京街。呱呱落地不到半个月的陈克华(陈克华10月4日生——我10月3日,王祯和10月1日,张爱玲9月30日)当时家在南京街桥头,剪落脐带不久的他在张爱玲路过时也许正注视着自己的肚脐。不知是不是这个缘故,长大后的陈克华文字中时见张爱玲的影子。

要不是因为作家雷骧为了拍摄张爱玲的纪录片来到花莲,我和张爱玲的关系可能就到此为止。1994年6月,雷骧的中国"作家身影"摄影队来花莲重寻张爱玲的身影。那一晚,深夜,我替他打了个电话,找了一个跟张爱玲一样身材瘦长、跟王祯和一样台大外文系毕业的我的学生在第二天扮演张爱玲。但在那之前我打了一个宿命的电话。这神秘、宿命的电话改写了我一生里某些重要的事情。这是张爱玲和我之间真正有过节的地方。这年暑假,我完成了一本《咏叹调》,并且临时起意写了一首诗参加那年的时报文学奖。文学奖揭晓那天(10月2日),我在报上看到得到新诗首奖的自己的照片,报纸中央则是张爱玲的照片。她以《对照记》得到终身成就奖。这又是一次宿命的、歧义的"参差的对照"。

我和张爱玲一样,没有出席那一年的颁奖典礼。我在得奖感言里写说:"我只是要告诉自己——也告诉她们——我有充分的耐性等待某些事物。"她们应该/当然不是张爱玲们,虽然张爱玲晚年真的很有耐性——有耐性到收到最亲近的朋友的信好几年后,才打开来看(甚或依然不看!)。张爱玲早在她所嫁的第一个男人别她而去时,就已经很有耐性了。她告诉他:"我已经不喜欢你了。你是早已不喜欢我了的。这次的决心,我是经过一年半的长时间考虑的……你不要来寻我。即或写信来,我亦是不看的了。"半世纪前的这段话我一直到几天前才在《今生今世》这本书里看到。够有耐性的了。难怪《咏叹调》前引莎士比亚的诗说:"只要人们能呼吸或眼睛看得清,/此诗将永存,并且给予你生命。"张爱玲的恋人,因张爱玲的文字,而美名,或者恶名,长存。

至于当晚我打电话给谁,以及那个人和张爱玲有何关系,为了媲美张爱玲的耐性,我想把答案写在明信片上,寄给时间。至于时间什么时候会收到我的信,或者它要不要翻读我的信,就不是我,或者张爱玲,所能过问的了。

(一九九五)

寻找原味的《花莲舞曲》

——重唱郭子究半世纪名曲

郭子究(1919—1999)是相当传奇的音乐人物。他只有小学毕业,却凭着热情与天赋,摸索出一条自己的音乐之路。他在花莲中学担任了三十四年的音乐老师,以其强调读谱、视唱能力的独特教法(花中学生音乐课都要先通过"La La La……"节奏视唱这一关),循序渐进引领无数学生进入音乐殿堂。又以身作则,以亲谱的歌曲为教材,让学生在亲切学唱中自然领受音乐之妙。说他是"花莲音乐之父"一点也不为过。他的学生毕业后,分布各地,每爱传唱他的曲子,他最动人的一些作品,譬如《回忆》、《花莲舞曲》、《你来》……,遂由花莲名曲变成凡有台湾人处皆得闻的台湾名曲了。

我在花中求学的六年(1966—1972),几乎都在郭子究的歌曲声中度过。初中时我喜欢用口琴、直笛吹奏《郭子究合唱曲集》中的曲调。升上高一后,这些歌和《世界名歌101首》中的歌,成为我和几位没事喜欢凑在一起三重唱、四重唱的同学们的最爱。高二,加入学校合唱团,一边游走于各声部,体会郭老师歌曲中之妙不可言的和声,一边练唱郭老师一节节新谱出来、准备作为我们参加省县音乐赛"秘密武器"的新歌。我们那一届郭老师谱的是《山中姑娘》,歌词来自一本《世界名歌110曲集》中拉策罗(E. di Lazzaro)所谱的意大利名歌《山村姑娘》(Reginella Campagnola)的中文译词。高三没有音乐课,但我清楚地记得,在面对联考压力的那些日子,郭老师优美的旋律不时穿过我的喉头和心头,给我极大的慰藉。在台北读大学那几年,他的歌更成为我思乡的解药。我自己从中学起就喜欢听古典音乐,并且狂热地搜集唱片和相关书籍,做其信徒、斗士,迄今乐此不疲,执迷不悟,想来郭子究老师难推其责。

郭子究的作品中我对1967年谱成的《你来》情有独钟,觉得典雅清丽,委婉多姿,充满诗意,是词曲配合度最高、百唱不厌的一首杰作——"你来,在清晨里悄悄地来,趁晨曦还未照上楼台,你踏着满园的露水,折下一枝带露的玫瑰……"——词是花中当时另一位音乐老师,美丽高瘦的吕佩琳女士先写的。谱曲时郭子究人在台中为人修琴,思家心切,写信给其妻问"你来吗?"心有所感,因以成曲。但对于另一首标着"陈昆、吕佩琳作词"的郭老师的名作《回忆》,以及"林锦志作词"的《花莲舞曲》,久唱之后,总觉得词曲之间不知道什么地方不大对劲。初中时初学《回忆》,唱到"连珠泪和针黹绣征衣"一句,觉得歌词好困难喔,一点都不像眼前这位前额微秃、随和平易的台湾籍男音乐老师。旋律没有问题,简单易唱,非常非常好听(好听到多年后民间送葬的西乐队把它拿来跟其他世界名曲一样当作挽歌演奏),并且如作曲者所说"具有浓厚的乡土风味",但是歌词文绉绉了些,很难让人跟身边的生活情境配合。小调、五声音阶的《花莲舞曲》我初听就觉得有花莲的味道——特别是阿美人的味道——歌曲中间钢琴间奏部分,分明是阿美人跳舞、歌唱的姿态、节奏,难怪当年在口琴上一遍遍吹它,觉得很像把蕴藏在自己体内的某种力量很过瘾地宣泄出,但是当歌词里出现像"当你离侬出征去,奴家的衷心诚意"或"侬在这里,长祈祷"一类字眼时,就会让身处花莲的我怀疑:这是花莲的歌吗?

郭子究作品里这种"不伦不类"的驳杂感三十年来一直困惑着我。一直到去年春天，有机会参与花莲文化中心"艺文家建档计划"的工作，阅读、聆听郭老师自己剪贴的资料以及口述的录音带，并且几次与郭老师深谈后，胸中的谜团才获稍解。

原来，目前为止大家耳熟能详、普通话发音的《回忆》、《花莲舞曲》两曲，并不是郭子究当初创作的原貌。出生于屏东东港，在牛背上长大的郭子究，年少时从姊夫吹的口琴及当送货员时日本客户有的一把吉他初识音乐之神秘，后又无师自通地从教会唱诗班的乐器学会了竖笛和小喇叭，以之吹奏圣诗。1937年，以西洋乐器鼓吹"皇民化运动"的文化剧团来到东港，初次见到小提琴、萨克斯风等乐器的郭子究，被悠扬的旋律迷住了，自愿随团学艺，巡回各地。在打杂之余，偷抄乐团师父乐谱，苦学得一些演奏和编曲技巧，并且写作了一首作为宣传剧插曲的《防谍歌》。这首处女作当时在岛屿南北被万人竞唱。离开剧团后，辗转来到高雄，在酒家教唱、伴奏，随后遇上了影响他至深的小提琴老师林我沃先生。1941年，郭子究参加了官办的"新台湾音乐讲习会"，结业后获颁一纸"师匠"证书。1942年，他只身抵达花莲，先在一间酒家"东荟芳"教唱，后遇企业家林桂兴，为他组织"花莲港音乐研究会"，于1943年2月28日成立，请他担任讲师教授音乐。会员百多人，包括管弦乐队、轻音乐队、中西乐团、舞蹈团等。1943年8月12日，郭子究在"花莲港音乐研究会"于花岗山昭和纪念馆举办的第一回音乐演奏会中发表了一首《手风琴三重奏》，以及一首日本诗人西条八十作词的《母の天国》，由李英娥独唱——这是今日大家熟悉的郭子究歌曲中最早写出的一首。这场音乐会，据当时日文《东台湾新报》形容，有近两千名听众到场，"无立锥之余地"，听此歌后情绪如"甘美之坩埚"沸腾不已。《回忆》与《花莲舞曲》则发表于1944年4月29、30日研究会在太洋馆（后来之花莲戏院）举办的艺能演奏会上。《回忆》当时的曲名为《思ひ出》，并没有歌词，和另一首由郭子究编曲的台湾古谣《百家春》一起以"新台湾音乐"之名，在节目上半场由包括三弦、扬琴、小提琴、手风琴、钢琴、吉他等中西乐器合奏出。这首曲子本来是为研究会员讲解附点音符，顺手在黑板上写出的一串音符，后来润饰成曲，惊觉充满思念家园与亲人之情，因以为名。1948年，他请同在花中任教的语文老师陈昆填词。福建来的陈老师把它填成充满古典情怀的闺怨。1965年，为了学校合唱团参加比赛，又请吕佩琳老师就原曲后奏部分填入新词。所以这首郭子究的招牌歌原来是在台湾风的曲调上披加了两层外省腔的歌词，听起来有点像穿平剧或昆曲的戏装唱歌仔戏，但它还是传遍了海内外。

《花莲舞曲》在节目下半场由研究会管弦乐队伴奏，合唱团演唱，研究会女子部舞蹈演出，当时的曲名叫《荳兰の娘》（《荳兰姑娘》），唱的是日文歌词，由会员张春辉（1922—1995，笔名"三和辉三"）所作。张春辉生于台中大甲，九岁时随父母迁居花莲，花莲港公学校（今明礼小学）毕业后随兄长经商，并自行研究有关摄影方面的技术，十八岁在黑金通（今中山路）开设三和照相馆，为当时花莲唯一由台湾人主持之照相馆。他交请郭子究谱曲的词以花莲市郊荳兰（今田埔）阿美人村落为背景，生动捕捉住土地的色彩、气味，以及爱人远行出战的阿美人少女的豪情与思绪。艺名"星野峰雄"的郭子究当时正任职于"农业实行组合"（农业合作社），奉命组织荳兰年轻女子为"女子挺身队"，下田耕作，以免农田因男子尽皆应召出征而荒芜。每天，郭子究和她们同作息，用音符把听到的阿美人歌声记录下来，更用手风琴为她们伴和。她们原是喜爱歌舞的族群，悲伤时歌舞，欢乐时也歌舞。鲜明的舞姿一一跃上郭子究的脑海、乐谱,转化成永恒的律动。他当时租住在市郊农舍,附近小溪蜿蜒,驻有部队,郭子究每日被部队起床号唤醒,水声接着入怀,这也是为什么后来《花莲舞曲》前奏中会出现号角声似的三个音符,以及琤琤琮琮如水流的音型。郭子究大概在1950年代初向花中语文老师林锦志讲解《苣兰の娘》日文歌词,并且请他翻成中文。除却前述"侬"、"奴家"一类用词,广东来的林老师中文歌词相当简洁,颇能掌握原词的色彩形象,只是私自添加了一些"反攻大陆"时期习见的"爱国情操"(譬如结尾的"但愿国泰年丰,且待凯歌归来时,团聚融融"),把原来歌词生动呈现出的阿美人以达观、热情面对生命悲喜的情境扭曲了。因为这个原因,我花费了相当的时间,向郭老师问得他原来觉得"没有什么价值"的《苣兰の娘》原始曲词,多方请教后,把日文原词加上罗马拼音整理出,并且不自量力,将之译成新的、可以唱的中文:

  啼る鸟の　なまめく羽を
  微风轻く　抚でて行く
  苣兰の朝　ハイホハイハ　ハイホハイハ
  君の征く日に真心こめた
  祝ひの言叶　数数胸に
  何故か震へて　遂に消え

  槟榔の实の　熟れる薰りに
  お月样にやり　微笑む
  苣兰の夜　ハイホハイハ　ハイホハイハ
  君の武运を　皆で祈り
  乙女の汗べ　今年も稔る

今宵は歌へ　うんと踊れ

*

吱吱喳喳鸣啭的鸟,明亮艳丽的翅膀哟,
在轻飘的微风中,舞弄飞动,
荳兰的早晨。嗨涌,嘿哟,嗨洋,嘿哟。
当你离别的那一天,满怀的真情诚意,
祝福你的话语,千千万万在心底,
奈何颤抖不已,终竟又消失无影。

槟榔的果实,成熟飘芳香,
月亮也露着微笑,
荳兰的夜晚。嗨涌,嘿哟,嗨洋,嘿哟。
我们在这里祈祷你,战场上好运久长,
用我们少女的汗,换来今年也丰收,
今夜且尽情地歌唱跳舞。

我并无意否定那些从大陆来台湾的外省老师们的贡献。他们的存在给这个岛屿注入了新活力。我怀念在花中读书时遇到的那些外省老师:从青岛来,教地理、语文,并且是我初中导师的綦书晋老师(他曾经热心指导郭老师准备语文,帮助他顺利通过中学音乐教师检定);从山东来,教地理、历史的张爱云老师;从福建来,教语文的陈震华老师;在语文课兼教英文的张家辉老师;在公民课兼教音乐的林世钧老师(他们两位也为郭老师的歌提供过词);从海南岛来,在学生作文比赛长一页余的得奖作品后面,品题上千言、七八张稿纸不能止,自署"海南王彦"的王彦老师……他们用各自的乡音在太平洋滨上课、唱歌,唱新谱的海岸之歌。这种不协调的协调自然也是一种"族群融合",一种混血、新生,一种无法磨灭的历史的真实。

我没想到在离开花中二十几年后会帮郭老师整理、重印他的合唱曲谱。这本订名为《共鸣的回忆》的新版郭子究合唱曲集,除了收入前已印出之曲谱,并且加入了他最近二十年的新作——包括他自己用闽南语作词,纪念他岳父李水车传道士的六首《水车之歌》,以及他抬爱我,在年初用我两首短诗谱成的《白翎鸶》与《童话风》;集末还附录了一首花莲另一位前辈作曲家林道生嘱我作词,以大家熟知的"La La La……"节奏视唱开始,融郭老师七首名曲于一炉,向郭老师致敬的《海岸教室》——这些,连同新涌现的原版、新版曲词,都将在今年六月花莲文化中心以郭子究为主题的数场文艺季音乐会中演出。

《花莲舞曲》是部分两部合唱,《回忆》、《你来》是四部合唱。有人说这些歌是花中校友的识别证,但这句话只说对了一半。会唱这些歌其中一部旋律的,应该到处都是;会唱这些歌其中两部旋律的,也不见得就是花中校友(像我的小说家朋友张大春,就常常假冒为花中校友,跑到花莲忽而第一部,忽而第二部地和我们合唱);唱这些歌时,上上下下,游窜于各声部而自得其乐的,大概就是真正的花中校友了。

"回忆"的共鸣有多远?许多人把《回忆》当作花莲县歌(虽然官定的《花莲县歌》的确是郭子究所作);少数民族教会把《回忆》的旋律采用为圣歌;在海外、异乡,有人闻郭子究的歌而落泪。郭子究的歌自然是多元、驳杂的。然而,我想,当它们跟土地,跟生活,跟记忆紧紧相扣的时候,也就是它们最纯粹、动人的时候。所以我试着把郭子究的《回忆》填入他母语的歌词,在今夜——不管你是不是花中校友,不管你是不是花莲人——请你打开喉咙,打开

回忆,一起来追寻、重唱原味的岛屿之歌:

美丽春天花蕊若开,乎阮想起伊。
思念亲像点点水露,风吹才知轻。
放袂离,梦中的树影黑重。
青春美梦,何时会当,轻松来还阮?

思念伊,梦见伊,
往事如影飞来阮的身边。
(往事如影往事如影飞来阮的身边)
心爱的人,你之叨位,怎样找无你?

美丽春天花蕊若开,乎阮想起伊。
思念亲像点点水露,风吹才知轻。
放袂离,梦中的树影黑重。
心爱的人,何时才会,加阮再相会?

(一九九六)

极简音乐

1

在一个不怎么塞车的城市中生活,我骑脚踏车或开汽车旅行。向西,最远是七星潭或布洛湾。向东,是太平洋上的海市蜃楼。有时我也驱车入纵谷,在岛屿中央的山脉和滨海的山脉之间翻看根据云、树、阡陌,同一主题变奏的不同风景,这时我听到的是勃拉姆斯的交响曲,深秋的音乐,特别是第四号,第四乐章,有三十段变奏的帕萨卡里亚舞曲。对生命与死亡冥想的纵谷,勃拉姆斯,烦恼,苦闷,绝望,冲突,喜悦,期盼,沉默,纵横交织的七情六欲。我从勃拉姆斯想到叶芝。年轻的勃拉姆斯恋爱新寡的克拉拉·舒曼未果,多年后转向舒曼次女茱丽求婚又未成。叶芝二十四岁遇才色双绝的爱尔兰女伶莫德·龚,为其倾心不已,数度求婚被拒,终其一生在诗中对其念念不忘;五十二岁的叶芝在向莫德·龚的女儿伊索德求婚失败后终于抱憾与通灵有术的海德丽丝结婚。我又想到两年前遇到的两位五专女生 M 与 E,她们相亲相爱如一对树林中的仙子。二十岁不到的 M 居然告诉我她最喜爱的是勃拉姆斯的第四号交响曲。今年暑假又遇到 E,她告诉我 M 已离她远去,而她如何试图从重重苦痛中走出而暂时未果。

这些都是秋天的果实,苦恼的,金黄的,沉重的生命的果实。所以我决定改弦易辙,选播约翰·亚当斯(John Adams)的《快速机器上的短暂旅行》,反复堆叠的简单音型,快速爆发的节奏,推动我离开这城市,这尘世。充满温暖音响与精力,不流于单调、机械的"极简音乐"。

勃拉姆斯说的:"生命从我们身上偷走的比死亡还多。"

2

"极简主义"追求极度简化的作品构成,始见于1950年代美国的绘画与雕塑,反对抽象表现主义的主观情感表现,偏爱客观以及单纯的(特别是几何式的)造型——几根日光灯管齐整、对称地集合一处,同样大小的正方体框架反复堆叠,就是所谓的雕塑品了。60年代,开始显相于音乐,特色是旋律、节奏、和弦型态近乎一成不变地重复再现。音乐变化太慢,以致聆听者必须对最有限的细节投注最大的注意力。

极简主义者据说从生命本身得到启发。人生在世,无时无刻不在变化,一时间却难以察觉——譬如天天见面的家人或朋友,彼此间是察觉不出每日的变化的,但如果多年不见再相逢,岁月写在彼此身上的音符就很明显了。如果说音乐是时间的艺术,那么极简音乐就是双重的时间的艺术。

我也有我的极简主义,四十年来生活在这滨海的小城,不曾离开过这个岛屿一步。我每天傍晚穿着拖鞋,骑着脚踏车在它有限的几条大街上游荡,然后回到上海街和我的父母一起吃饭。在每日相遇的我的眼中,我的父母永远如昨日年轻,虽然理论上我们被要求一日比一日老去。

不穿拖鞋的时候,我穿凉鞋——或者更准确地说,脚后跟没有鞋带的拖鞋似的凉鞋。穿着凉鞋到学校教书,到官府办事,到音乐厅听音乐,由春到冬,四季如一。我有一首诗这样写:"凉鞋走四季:你看到——/踏过黑板、灰尘,我的两只脚/写的自由诗吗?"我穿构造简单的凉鞋、拖鞋,一方面为了抵抗香港脚,一方面因为自在、方便。拖鞋,脚踏车,山,和海,这就是小城生活的我的极简音乐。外人走进来也许觉得奇怪(前后两次,电视台来访谈我的写作,都从我脚下开始拍起),他们把最大的注意力放在最有限的细节上。

我的学生看我每天几乎都穿同样的衣服、鞋子去上课,一定觉得很单调。我自己并不觉得。我感觉巨大的精力和耐力,周而复始地在每日生活的轨道上拔河着。溢出来的是无法承受的水花,"低限而灿烂"的音乐。

在一个简单如棋盘,旋转如唱盘的小城。

3

布洛湾在太鲁阁峡谷,溪畔与燕子口之间,泰雅语"回声"之意。走到这个台地,泰雅人听到回荡天际的生之音响。

有时是死亡的呼吸。或者,挥之不去的绝望的低鸣。

你在他们身上听到同样的生命的回声,为致命的女性而受苦。Femme fatale。叶芝的莫德·龚。女子 M 之于女子 E。"他人,因为你当初违背/那重誓,变成了我的朋友;/但每次,我面对死亡,/每次我攀登梦境之崔巍,/或是兴奋于一杯美酒,/猝然,我就瞥见你脸庞。"这是余光中的翻译。回声把叶芝被撕毁了的"重誓"翻译到滴水穿石的时间在每个人心中镂成的峡谷,而后,化作叹息。

M 是音乐精灵,美与纯真的叠影,至少在我两年前见到她时。E 与 M 曾经"真诚而毫无保留地相亲着,并且因着相似的质地而更加珍惜彼此",但,E 继续写说,M"终究是属于阳光下的孩子",而 E 自己"身上早潜藏着阴影斑驳的胎记,随着成长的揭露越发加深它的色泽"。逐渐适应于黑暗的 E,"依旧从一而终地深爱着"M,而 M"却已因着察觉这光影色泽的差异开始感到迷惘与怀疑……"E 不懂,为什么那在她们"如孩童般天真时便已透明且茂盛生长的爱,一旦置放在为使人类幸福的道德尺度下,竟显得如此复杂、扭曲和丑陋?"

甜甜是她们共同的名字:"两年多前的一个清晨,当我俩因着彻夜灵魂对话的美好超过了幸福的饱和度时,近乎无法承受的甜蜜使我们决定要为你我取个只属于彼此呼唤时的昵称,甜甜——"甜甜——揽镜自照的美的回声。因失去 M,"用右手食指的尖端疯狂地在细瘦的左腕划出一片红肿如玫瑰花瓣的烙印"的 E,在她的"亲密书"里向记忆之镜索影,用痛苦兑换喜悦,用死呼唤生。

M 与 E。我。我们。布洛湾。

4

20 世纪艺文界最显赫的 femme fatale 也许是爱尔玛·辛德勒(Alma Schindler, 1879—1964),作曲家马勒(1860—1911)的妻子。

但爱尔玛不只是马勒的妻子。貌美而富文学、音乐天赋的爱尔玛,在 1902 年以二十三岁之龄嫁给大她十九岁的马勒前,已曾让两位杰出艺术家为其倾倒着迷:世纪末幻想派绘画大师克林姆(Klimt, 1862—1918),以及她的作曲老师(也是无调音乐鼻祖勋伯格的老师和姊夫)柴姆林斯基(Zemlinsky, 1871—1942)。婚后,爱尔玛放弃了自己的作曲生活,成为不安而自我的马勒创作的支柱和动力来源。马勒很多作品都是写给她的情书——出自对她的爱;出自对失去她的恐惧:《五首吕克特诗歌》中的《如果你爱的是美貌》,第五交响曲透明优美的稍慢板第四乐章,第六交响曲第一乐章高扬飞翔的第二主题,规模庞大、以歌德《浮士德》终场诗篇做结的第八号"千人"交响曲(马勒把此曲题献给她时说"这难道不像是婚约?",又说"每一个音符都为你而写")……马勒将自己锁在自己的音乐城堡,未能在两性生活上尽力,终导致爱尔玛另结新欢,于1910年结识了小她四岁的格罗皮乌斯(Gropius,1883—1969)。马勒找来这位后来创办了著名的包豪斯学校,开启玻璃帷幕墙、几何形体等"国际风格"的年轻建筑师,要爱尔玛做一选择。爱尔玛别无选择,因为马勒是她"生命的中心"。马勒未完成的第十号交响曲手稿最末巨大、颤抖的字迹,见证了马勒晚年饱受煎熬的心灵:"为你而生!为你而死!爱尔玛!"

爱尔玛在马勒死后第五年(1915)嫁给格罗皮乌斯。但1911至1914年间,她却和小她六岁的表现主义画家柯科西卡(Kokoschka,1886—1980)迸发了激烈的爱,她成为柯科西卡灵感的泉源,柯科西卡为她画了多幅画像,以及暴露他们亲密关系的双人像。分手后,柯科西卡自愿入骑兵队参战,受重创,身心俱疲的柯科西卡画风益发狂乱,颜料厚涂,线条扭曲。1918年,他定制了一具和真人一样大小的娃娃——栩栩如生的翻版爱尔玛——嘴巴会张开,有牙齿,有舌头,有头发,皮肤"摸起来像梨子",甚至有生殖器,有耻毛,以之为模特儿画了一幅《蓝色的女人》(他为这幅画作的习作据说高达一百六十张),1922年又画了《画家与娃娃》。

1929年,爱尔玛与小她十一岁的表现主义诗人、剧作家、小说家威尔弗(Werfel,1890—1945)结婚,并辗转于1940年移居美国。威尔弗于1941年写出他有名的小说《圣伯纳德之歌》,翌年改拍成电影获得五项奥斯卡奖。可叹的是,前年英国出的一本不错的艺术辞典,讲到威尔弗时居然把爱尔玛当成马勒的女儿。

前几天检视最近从小耳朵录下的东西,在一部关于勋伯格的纪录片里赫然见到这些领一时风骚的人物,透过演员,一个个出来说话:柴姆林斯基,柯科西卡,爱尔玛……影片里彩色、鲜活的爱尔玛比起书上看到的一些黑白照实在美艳许多。

格罗皮乌斯说:"心智像伞一样,最好的时候是打开的时候。"

爱尔玛是全开的女人——打开自己,也打开她恋人们的伞。

5

七星潭不是潭,也没有七颗星,很简单,它在小城之北,为有弧形海湾的渔村,我下午刚去过,才回来。

(一九九六)

偷窥偷窥大师

巴尔蒂斯（Balthus，1908—2001）是画家中的偷窥大师。我自己一直很喜欢阅读西方现代美术，也一直以能邂逅新欢、买到新画册为乐。但我却是在近三十岁时，才在《新闻周刊》(*Newsweek*) 艺术专栏里偷窥到这位偷窥大师的画，并且很气愤自己从大学以来购买、阅读的那几本进口现代美术史或辞典为什么没有出现他的名字或画作。

我看到的他的第一张画名叫《美好时光》(*Les Beaux Jours*, 1944—1946)，画面中央一个十来岁，思春期的小女生（今天他们所说的"幼齿"），上身衣裳半开，右肩裸裎，酥胸微露，裙子撩起至大腿以上，斜躺在一张鸳鸯椅上，持镜端详自己的媚姿，画面右边，一个肌肉结实，侏儒似的男子，跪在壁炉前拨火。午后的阳光自帘幕厚重的窗户渗入，将房间浸淫在非人间的氛围里。这张画一点也不伤风败俗——既不暴露三点，也无不雅动作——却明显地散透着一种秘密的淫荡。无邪的童真和成人的色欲神秘地交界着，这也许就是人类最美好的时光吧！那侏儒似的男子也许是画家自己，背对着我们拨弄着欲火，拨弄着创作之火。如果这是一幅"画家和他的模特儿"，巴尔蒂斯显然以半张半掩的童真为其写生的秘密花园。

这样的妙龄少女，这样的暧昧房间，不断出现在他的画作中：《有猫的女孩》(1937) 里椅子上的少女手抱头后，撩起的绿裙下白内裤显露在张开的腿间;《泰莉斯做梦》(1938)里同样坐姿的少女手抱头上,红裙与白内裤对比更鲜明;《凯蒂读书》(1968—1976)里少女的裙子撩得更高,专注读一本令人好奇的书;《白裙子》(1937)里红发少女衬衣半解,厚实的乳房欲破胸罩而出;《吉他课》(1934)里女教师右乳袒露如剑拔弩张,一手猛握少女头发如锁弦,一手紧扣少女性器附近大腿如弹琴(这幅画在1934年初展时造成"丑闻",被指为色情画);《爱丽丝》(1933)里的少女一脚踩在椅上,亵衣下微微露出的性器如花瓣初启,如花瓣上的露水垂垂欲落;《房间》(1952—1954)里一位女侏儒用力推开窗帘,让阳光流泻在斜躺于椅上的裸女双股间……。常常有一只猫出现在这些画的一角——作为幸福童真的见证者抑或偷窥的共谋?巴尔蒂斯自称"猫王"(他有一张以此为题的自画像),一个不断学习新诡计,随时机灵地掩盖自己的足迹,拒绝长大的猫童。波德莱尔说:"天才可以任意回到童年。"巴尔蒂斯也许就是这样的天才。

波兰贵族之后,双亲也是画家的巴尔蒂斯,于1908(闰年)的2月29日生于巴黎。幼年、少年的他随失去祖国的双亲流转于法国、德国与瑞士之间。画家波纳尔(Bonnard)、德兰(Derain)、马尔克(Marc)、马蒂斯等都是这家人的好友。1917年,巴尔蒂斯的母亲巴拉迪娜与丈夫分手,带着两个孩子先到伯尔尼、后到日内瓦居住。1919年7月,诗人里尔克(Rilke,1875—1926)到瑞士旅行,结识巴拉迪娜,开始进入母子的生活。眷恋着巴拉迪娜的里尔克,爱屋及乌,与孩子成为忘年交。他跟巴尔蒂斯通信,如兄如友。早慧的巴尔蒂斯,无师自通(他一生没有进入任何美术学校),十三岁时读到《庄子》丧妻鼓盆而歌等故事,画了一系列插图,里尔克见了讶其才能,鼓励他追求自己的艺术之路。同年,巴尔蒂斯为走失的爱猫画成连环画《咪仔》(Mitsou)四十幅,里尔克更为其作序并料理出版事宜。

里尔克觉得巴尔蒂斯每四年才出现一次的生日是一种幸福,使他得以溜进年岁的"缝隙",他进入其间,脱离时间的轨迹,走入一个"不受世事变迁法则左右的王国,在这里,我们失落的事物(譬如'咪仔')……儿时玩坏的娃娃等等,重新聚合了。"里尔克劝他"不要消失在那'缝隙',……只在睡梦中窥探一番即可"。他相信巴尔蒂斯"一眼便可望见它,甚至有幸瞥见其他的光华","3月1日一早醒来,你会发现自己满载美好而神秘的纪念品。你不会自我欢宴,你会大方地和他人分享——细述痛切的感受,向他们描绘你这难得一见的生日的盛景……"里尔克觉得这大半时间存在于另一个世界的谦逊的生日,使巴尔蒂斯有权享有不为我们所知的许多事物:"我愿你能将其中一些移植到我们的世界,让它们在多变无常的季节里仍能顺利生长。"巴尔蒂斯一生真的穿过"缝隙",将自己置放在一个与少女、洋娃娃、猫为伍的幽密世界,并且透过画布,让我们窥见那神秘世界的光华。

看过1983年11月14日的《新闻周刊》后,我仿佛在墙壁上找到了一条缝隙,开始搜寻巴尔蒂斯的画作、形迹。然而顶多在新进的百科全书或美术辞典上读到内容相近的几行描述,若有画例,多半是那幅《美好时光》,或是同期《新闻周刊》上印出的另一幅——《街》(1933)。但这也足够我享用了。我猜想这个岛上大概没有其他人注意到这面墙,以及它的缝隙,所以我尽情地、舒缓地,享受独自偷窥的乐趣。《街》这幅画仿佛梦幻剧或傀儡戏,在一条跟意大利形上画家吉里诃(De Chirico)笔下街道一样玄秘的街上,九个梦游似的人物(包括餐厅前厨师造型的招牌),或胖或瘦,或高或矮,或男或女,疾走、徐行、俯身、静立、转头,游戏于画面的不同角落,交织成一出极具张力、耐人寻味的无言剧。这是一幅热闹的街景,幽闭的氛围却一如室内;画的是寻常生活,但里头的人物却仿佛从各自的梦境走出,各行其是,互不相干。这样的孤寂、疏离的活力,这样的既熟悉又陌生的真实,令观者觉得困惑,不安,好笑。画面左边,一名少年强抱少女,右手伸向她下体。这幅画的买主是美国的梭比氏,他将之悬在客厅,却苦恼地发现画中少年右手的位置成为他九岁儿子及其同伴们兴奋、注视的焦点。他询问画家是否可以稍做修改,出乎他意外,巴尔蒂斯答应了。

我苦求一本英文巴尔蒂斯画册而不可得。1989年9月,在一本本地美术杂志上居然看到一位名叫"邢啸声"的作者写的巴尔蒂斯访问录,这名"恶徒"跑到巴尔蒂斯瑞士住处和他促膝长谈,相见恨晚!文前还刊出多页巴尔蒂斯画作。真令人生气!他这一写,全台湾不都认识巴尔蒂斯了吗?我的墙壁,我的缝隙,还要做什么?1993年8月,在《新闻周刊》又读到巴尔蒂斯在瑞士回顾展的报导,登出的两幅画,一幅是《美好时光》,一幅是新完成的《猫照镜Ⅲ》——同样是揽镜少女,但照镜的是猫。在此前后,我忍痛买了两本法文的巴尔蒂斯画册。对于不谙法文文法的我,翻查字典,望文生义,那些法文字还是墙壁上很动人的缝隙。

1995年8月,一件令我无法忍受的事情发生了——巴尔蒂斯的画居然来到台北展出。这,这不是太羞辱我了吗?要和那些凡夫俗子在大庭广众下"共享"我的秘密喜悦?那些本来连巴尔蒂斯怎么拼都不知道的媒体争相谈论他的作品。这画展,我绝不去看。

但我还是去了,因为我发现这次来的只有二十二件他的作品,并且没有几件是重要的油画或蛋彩画。那天,跟着拥挤的人潮进入美术馆,在宽大的展览厅看到巴尔蒂斯的画零星地挂在墙上,我觉得很欣慰。那些我觉得最迷人、最私密的巴尔蒂斯画作,真好,都没有出现！这些来看热闹的,他们是偷窥不到我的巴尔蒂斯的。

　　巴尔蒂斯说他的画展目录导文最好这样开始:"巴尔蒂斯是一名我们对其一无所知的画家。现在,让我们看他的画吧。"举世滔滔于各种主义时仍坚持画具象画的这位艺术家,自然也有些经历。他曾应小说家马尔罗(Malraux)之请,任罗马法兰西学院院长十六年。毕加索买了他的画,称他是"20世纪最伟大的画家"。但他还是喜欢离群而居,孤高地留在他的世界,偷窥人生。

　　这两年又买了几本巴尔蒂斯画册(有一本中文的还是前面那名"恶徒"在大陆编辑出版的)。这些画册堆高了我的巴尔蒂斯视野。但我发现,最动人的巴尔蒂斯,还是那些挂在我的心底,从我的墙壁缝隙中偷窥到的！

(一九九七)

四 季

　　他现在坐的地方是小城的一家咖啡店。落地的玻璃窗内一张木头桌子，清洁明亮的光。窗外是小小的庭园，以及如歌的雨。

　　他以前很少到咖啡店，因为他不喝咖啡。他的学生大学毕业后回到小城，顶下了这家名叫"四季"的咖啡店，经常和他们聊天的他于是常常出现在这里。

　　这家咖啡店放的音乐，从古典到现代，从西方到东方，从爵士乐到这小城自己的少数民族的歌谣——很像一间唱片行，几乎都是他熟悉的。因为十几年前那些学生一个个走进、走出他家里小小的、很像唱片行的客厅，听音乐，聊天。咖啡店书架上摆着他自己和其他几个住在这小城的作者的书，给人看，也卖。前一任店主时即已有之。

　　他坐在这家咖啡店和他的学生、朋友聊天，仿佛在家里，又不是在家里。窗内是清洁明亮的光和音乐，窗外是如歌的雨。德彪西的《版画》，雨中庭园。

　　咖啡店是去年秋末顶下来的。秋天，冬天，春天，现在已经是初夏了。

　　他坐在一家名叫"四季"的咖啡店。他坐在一个空间，也坐在时间。

（一九九七）

想像花莲

我的花莲港街地图是绘在记忆与梦的底片上的,一切街道、桥梁、屋舍、阡陌……皆以熟悉、亲爱的人物为坐标。穿过地图中央的是一首音乐,一首河流般蜿蜒,没有起点终点,没有标题的音乐。你说是七脚川溪。你说是砂婆礑溪。你说是花莲溪。你说是立雾溪。

穿过我童年的是一条大水沟。这条水沟流过我就读的明义小学时,似乎还是清澈的。过了诗人杨牧家住的节约街,过了中正路,沟上加了盖,住了做小生意的人家,沟水就开始变浊了。中正路是王祯和小说里经常出现的街道(王家就在中正路、中山路交会处),《香格里拉》里贴着五颜六彩电影海报,高声播着"这美丽的香格里拉,这可爱的香格里拉……"的广告三轮车,就是沿着中正路缓缓移动的。从中正路,东流二十公尺,就是小说家林宜澐生长的中华路。三十年前,天一亮,走过中华路,你一定可以看到穿着内裤、汗衫,四季如一,在庆和鞋行门口运动的他爸爸。他爸爸是明义小学棒球队非正式的后援会长,只要击出全垒打,就送最新最帅的"中国强"球鞋。1958年,市长杯棒球赛冠亚军赛前,有一场临时加演的"阿胖"大战"阿瘦"趣味赛,胖子队在七局下半林宜澐爸爸击出一支满贯全垒打后反败为胜。有图为证,我的朋友邱上林编的《影像写花莲》里就收录了两张小说家提供的照片。三十年前,日本撒隆巴斯女子棒球队来花岗山野球场友谊赛,小说家的爸爸在滑垒时用力过猛,扭伤肩膀,娇滴滴的撒隆巴斯队员马上扑过去贴上一块撒隆巴斯。

过中华路,东流二十公尺,就是我住的上海街。再东三十公尺,就是诗人陈克华住的南京街。从这里开始就是所谓的"沟仔尾",小城的红灯区。百年来,这附近悬挂过多少酒家、Café、贷座敷、茶室、妓院的招牌,我无法确知:祇园、Tiger、花家、花屋敷、东荟芳、君の家、东屋、黑猫、寅记楼、江山楼、朝鲜亭、山水亭、天仙阁、高宾阁、夜都会、满春园、春香、新丽都、夜来香、大观园、大三元……。王祯和《玫瑰玫瑰我爱你》里写的美军光顾的酒吧一定就在这里。陈克华有一首《南京街志异》写私生的混血儿:"我看见我降生在这样一条街子:/因为三千哩外的越战/而暴发起来的吧儿巷——/……我看见我体内糅杂着两种冲突的血液/当南京街不着痕迹地从良/我成为一只精虫误入的见证,/那些善良清白的邻家孩子喊我:/哈啰 OK 叽里咕噜。/我总是温柔地回答:/干你老母驶你老母老鸡巴。"我的同学朋友家,居然无一人营此业,但我父亲一位明义小学高等科同学家就是东荟芳,正是我中学音乐老师作曲家郭子究初来花莲教唱之地,酒家后来迁到成功街、忠孝街交角,原"国姓庙"所在处,但离奇地在一次地震后失火崩塌,后又鬼话不断(有人信誓旦旦说听到日据时期自尽的酒女的歌声),至今仍为空地。杨牧家原本在南京街底过和平街处,隔着另一条水沟,仿佛另有其山风海雨,一代儒者、诗文家骆香林住的"临海堂"就在这条沟边。

这些街道是我惯常走过的地方,是我的波德莱尔街,我的"不如一行波德莱尔"的人生。沟水再东一百公尺,是诗人陈义芝出生的重庆街。再东,就是太平洋了。

如果我站在1939年,我住的上海街应该叫稻住通,而围绕王祯和家的应该是筑紫桥通和黑金通。筑紫桥通上有一条木造的筑紫桥,跨米仑溪(之前叫砂婆磴溪,后来叫美仑溪)连接新旧市区。溪水过筑紫桥,流过朝日桥、日出桥,便到海了。如果选择一格底片冲洗花莲,所有花莲人应该会同意把镜头架在米仑山上,对准这一系列桥,对准海。1976年在我中学一年级班上,父亲是退役军人,母亲是阿美人的"杨狗",在他的日记上用充满错别字与不准确注音的中文告诉我他乘着自己做的竹筏在拂晓时顺米仑溪而下与日出相遇。筑紫桥在终战后改建为水泥的中正桥,去年因为扩建,封桥。整个小城好像患了感冒,塞住了一个鼻孔。前几天,为配合到临的县市长选举,主政的K党赶紧挖清鼻涕抢着通行,在桥的两侧插满候选人旗帜。

如果我站在1930年,站在一张参与"雾社事件"警备任务归来的太鲁阁人的照片里,我也许会登上那辆编号"花96",写着"恒兴商会"四字的卡车,向挤在上面的他们问什么是"凶蕃",什么是"味方蕃"。卡车后面是最热闹的春日通(后来他们所说的复兴街),台湾银行出张所在左边,东台湾新报社在右边。十年后,一位名叫龙瑛宗的台湾青年将会来到这个出张所工作一年多,并且在日文写成的文章里记录他在薄薄社祭典里被阿美友人拉进去跳舞,在愈围愈大的圈圈里感觉自己的灵魂和其他灵魂交融在一起,记录他在纵谷的温泉旅社,对着酒后月下的龙舌兰,忽然想到自己的存在:"太平洋上一个渺乎其小的孤岛台湾的东部地方,就在那里的海岸山脉,这一刻正有我这个人在走着……"照片里的春日通一直通到照片外小说家杨照外祖父许锡谦开设的商行:许锡谦,1931年组台湾经济外交会花莲支部,1946年任三民主义青年团花莲分团宣社股长,1947年"二二八"后,被发现陈尸南方澳海边。我在1935年骆香林领导,成员包括骆香林门生、记者、医生、水果贩、烟花女子……的"奇莱吟社"所印诗刊《洄澜同人集》里看到二十岁的许锡谦名字也在新入社社员名单内。春日通再过去是通往海边的入船通,我出生的木瓜山林场宿舍就在这里,靠近1947年成立的更生报社。

如果我站在1924年,站在更生报社前面的小广场,我也许会看到担任东台湾新报社长和花莲港街长的梅野清太从他树影摇曳,绿意盎然的宿舍走出来,他和热爱东台湾的《台湾パック》杂志主编桥本白水刚刚发起成立"东台湾研究会"。我知道我会读到他们以月刊形式发行,前后历八年半,出刊九十七期才会停止的《东台湾研究丛书》。我会在第十七、二十期读到绯苍生写的《东台湾へ》,在第六十六期读到台北三卷春风写的《临海道纵走记》,在第八十一、八十三期读到柏蕃弥的《太鲁阁入峡记》。之前,桥本白水自己早写过一篇《东台游记》,他描述在花莲停留时的感受:"诗人可以从一根草看出自然的妙趣,从一朵花发现宇宙幽玄的真意,……但我非诗人,亦非文人,遗憾无法以妙笔描绘天地间鲜活之事实。汪洋大海有浩波,渺茫苍穹无数光体罗列……皆造物者之幽趣也。这天地之幽趣即人生之幽趣……每次我见到东台景物,更加深此感矣。峻峰,海涛,皆天地之幽趣。而传自太古的水籁山精,依然不停地流来流去。外面虽有变化,但万物却古今一无增减,所谓不生不灭,不增不减……"在秋天的太鲁阁,他遇见在深山中当警察的他的同村友人,两人相拥,遥想故乡年少嬉游之景,亦喜亦愁。我知道后来我也会读到从新竹来的骆香林写的《太鲁阁游记》,这篇文章会被选入中学语文课本,并且因宏伟的结构与铿锵的字句,被误为古人之作。我也会读到杨牧写的《俯视——立雾溪1983》,读到陈列写的《山中书》、《我的太鲁阁》,甚至读到我自己写的《太鲁阁·1989》。绯苍生《东台湾へ》中将这样写:"……花莲港厅三移民村中,听说以吉野村最富庶,它距离花莲港街约仅一里……村中的人种稻、甘蔗或烟草,还有多种副业的生产,可以拿到花莲港街去卖。……吉野村有一见到就觉得很美的直角街道,还有很小的神社及教会、青年会集会所、邮局、杂货店、烟草叶干燥所等。农夫们的家屋大多是纯日本式的建筑,有宽广的庭院,种着花草或果树;树下鸡群咕咕找着饲料,……村外可见一望无垠的烟草田。……村中有想发明飞机的人,有想发明自动割甘蔗叶的镰刀的人,也有制造香蕉干成功的人……"我不知道这些发明家的梦会不会实现,但我知道六十年后,生长在另一个移民村丰田的一位名叫吴鸣的客家青年,将以笔为锄,在稿纸上再现他"丰饶的田园":"来年孟秋白露,甘蔗长得更高大浓密了,父亲说,要剥蔗叶甘蔗才会长得好。闷在蔗园里,斗笠前缘扎一块塑料线网避免锋利的蔗叶割伤,棉布手套因叶壳包裹蔗汁留滞的水而湿透,黏黏腻腻的好不难受。剥下的蔗叶捆好载回家,堆在稻埕上,寒露后农事稍闲,就用这些蔗叶翻修家里的茅草房子……"自动割甘蔗叶的镰刀似乎还未发明……

入船通通向船舶来到的花莲海滨。1925 年,在南滨,吐着充满煤油味浓烟的宫崎丸在离岸百余米的海上等着接货的小驳船缓缓靠近。花莲港还没有港口。你听到海浪在歌唱,虚词元音,一如不远处传来的阿美人歌声。Hoy-yan hi-yo-hin ho-i-yay han hoy-yay ho hi-yo-hin hoy-yay。1857 年,汉人三十余名,由噶玛兰移居花莲溪口,建茅屋十五十六户,以耕以耨。他们在梦中听到歌声翻腾如海浪,溅湿新织的乡愁。1812 年,从宜兰来的李享、庄找,也听到这声音,他们以货物布疋折银五千两百五十大元,向荳兰、薄薄、美楼、拔便、七脚川五社阿美人购得"荒埔地"一块,名曰"祈来",即"奇莱"——阿美语"澳奇莱"之音转——阿美人自称其聚居之地为"澳奇莱",意为地极好。在契约上盖指印的有中介人巴弄,见证人曾仔夭,以及五社的头目厨来、武力、末仔、龟力、高鹤。这"东至海,西至山,南至觅厘荖溪,北至豆栏溪"的奇莱就是花莲。移垦的汉人们在岸边见溪水日夜奔注,与海浪冲击成萦回状,遂惊呼"洄澜"。这是一个凝声音与形象于一体的名字:洄澜。花莲登陆在花莲海岸。然而更早,当花莲还睡在辞典里部首的森林,大洪水已把跟厨来、武力说同样语言的兄妹们的独木舟,从神话的海洋漂流到眼前的海岸。

与入船通垂直相交的两条街现在叫北滨街和海滨街。熟悉少数民族音乐的作曲家林道生,他的父亲林存本1940年带着家人从彰化迁到花莲,就住在这里。林存本在彰化与赖和住处甚近,经常出入赖家。1930年代,在《台湾文艺》以及杨逵主编的《台湾新文学》杂志上皆曾见其作品——带有虚无主义与颓废主义倾向。来到花莲后,除工作外甚少外出,亦不见作品发表。1947年5月因脑溢血病逝。同年"二二八"形成的政治气压,导致家人将其文稿、藏书全部烧毁,只留下极少数的残篇、札记,见证日据台湾时期台湾新文学与后山似无实有的瓜葛:"他的眼睛充满着说不出的恐怕。跟着他们的进退旋转,他看着人脸上的人理,被兽欲赶走了。他晓得两个打仗的都忘记他在这里了。他现在没有顾念他的人了。人的庄严和自制力都逃避到他这没用的身上,不敢露出脸来。""这才是他头一次晓得杀生的快乐,强杀弱的无耻快乐。他异常的高兴。这种杀生的快乐一过,他立刻又回复神经,感觉到四周的寂静。""他往前找路,把许多袋鼠搅醒,四面逃窜。这地面上生物多得了不得。他心里奇怪,怎样寻常白天经过,一些生物都看不见,但是到了现在夜里,各样事情都变换转来——生物竟这样的活泼发达。他觉得这种境地从来没有到过,心里爽快甜蜜,异样舒服,细细去领会这自然的生趣。"

自然的生趣,宇宙的奥秘。1897年正月初七地震。3月初三地震。1905年8月28日五级地震。1910年1月21日五级地震,花莲港厅舍焚毁。1913年1月8日五级地震,余震115次。1920年6月5日五级地震,房屋全毁227栋,半毁272栋,余震38次。1925年6月14日五级地震,房屋损毁339栋,前震34次,后震38次。1951年11月25日连续五级地震,房屋全毁215栋,半毁469栋,余震至十二月底共107次。1995年1月24日,东京大学恒石幸正博士在日本地震学会研究发表会预言台湾东部将于3月20日发生里氏地震仪规模五点六的地震。消息传来,小城居民人心惶惶,各级学校、机关、团体纷纷举行震灾演习。恒石博士亲自飞来花莲参观指导。旅游业生意大受影响,唯有一家宾馆推出"地震摇摇乐"套房大受欢迎。民众抢购"地震安全守则六十条"贴纸,各种避震秘方纷纷出笼,其中流传最广的是吃汤圆,而且必须吃七粒。热心人士大声疾呼同胞一致吃汤圆,以"团结的心"、"黏黏的爱"黏住即将晃动的两大板块。具有特异功能的花莲市民林期国更发挥爱国精神,反驳日方预测,预言3月20日地震将发生在东京,并且震垮三十层的高楼。

如果我站在1997年,站在一场将秋日的树影倾斜了的有感地震发生后的第二天,和我新教的初一学生一起远足,我们将走下花岗山,穿过本来是木造、后来改建成水泥又改建成钢架并且易名为菁华桥的朝日桥,到达早晨的米仓山公园。我们将看到杨牧和他高中同学一起留影过、由神社改建而成的"忠烈祠",登上台阶,走向我和我的女儿一起坐过的旋转木马。在一块搭盖着铁皮屋顶的水泥地上,我们将看到米高梅社交舞俱乐部的社员们,双双对对,婆娑起舞。他们大多是老人,另有几个中年女子。他们穿着极干净之衣服,极年轻之心情,优雅回步,静静沉思。探戈,华尔兹,勃鲁斯。我看到两位女士双颊紧依,相拥慢舞。她们一定认识很久了,一定相爱很久了。旁边一位身材颀长的阿美妇女,正热切地跟她的舞伴学习新舞步。我看到退休的地方报摄影记者,他腼腆地伸出右手,拥着新认识的女舞伴,仿佛轻轻贴着时间的快门。我看到二十年前在大三元上班的男子,伸出双臂,抱虚空独舞。他一定在回转时重新揽住了弃他而去的她的腰,一定在俯身时触及她的眼,她的唇。他空虚的两手拥抱了一切。回旋,回旋,时间的舞圈愈围愈大。我看到被孩子们讪笑的疯女人"捧锡锅"与"阿毛鬃仔"也加入舞蹈,自杀多次的 Café Tiger 的万里子君,黑猫茶室爱唱《温泉乡的吉他》的艳红,悉索米旗手许仔,铁匠木山,雄猫姬姬,棒球队长……他们全都在那里。

　　穿过我的花莲港街地图,在时间中旅行的音乐溪流,没有标题,一如海浪的歌唱,没有歌词,没有意义——或者即使有,一切歌词、名字,一切人物、事件,都只是音符的附质:虚词元音。

(一九九七)

幻想即兴曲

1

幻想即兴曲。当然是肖邦。唱片封套是粉红色的（或者应该是粉红色的），翻版的松竹唱片。一张新台币十元。买多的话一张可以减为九元。但不是我的。是我小学同学的高中同学借我的。她们读女中。

那年我十八岁，即将从滨海的中学毕业。对西洋古典音乐的喜好跟对中国古典文学的喜好一样，方兴未艾。在午夜，写长长长长的信（并且编页码），用蓝色的信纸，黑色帕克墨水——当然，帕克钢笔。信里头引经据典。诗经怎么说。陶渊明怎么说。某一阕宋人的词怎么说。浪漫主义在那个时候的定义是过了（晚上）十二点还不睡觉，并且不是为联考；或者，独自一个人骑着脚踏车到海边看海，看海，看海。你坐在榻榻米上的书桌前振笔疾书，很辛苦——因为经典很快要被引用尽了——也很幸福。肖邦的幻想即兴曲一遍遍陪你在夜里回转，特别是中段那如歌、动人的旋律：

那时候你当然还没有找到这个乐谱。但是你脑中、笔下、信纸上、信封上、黏贴上去的两块五限时专送邮票上……都是音符。

青春。爱。贫乏、平庸人生中,崇高与美的呼唤。

当然,你知道并不是肖邦的幻想即兴曲才是肖邦。当然你知道,并不是只有肖邦才是浪漫主义、只有浪漫主义才能给贫乏、平庸的人生一层梦的包装纸。然而你始终让一张借来的翻版唱片盘踞心中。

大学毕业后回来教书,为了给那些朝夕相处的中学生拷贝一些入门的曲子,我买了一张录有幻想即兴曲的CD。我跟他们说那是我最喜欢的曲子之一。那些学生,有男有女,不一定同个班级,时常交换聆听他们有的录音带、CD。有一个人的肖邦录音带,反复聆听,居然听断了。有一个升上初中三年级要联考了,居然向父母要求买钢琴,开始拜师学艺。当中有位女生,钢琴弹得不错,大家有时候会到她家听她弹琴。她升上高中后,有一次又约大家。她打开琴盖,坐在琴前,那首幻想即兴曲居然从她指下流泻出。看到唱片、录音带里的曲子,忽然化作具体的音符,翻腾于眼前的白键黑键间,真令人惊喜——特别当弹琴的是你认识的人。她说她一直很想练好这首曲子,弹给我听。我记得第一次她和同学到我家,看到我住在低矮老旧的木头房子,惊讶地说:"我以为老师住在一间白色的大房子,外面是蓝天碧海,还有白色的云!"她这样想,因为她觉得我在课堂上跟她们谈到的音乐、文学、艺术都那么美。我带她们到我家门前的妈祖庙,庙前是凌乱的摊贩和垃圾。

我几乎很少为自己去重放这首曲子。但如果像水龙头般打开音乐就流进来的"小耳朵"频道上,恰巧有人演奏,我就不客气地让自己享受奢侈的伤感了。我曾把录到的肖邦钢琴赛首奖俄国籍布宁演奏的幻想即兴曲,放给跟我接近的学生看。他很快地成为我们的新偶像。那年秋天,布宁来台湾演奏,台北最著名的音乐厅第十六排,一字排开坐下,正是从不同地方赶来的我的学生们和我。难道我们的中学课程还没有上完?他们都已经是大学生了。我忘记那一夜的曲目是不是有肖邦的幻想即兴曲,但我相信布宁为我们演奏了幻想即兴曲。

我又拿出那张幻想即兴曲CD。那天,在学校门口那家大饭店后面的停车场,我独自坐在车内听这首曲子。中段如歌、动人的旋律刚响起,忽然传来十公尺外校园的钟声。我迟疑着不知要不要把它听完。全长五分四十九秒。幻想即兴曲。学生们在等我上课。

2

而突然你发现,你的女儿长大了。不是因为在你隔壁房间,几周来,她反复练习、弹奏一首接一首肖邦的圆舞曲,让你觉得幻想的肖邦终于落籍在你的户口簿,带着几个翻页时容易从乐谱上失足跌下的音符——而是因为你看到十三岁的她在一篇名叫《夜曲三章》的文章里写到了肖邦:

我恋爱了。
是肖邦。打从第一回聆听他的钢琴曲,我便爱上了他。
巴赫的音乐对话,莫扎特珠玉似的旋律,贝多芬带有光辉的刚毅,德彪西富有东方情调的印象音乐,不同的曲风,不同的美感。然而对肖邦,我有一份独特的情感。他的音乐甜美中带有哀愁,高贵中带有凄凉,每每令我心动不已。
他用乐曲表达他的心情。波兰舞曲中激昂的爱国情怀,马厝卡舞曲流露出的乡愁,圆舞曲中传递出的爱意与感伤,以及晚期作品中隐含着饱受病痛煎熬的失意落寞。聆赏他的音乐,我感受到他的悲苦、喜悦与愤怒;透过琴键,我与他对话。

但我却不能够真正了解这位多愁善感的绅士。我羡慕崇拜他的音乐天赋,却无法明了他繁复的内心世界;我在练习曲《革命》中听到他的悲愤,却体会不出华沙被占领时他激动的情绪;我从书中看到他的恋爱故事,但我不了解他为何会爱上长他九岁又备受争议的乔治桑;我可以感受到他在1847年升C小调圆舞曲中表现出的愁思,可是我不知道他和病魔奋战时内心有多么恐惧不安……

有人说肖邦的音乐只局限于钢琴上,不够多元,也有人批评他只重视音乐美,缺乏深度,但我不以为然。他使钢琴有了灵性,有了魔力,他懂得钢琴的心情,替钢琴抒发了她的情感,赐予了钢琴生命,就如鲁宾斯坦所说,他是"钢琴的诗人,钢琴的心,钢琴的灵魂"……

有一个老师看到这篇文章,说这个学生抄了很多她这个年纪不能理解的资料。但我知道她没有抄资料。肖邦不是用抄的。肖邦用听的,用弹的,用感觉的。

3

1999年夏天,我离开从来没有离开过的家乡,到有郁金香和风车的国度参加一个国际诗歌节。回途,绕道巴黎,走马看花两日夜。在卢浮宫,疲惫地穿过一间又一间展览室,在一堆激亢的德拉克拉瓦当中看到那张肖邦像。没错,那是你。1838年的油画。我停下来,觉得松弛而舒适,仿佛回到家。

没错,就是你。弗瑞德瑞克·肖邦(Frederic Chopin, 1810—

1849)。就是你,肖邦——不管翻成什么语言——你的名字每一天都是诗。

(一九九九)

父 土

　　从小到大，在旁人眼中，有些事我似乎与众不同。大学以前的我，不喜欢跟亲戚打招呼。除了"妈妈"之外，连"爸爸"都没喊过，更不用说其他二三四五六等亲了。长辈们常以利诱我，说，譬如，叫一声"阿公"给一百块。我从不就范。我可以用"间接叙述"提及阿公如何，二叔如何，但要我当面喊他们，绝无可能。为何如此，我也不知道。但我从小如此，一如我从小就不参与家族任何年节的祭拜、聚会，不跟他们去扫墓，吃喜酒或生日餐宴。

　　所以我自然也不曾跟着他们，劳师动众，回原居地祭祖、探亲，祭拜那些不曾见过的死人，探访那些不曾听过的亲人。

　　我父亲十四岁时，跟着我的祖父、祖母、外曾祖母，以及我的一干叔叔、姑姑们，从宜兰迁来花莲。从小，老是听他们讲罗东，提三星，却一直不清楚他们这些人从宜兰什么地方来到花莲。有时又听他们说要去礁溪扫墓，或者某某亲戚要从冬山来。宜兰在花莲之北，我知道。大学时到台北读书，坐苏花公路在苏澳换火车北上，这我也知道。北回铁路通车后，坐火车上台北，苏澳新站之前是南澳，之后有罗东、宜兰、礁溪、头城，海上面有一个龟山岛，这些都在宜兰，这我也知道。但我还是不知道三星、冬山在哪里，不知道我父亲所来自的乡土是什么样貌，一如我从小到大都不太在意父亲在想什么或者他对我有什么想法。几天前，为公视拍"文学风景"影集的女导演在摄影机前问我："你作品里母亲的形象强烈,父亲的形象相对模糊,是否也是一种对父权或威权的反抗和批判?"我说我不曾有被父亲压抑的感觉,相反地,我似乎一直无视于父权的存在,一如我从小对世俗礼教的视若无睹。

父土对我是陌生的。这也许是为什么,当我三十岁,生下女儿,初为人父时,我觉得自己很好笑,觉得自己很不像自己——"成为一个父亲?"

父亲的世界对我是陌生的。

从小,他让我印象最深刻的是他的字,有时候用钢笔写我的名字在课本封底或练习簿封面。更多是在十行纸上,一行一行游走而下。这些字相当工整,合而观之,觉得忽大忽小,但平衡得很好,环肥燕瘦,相映成趣,好像是平假名化或草书化的楷体字——非常秀丽而有个性。假日时他会用新买的 Honda 50 载母亲和我们三兄弟到郊外玩——多么有效的 60 年代,一辆小摩托车同时坐五个人!花莲市的美龄公园、"忠烈祠",吉安乡的王母娘娘庙……我书架上一本小相簿证明这一切为真。或者我们会坐火车——东线小火车——回母亲的娘家玉里,或者探访在电力公司服务,每隔几年沿着铁路线调来调去的舅舅——光复、瑞穗、富里火车站的月台都曾留下我们的家庭照。在林区上班的父亲出差到台北时,有时也会带我一起去——依然是照片为证:松山机场,圆环的旅馆,儿童乐园……。还有一张照片是小学四年级时我和弟弟在花莲市博爱街竹庵酒家内水池旁的合影。父亲的写字桌上有一个书架,我在书架上看到的除了他不时买的日文版《读者文摘》外,就是原来在花莲港木材株式会社工作,战败后回日本的日本人留给他的一些日文书。这些书多跟林业有关。小学六年级时我从中找到一本类似叫《小学数学大全》的书,精装本,厚厚的。我翻了一翻,虽是用我不懂的日文写成,但居然看得懂。我记得我把里面的题目从头到尾都做了，觉得台湾教的算术还比日本难呢。这是我第一次读"外文书"，非常奇妙。高中毕业后我又在里头发现一本日文的《西洋音乐史》，我辨认图片，找到斯特拉文斯基等人，惊讶这本发黄的旧书里怎么藏了那么多我渴慕的现代音乐资料。

我从小大概就是一个自以为是，自行其是的人。自以为我就是我的家教，不需父母管我，也不太觉得他们对我有什么影响。我跟他们在同一个屋顶下生活了三十年，近十多年来虽然没有同住一处，但住的地方相距不到五百公尺。我只有在写作、阅读或看"小耳朵"节目遇到有问题的日文资料时，才会想到我的父亲，请他帮我翻译一下，虽然他未必真懂。我懂就好，我总这样以为，他只要当我的字典或翻译机就好，在我需要时。所以我记得十行纸上他帮我做的那些片段、零散的翻译。记得（譬如上个礼拜）有事要上台北，找不到人载我到火车站时，会打电话叫他来载我。七十多岁的他骑着他的 Vespa 载着四十多岁的我。机车波、波、波地走着，我坐在后面，戴着他带来的安全帽，他坐在前面，不时吐出一些话语。那些话语飘散在风中，隔着安全帽，我完全不知道他在说什么。我喔、喔地敷衍着。到了车站，我下车，拿下安全帽，交给他收好，他似乎还想要跟我说什么。我走向车站，说回来时有需要再跟他联络。

我不知道他和我的世界有什么要联络。

退休后在家，他常说要写回忆录。我想写就写嘛，反正闲着没事。前些时候他花了一些时间编写了一本《我们的家族》，还托人打字，影印成册，送给他的弟妹们。二十页 A4 影印纸记录了我祖父母以及外曾祖母的生平大事，叙述了家族由宜兰迁来花莲的经过，并且把他兄弟姊妹各家庭成员的资料罗列在内，还附一张陈家祖先在宜兰礁溪龙潭公墓内的墓碑位置图。

我帮他校对了一下文稿和图稿。我当然不会去扫那些坟墓。根据我父亲所记,这个家族日据时期祖居地乃在台北州宜兰郡宜兰街宜兰字干门一四五番地,即今日宜兰市内。由今日礁溪乡福严护国禅寺北侧小道路右边树林第三棵树进去可看到一"山东卢墓",再进去即可找到写着"爽娘姚氏"与"保娘林氏"字眼的我的曾曾祖母与曾祖母之墓。在护国禅寺前面的公路北行右转可到一小山丘,上有我曾曾祖父与曾祖父之墓,墓碑上横写"南靖"(据我父亲说应该在中国福建南部),直写"显考清山陈公之墓",我的父亲批注说清山是他曾祖父之名,阿喜则为其祖父,日据时期户籍资料记载名为陈甚,可能光复后误录为阿喜。陈甚也好,阿喜也好,不管喜不喜欢,他就是我的曾祖父。

父亲的这本小册子说我的外曾祖母游李晚于1891年生于宜兰冬山,丈夫早逝,她的女儿,也就是我的祖母游阿蟳生于1910年,1926年与当时十九岁的我的祖父陈水木结婚。在太平山担任运材机关车司机的我的祖父于三十二岁时单独前来日人经营、待遇较好之花莲港木材株式会社任职。我的父亲及其弟妹们仍与我的外祖母、祖母等留在宜兰,同住在罗东郡三星庄三星字月眉三五番地。"房屋是木造,用台湾瓦盖,位于三星市场后面,因与一家碾米厂比邻,碾米时间,空气会污染,所以很少开大厅的门,大部分时间都由靠水沟与田园的后门出入,以免灰尘吹入家中,可说是光线与通风状况都不甚良好的破旧房屋。"

1943年7、8月间,宜兰地区发生数十年来最大的一次台风。三星附近的红柴林堤防被大水冲毁,民房被水冲走,死伤惨重。当时十四岁的父亲建议我的外祖母立刻往建筑牢固的附近市场内避难,一家人躲在猪肉摊下度过惊恐又难耐的长夜,翌日回家一看,房屋已倒毁,庆幸及时走避,却也无家可归。遂于同年迁至我祖父的勤务地花莲,租屋而住。

我复述这两段我父亲在小册子里的叙述,主要因为我觉得这本《我们的家族》太琐碎、平凡、无聊,我将之去芜存菁,算是废物利用,合乎现在环保回收的概念。半个月前,我随本地一个环保团体前往宜兰做二日游。我买了一本彩色精印的《宜兰深度旅游手册》,蜻蜓点水,快马加鞭地深度旅游了一番。我坐在朋友的车子里,从罗东到宜兰,从冬山河到双连埤,欣赏了(根据书上所说)在自然方面:一、山林之美,二、湖泊之美,三、溪流之美,四、平原之美,五、湿地之美,六、海岸之美;以及在小吃及特产方面(这也是书上所说):一、糕渣,二、粉肠,三、胆肝,四、金枣,五、李子糕,六、牛舌饼,七、物仔鱼羹。那一夜,我住在冬山河边的民厝里,想到这附近就是我外曾祖母、祖母出生之地,想到我的父亲、祖父、曾祖父曾经奔波在这块非常绿色的土地上,流下,可惜,没有颜色的汗或泪,我是有一点感动。

相对于之前每一次都是坐在自强号或莒光号车厢,隔着玻璃窗看风景疾驰而过,这次我算是脚踏实地,亲临其境。如果我细心打探,我也许可以问出六十二年前为刚满周岁的我的四叔治病,误把他的右大腿动脉切断,使他一只脚萎缩,无法走路的那位罗东有名的陈医师诊所在哪里。如果我耐心考察这个地方图书馆里或图书馆外的厅志县志郡志乡志墓碑口碑纪念碑,我也许可以寻访出九十年前背着不能人道的她富家子弟的丈夫,在外面生下我的祖母和她的兄弟的我的外曾祖母李晚,是跟哪一个有种的男子有染?他们在哪一间旅社、木屋或茅舍偷情?在哪一块草地、水田或沼泽野合?

这块我父族所来自的土地对我既陌生又熟悉。它存在于我的不在场,存在于我不确定的记忆,以及想像。因疏离而引起我的亲近,好奇,因虚幻而真实。一如我的父亲之于我,或者有一天,我之于我的女儿。我杜撰、虚构了它的疆界,它的年雨量、平均温度、气压,鸟兽志、文物史,它传贤不(必)传子的禅让政治。

父亲跟我之间很少谈过什么。在家里吃饭,我们是一家人围着一张桌子,我总是第一个吃完并且离开,最后一个吃完的总是母亲,这中间我们家人很少交谈。这样的吃法我觉得很自在,很方便,很有效。我大学毕业回来教书后,他赌输钱跟我要钱,我总是说有本事赌才去赌,并且举我自己为例,说我从不赌博欠钱或没钱赌博。我还是给了他钱。我跟他说赌博除了输还有赢。

他当然也想赢。赢得作为他的儿子的我对他的尊敬,看重。赢得他对什么东西都显出一副不屑样子的儿子的欢心。一如逐渐老去的我也想赢得早就步入青春反叛期的我的女儿的注视。注视父亲的世界。

那一天,星期日,我就读高一的女儿又在餐桌上写她的书法作业。我走过,发现她正在临欧阳询的《九成宫》,一笔一划,还蛮像个样子。我知道她这一写要一两个钟头。我走到前面客厅,打开音响,把三张不同演奏者演奏法国作曲家萨蒂(Satie)钢琴作品的CD 分别放进我的三个唱盘。我选一些他们都弹了的曲子接续播放,我先放 France Clidat 弹的,再放 Pascal Rogé,再放很慢很慢的 Reinbert de Leeuw,然后换上一张"维也纳艺术乐团"爵士乐风的演奏,一首接一首,播完又重来,仿佛周而复始,不断再现的图案:《三首吉姆诺培迪》(3 Gymnopédies),《六首格诺新内斯》(6 Gnossiennes),《在最后之前的思绪》(Avant-dernières pensées)……短短的曲子,非常奇怪的曲名。

萨蒂称他的音乐是"家具音乐"或"壁纸音乐",意指演奏时人们并没有专心聆赏的音乐,家具或壁纸般存在于我们周遭,我们在其中走动,呼吸,咳嗽,沉思,嬉笑,睡眠,忧伤……却不觉其存在。

三年前,我的女儿从我的父亲、我和她先后读过的小学升到我任教的中学(她也许不知道她祖父是她母校日据时期高等科的毕业生),我们每天在同一个校园作息,她始终不曾出现在我的教室听我上课。她一直想考音乐系,放学后花了颇多时间学琴、练琴、修习乐理,校内校外繁琐的课业让她少有悠闲之心,我反而不能随意、自由地教给她东西,像过去二十年来我给我的学生的。

我在客厅反复播放唱片,不时提高音量,自言自语说这是萨蒂的作品,家具音乐,我写过这样一首诗。我希望间接帮助她增长她需要的音乐知识。我的女儿在餐桌上写毛笔字。隔着一堵壁纸破损的墙,她也许听到飘散、沉落于屋内的我的话语或萨蒂的音乐,在多年以后的某一天,忽然又记起这样一个午后,她的父亲,萨蒂,家具音乐。也许听若未闻,视若未见,因为这些果然是太日常、太熟悉、太习惯的家具/音乐——如此具体,又如此空无。一个熟悉又陌生,亲近又疏离的世界。

每一个人都是其他人的壁纸。每一个家人都是其他家人的家具。在存而不在,又无所不在、永远存在的记忆的房间。我们知道又不知道的父土。

(二〇〇〇)

花莲饮食八景

花莲先贤骆香林(1894—1977)先生,生前乐山乐水,能诗能文,曾于1949年手订"花莲八景",与诗友反复吟咏之,复请国画大师溥儒绘制花莲八景图,对花莲之美的体会具有承先启后的定音作用。此八景曰:"太鲁合流,八螺叠翠,筑港归帆,澄潭跃鲤,能高飞瀑,红叶寻蹊,秀姑漱玉,安通濯暖。"(其中"八螺"、"跃鲤"两项,乍看以为是螺肉鲜炒、活鱼多吃之类的烹调新法,后来才知指的是美仑山、鲤鱼潭。)我四肢不勤,疏懒成性,不能踵继前贤,上山下海,捕捉风土民情之美,惟五官皆在,口舌仍能动,乃见贤思齐,杜撰"花莲饮食八景",略述花莲生活风情,并一逞/陈"口舌"之快。

我的朋友小说家林宜澐常常大放厥词,说花莲并不好玩,只是好住。此话传来传去,网络上竟有谓是陈黎说的。查我僻处花莲,甚少离乡游历,实无能力断言花莲——与外地相比——好不好玩,好不好住。半世纪来在此生长居住,我只熟悉我熟悉的事物,好我之所好,恶我之所恶。我只知道在这么一段不长不短的时间里,哪些东西是自己还喜欢的;在吃喝拉睡、单调重复的生活轨道上,哪些是还能引发自己兴味的场景。我的"花莲饮食八景"记的是21世纪初我在花莲领会的饮食场景,我不敢保证它们个个长立不朽,永不倒闭。但如果你看了这篇文字,赶紧坐火车,坐牛车,坐飞机或坐传真机来花莲,我想应该还来得及恭逢其会。此八景(依云朵爆奶度排序）分别是：

　　一、美仑园景午餐/午茶
　　二、花间茶堂坐谈人间
　　三、蓝蓝冰凉肥美沙西米
　　四、松园黄昏餐风饮茶
　　五、和南寺素食水色星光
　　六、豆子铺凉甜紫米粥
　　七、民国路蹲尝一口馅饼
　　八、边走边吃红豆麻糬

　　美仑饭店开业十余年，在美仑高尔夫球场旁，是花莲第一间五星级饭店，原本是松树林立之地。英文名称 Parkview Hotel。坐在一楼西餐厅或二楼中餐厅，果然可见万坪草地及许多松树。对此绿意盎然庭园，在午后饮茶、用餐，实人间一乐也。一楼西餐厅原本有一高十米、长四十米，敢说台湾唯一的落地大玻璃窗，去年台风来袭，将六块大玻璃碎成无数小片，整修后玻璃窗犹在，但已被框架成一百二十等份。每次与父母妻女在此午茶，觉得真是不可多得之奢侈，不只因为造价千万的大玻璃，更因为窗外那无价无常的天蓝云白山青草绿，窗内围桌暂系的伦常。我更喜欢在二楼中餐厅用餐，因为客人更少，而奢侈依旧。这里的糯米鸡、红豆糕等是我的最爱。诗人洛夫去年从加拿大回台湾，在这儿与我争吃芝麻球。捷克汉学家，年纪小我多多的吴大伟（David Uher）博士来花莲游玩，我带他来此午餐，他说先前随哈维尔总统来台访问，开口担任翻译外，也吃了不少东西，觉得没有比这快意、舒适的场所。我以美仑园景为花莲饮食首景，非因其五星发光，而是因为草地上若有似无的光与影。我有一首三行短诗:"母亲说过年到外面吃饭,跟回家/几天的弟弟。我们到外面吃饭/看窗外明亮的草地,天上的云",写的就是这伦理之窗,小津安二郎之味。

在花莲,最容易找到我的地方就是茶铺,特别是两间写着"花间茶堂"的王记茶铺。新开的一家近我任教多年的花岗中学,人潮不绝。日日出入其间,我倒没有注意有什么特别之花。只要在花莲,你就是在花间,在人间。花间一壶茶,独饮谁愿意?当然是两三好友,加三四点心,外加一室嗡嗡的人声/人生。最近一年,常坐火车到外地讲诗,也光顾了一些茶铺,我敢说没有一处的珍珠绿茶、酸梅红茶胜过此间。这儿的绿茶调配、摇晃得恰如其分,茶有味而爽口,杯中粉圆凉、Q、甜而不腻。偶而一块绿豆凸或萝卜酥饼,回味无穷。回到花莲,一下火车,最想吃的就是一杯珍珠绿茶。它赚我的钱,我赚它生之况味,瞬间之欢愉。

来花莲,如果没有到太鲁阁,简直没有来花莲。对花莲人来说,到太鲁阁就像进出厨房(闽南语所谓"行灶脚")一样。但厨房里有什么,除了人尽皆知的溪谷、峭壁——那些万斧乱砍、四处悬挂的巨大石头砧板,一条千刀齐断,依旧蜿蜒细流的无管自来水?我喜欢在太鲁阁公园游客中心后面的台地上,或坐或卧,看天阔山高,看一群黑鸟忽然进入我的视窗,在天蓝与山蓝间恣意飞翔,脚下是出了峡谷后豁然开朗的立雾溪床。饱餐了山色水色,离开台地,到太鲁阁口附近的蓝蓝小吃店,吃没齿难忘的沙西米。这里的生鱼片冰凉、肥美,没有牙齿照样完美入口,据店主人说每日从附近的七星潭渔场送来。有一次去晚了,居然没了,徒留马年生的我的两排长齿,上下咬切。店里的吻仔鱼煎蛋颇特别,用的是立雾溪出海口特产的小鱼,口感有别于一般海吻仔鱼。生鱼片入肚,回花莲市路上,可绕到七星潭,将犹在的余味/鱼味,与海风共享,放生回大海。

我曾说过,如果选择一格底片冲洗花莲,我要把镜头架在美仑山上,对准入海的美仑溪。而最佳位置就在美仑山上的松园别馆。我好几次邀朋友们来此谈诗念诗,希望很快地能够在这个日据时期留下来的幽雅建筑与松林间,开办一个年年举行,有蝉声蛙鸣海风星光的"太平洋诗歌节"。女诗人李元贞高中毕业后即离开花莲在外读书、教书,前不久回来松园念诗,面对数十年不见的松树,尚未启齿,泪已满面。这是她少女时代的秘密基地。午后,来此餐风饮茶("一杯有松针的下午茶")看海清谈,直到黄昏,保证你放下五官,身心饱满。

我不习惯素食,虽然花莲有几家素食餐厅口碑甚佳,我还是视若畏途。但在盐寮海边小山上的和南寺,我吃了两次让我赞好的素餐。到盐寮,十有八九是到面海的几家餐厅大啖龙虾九孔,何以和南寺的素食让肉食者如我难鄙?曰:秀色人情可餐。两次用餐都受诗人愚溪之邀,席间他夹菜、倒茶不止,妙语如缺席但宛在眼前的猪油滑溜。他超级热情却让人一点不觉肉麻,除了因餐桌上无肉作祟外,跟他的愚憨、好客有关乎?他多次宴请诗人朋友,获得据说可与三星级饭店媲美之表扬。但何只三星?那一天,吃完晚餐,走出厢房,在大家头上熠熠发光的恐怕有千百颗星。何其素美的花莲的夜啊,伟大的海就在旁边。那银暗的水色在我第二次上山举箸时转为明亮的蓝,让我在一首书写中的诗里写下"海与天的床榻如此重,蓝色如此轻"两句。水色,星光,还有两次都吃到的煎面线,让我觉得人尽可以诗位素餐。

从小到大,我总觉得奇怪,出外吃西餐、中餐,为什么不能先吃或只吃那些好吃的饭后甜点,就像音乐会为什么不能先演奏或只演奏那些好听的安可曲?我喜欢吃甜点,上台北到"泰平天国"这样的泰式餐厅用餐,为的就是吃它两碗"椰香紫米"。花莲也有口味相近的滇缅料理店,可惜饭后送的甜点太小碗而且紫米太少。所以我踏破凉鞋在后火车站富祥街上找到一家干净、可爱的"豆子铺":他们的红豆紫米粥凉甜、大碗又好吃。我连吃了好几天,讶异的老板娘和我聊天,我才知道她平常就喜欢煮这些东西给住在附近的姊妹们吃,才在自家楼下挂牌营业。我拜托她把我当作她的家人,务必要为我把店继续开下去。

花莲市民国路上有许多卖吃的店摊,最常去的是祖师庙附近一家山东馅饼店。主人是一对勤奋和善的夫妻,妻子擀面、包馅,先生炉上烘焙,从开车设摊到租店贩卖已近十五年。日售四五百粒,每粒馅饼在炉上翻转四五次,一天要翻两千余次,十五年超过一千万次,先生的手因此受到职业伤害,工作时右手拇指与中指间会疼痛。难怪吃起来滋味特别好。人生最"痛快"的就是把自己的快乐建筑在别人的痛苦上。吃着这被一只因翻转馅饼千万次而受伤的手烘焙出来的美味馅饼,能不爽吗?我通常蹲在路边吃这一粒新台币十元,一口即尽的馅饼。但千万不要吃太快,因为里面的肉汁很烫。我嘴边有个疤痕,就是吃太快,烫伤留下的。这算是"馅饼的正义"吗,把舌头的快感建立在嘴巴的灾难上?

民国路上还有一样东西值得一提,就是十余年前被我写进散文(因而声名大噪?)的"麻糬"。这几年花莲街头满是"XX 麻糬"、"YY 麻糬"一类的招牌,几乎快成为公害了。看到观光客提着一袋袋印着商店标记的麻糬,觉得真制式而俗滥。东西多了,还有什么稀奇?花莲的红豆麻糬其实还蛮好吃。以前上下课,路过麻糬店,总会停下来掏几个硬币,买一两个来吃。所以麻糬还是可以买,可以吃,但只要少少一两个,并且就在路上,边走边吃。这才是花莲主人,而非"台客"的风格。

有一家美食小铺(这是第九景吗,或者轮到下一届重选时再说?),门口贴着一副对联,说"谁非过客,花是主人"。也许只有"花莲"才是花莲这块地,这个名字,这个概念的主人,在上面来来去去,张口饶舌的都是过客。但还是要逞"口舌"之快,起码一陈我陈某人斯时斯地陈口烂舌之快,即使不免陈腔滥调。还能做什么,如果不叫我们的嘴巴、舌头说和吃?

(二〇〇六)

五 片

卡 夫 卡

旅行到布拉格时,最惊奇的发现是这城市除了信用卡、金融卡、捷运卡、电话卡、钥匙卡、游戏卡、记忆卡……外,还发行、贩卖一种"卡夫卡",据说可以帮助爱国者卡住他们国家的公卿大夫,使其虽违规而不犯法,虽骇俗而不惊世,或者帮助拘谨的中产阶级卡住他们的牙科大夫,使其不任意拔牙或开消炎药,或者帮助太太们卡紧她们的丈夫,让他们快速卡进可敬的权位,以及更重要的,忠贞不出轨之位。我因为身上带的欧元纸钞换硬币时被卡在兑换机里,无法及时在出关前在机场免税商区自动贩卖机购买一张回来送给我太太。

牧 神

早晨太苍白,尚未全然发育,像我们青涩的童年或尴尬的青春期。下午多宽大啊,伸长日脚,在水边假寐,等候风摇动树叶,摇动树影,或者起身,与宁芙们一同嬉戏,追逐阳光的金羽毛。黑皮肤的夜犹然在歌剧院的地下室练习发声,还没开始它们无调的歌唱。

人面人身在两朵云之间。羊角在切分音的方向。羊蹄,羊尾巴点踏出一大片羊蹄甲。我喜欢两三点的午后,安静的进行曲,慵懒的舒展。

夜　梦

做梦梦见现实生活中被你讨厌之人,梦中用身体遮你护你,免受暴民乱棒之打。你蓦然而醒,呼吸紧促,胸口疼痛,余悸犹存。痛,不是因为棍棒之阴影,而是现实中自己树立了许多假想敌。你突然觉得这世界可爱,一切可爱,决定接受人生之种种不悦,因为白日即使不快,你犹可以清醒对应之,但在梦的世界,潜意识的世界,你完全无法做主。你不想下半夜继续在梦中难过,因此甘心化敌为友,跟这个世界,跟自己和解。

春　日

春日午后,在便利商店门口,看到一个高中男生,穿着球鞋、短裤,流着汗,在单车旁,仰头喝一瓶铝罐装可乐。这是多么刺眼而难忍的事啊。他衣服上骚动的红色,他汗水里恬不知耻的热力,以及年轮数倍于他的你内心的愤怒,都随着那易拉罐的开启,瞬间爆开。难怪1936年花莲港厅"紫阳花歌会"出版的短歌集《黎明》(あけぼの)里,那位你不认识的日本女子山口伊势子七十几年前在花莲写下这样的短歌:"正是柳树/生新枝的/春天/而我的青春/却一径走过去"。

空

空是最好的存在状态——一无所有,充满可能。无牵无挂,无忧无惧,又无所不包,无所不在。这真是一个好东西。每个人都想进入它,却每每不知道它在哪里,找不到空门,不得其门而入。空铁定是一个建筑,或者至少——一种空间感。我看"空"这个字:穴中之工。它是一种工作,一种工程,挖空,掏空,向虚无挖掘最大的穴譬如白宫、皇宫或"总统府",在那里上班,闲闲没事做,轻轻松松,杀时间。最小的穴譬如女体所有,在那里工作,最饱满的虚无。

这是一声的多音字的空。但可惜绝大多数人,绝大多时候,都没空(四声!)让自己放空,享受空。

(二〇〇八)

小镇福金

我们这岛屿边缘的小镇福金,依山傍海,风景优美。虽然人口不多,但镇民们很少人知道我的祖父是个医生,一如很少人知道我的医生祖父也是个小说家。

很少人知道我祖父是医生的原因是:虽然这镇上的人都知道他是个医生,但他们却不知道他是我的祖父。我祖父的诊所在小镇最大的一条街上,写着"杨小儿科"四个字的招牌高挂在二楼窗外,几十公尺外就可看到。左边是小镇最大的天使饭店(招牌的字用行草写成,远看像"大便饭店"),对面是小镇另一个医生的诊所:"马耳鼻咽喉科"。小镇居民不知道杨医师是我祖父的原因是:他们不知道他是我父亲的父亲。小镇居民不知道他是我父亲的父亲的原因是:他们知道我父亲有一个父亲,是酒鬼兼赌鬼,喝了很多酒,欠了很多钱,然后不见了。好心的杨小儿科医师让我父亲认他为养父,不时鼓励他,帮助他,我父亲生下我,杨小儿科杨医师就成为我的养祖父。小镇居民不知道杨医师是我父亲的养父,自然也不知道他是我的养祖父。

我对我的医生祖父的记忆大部分来自我离开小镇前往北部大城读大学前。我的父亲与我住在离杨小儿科诊所兼寓所几百公尺处,但我不时会在不上课时到杨小儿科找看诊完的我的杨祖父,听他讲故事。我的祖父是天生的小说家,故事源源不断,他悬壶济世之余,常骑着他那台 Vespa 摩托车,四处搜集民间故事,走访人迹罕至的少数民族部落,和老者闲谈。他医术不错,态度亲切,每个病人从进来看诊到拿药出去,时间都相当长,因为小镇居民都知道他可以让病人用精彩的故事抵付医药费。常常有人带着全家大小一起来看病拿药,连说了好几个故事,直到宾主尽欢,欲罢不能,依依不舍道别。在我充满爱心的祖父眼里,每个病人都是等待关照的"小儿",所以他除了替小孩看病,也替大孩、老孩看病。我祖父常说故事给我听(有的还重复说过好几遍,但每一次都加了一些新东西),却很少看他发表作品。他总是说他正在写,还没写完。

祖父告诉我,我们小镇的名字本来不叫福金,而是叫"大巴塱",是少数民族语,意思为"白螃蟹",因为昔日此地有许多白螃蟹。作为岛上最早实施地方自治的乡镇之一,本镇一向以长期选出悉属右翼政党的镇长以及镇民代表而知名全岛,且是镇上居民们最引以为傲之事。但有一年,不知怎么搞的,居然选出一位左翼思想浓厚的无党籍镇长,他一反过去右翼镇长们由右到左的书写方式,规定全镇路标、门牌、店招、匾额……一律由左到右书写。所以本来大家习惯用普通话念为"大巴塱"的镇名,反方向书写后,就被已彻底以右为先的镇民们念成"塱巴大"——啊,不好意思,听起来有点那个……(你们都知道岛上最多人说的方言里"塱巴"指的是什么!)这尴尬的镇名,让镇上男女老幼都觉尴尬,特别是镇上几所学校的师生们。本来读起来很有气势的"大巴塱一中"、"大巴塱二中",现在写出来变成"中一塱巴大"、"中二塱巴大"。很吓人呢。镇民代表会罢会要求更改镇名,经全体镇民(包括未成年者)投票后,选出大家觉得大吉大利的福金两字为新镇名。

我曾问祖父可不可以给我看他写的小说稿,他叹一口气说都付之一炬了。几年前小镇大街传出火警,总部就在诊所斜对面的"福金消防大队"救火不及,火舌从邻舍延伸到诊所院子,把他夹在旧病历表间的一大叠小说稿都烧掉了。我没看过他的小说稿,倒看过他手写的病历表。除了前面一页病人姓名、出生年月日、住址等用中文填写,其余都是潦草难辨、密密麻麻的外国字母。我曾经很认真地在那一堆密码中指认出最常出现的两个字:Lao Sai。我查了镇上图书馆里所有的外语字典与医学辞典,都找不到这个词。一直到有一天我吃了太多小镇西瓜田里过量生产免费供应的新品种无子西瓜进而腹泻后,我才恍然大悟原来说的是"漏塞"——拉肚子也。

比较起来,我的杨祖父觉得,"大巴塱"时代小镇的消防队效率反而高些。尽管当时只是小编制的"大巴塱消防小队",但一有情况,队上所有消防车(也就是两辆消防车),会即刻出动:一辆是消防队长亲自驾驶、载满队员的大消防车,一辆是副消防队长驾驶的小消防车。已故的、令人尊敬的副消防队长欧又得,是传奇的少数民族勇士,他驾驶的消防车就是他自己。他的性器非常长,出门时必须把它缠在腰上四五圈以上。平日我们小镇不管有无台风,遇到大雨经常淹水,但一旦发生火灾,急需喷水救火时,消防栓又往往故障或突然断水,这时灵巧、机动的欧又得副消防队长的消防车就派上用场了。只见他脱下衣服,把一圈一圈膨胀起来的水带从身上解开,急速朝火势最猛烈处喷洒。围观的镇民们大声叫好,主动排好队,接驳把一瓶一瓶矿泉水或啤酒递上,深怕他膀胱里的水干涸了。靠着这小而猛的消防车,"大巴塱"时代小镇遭受的火灾损失是全岛各乡镇中最低的。

小而猛可说是本镇特色之一。祖父诊所对面的"马耳鼻咽喉科",规模虽小,却也活力四射。马医师觉得耳、鼻、咽喉相通,心理与生理也相通,所以他诊所内全天播放音乐,借由耳听音乐,从精神面协助对身体的治疗。他最喜欢让病人聆赏的是他的远房亲戚,作曲家马勒的交响乐。他跟大家解释马勒的音乐,说他的每一首交响曲就是一个"世界",无所不包,混合着怪异、恐惧、讽刺、兴奋、狂热、喜乐等各种对立的情绪,错综纠结,而人只是呈现音乐的器皿,我们的身体不过是天地造化吹弄之器,在我们身体的小世界,在我们的耳鼻咽喉中,整个自然界都发而为声。听进马勒的音乐,人的一切冲突、苦难、病痛,便不药而愈,迎刃而解。古典音乐之外,他有时候也放《牛犁歌》。他说耳鼻咽喉相通,牛马也相通,马勒有益身心,牛犁歌也是。真是小而猛的微型综合医院。有一次一位七十岁、视力不佳的镇民,误拿"三秒胶"当眼药水,导致右眼皮紧紧黏住,家人立即送他到镇上唯一眼科"左眼科"急救,但老者坚决不进去,因为他认为这位据说是清朝名将左宗棠后裔的左眼科医师,只会看左眼,不会治疗右眼。家人只好带他找马医师。马医师说得好,耳、鼻、咽喉和眼睛是相通的,找我没错。那一天,他特别播放海顿的神剧《创世记》助诊,当合唱团壮丽地唱出"上帝说,要有光,就有了光"一句时,马耳鼻咽喉医师正拿着薄薄的刀片,轻轻划开老者的右眼皮,让其重见光明。

我的医生祖父在我出外求学、工作的那几年间,关闭了他的诊所,只留下招牌,跑到秀姑峦溪口附近一个我们也不清楚的地方当隐士。他自然不知道我们小镇镇长在左派右派几次轮替后,换了一位非左非右的洋派。我们的乔治富镇长曾经负笈海外(据说是加勒比海一个前英国殖民地国家),上任后对推动小镇与世界接轨不遗余力,发誓将小镇建设成一个无污染、无暴力,具国际观、后现代观的观光乐土。他鼓励住在较偏远地区的小镇公务员与学校师生,舍汽车、摩托车,改骑山猪上班、上学。全镇大街小巷划满了随时可用的一格格"停猪位"。为了让全世界更清楚看见小镇福金,他综合各种罗马拼音系统,汉语、少数民族语拼音法,列出几个候选的英文译名,经镇民代表会热烈讨论表决后,决定采用 Fuc-King 这个名字,并且在与外界通联的各重要衢道,广设迎宾招商的中英文对照路标、招牌。最常见的是这样的招牌:"欢迎你——来福金!/Welcome You—Come Fuc-King!"他主张招牌、标语要简洁、有力,吸引人,而且琅琅上口。他发挥外语专长,亲自拟定了主打的 Slogan(也就是标语或口号之意):"福金是天堂。来福金,安适你的身心!/Fuc-King is Paradise. Come Fuc-King and Get Relaxed!"果然大有效用。不但吸引了大批观光客前来拍照留念,甚至还有不少人顺手牵羊,把路标、招牌偷回去当纪念品,让乔治富镇长不时呼吁观光客要手下留情。

我们小而猛的镇长最惊人之作是邀请来世界排名前十大的匹兹堡爱乐管弦乐团,到砂石车不停穿越的小镇连绵西瓜田中,搭台举行一场可以容纳三万人免费观赏的露天音乐会。这是世界创举!赞助全部经费,准备和乔治富镇长合作把西瓜田变成黄金商圈的"沧海桑田土地开发公司"董事长如是说。全镇居民都到场了,夹杂在众多慕名而来的外地客中。当匹兹堡爱乐管弦乐团首席指挥利百代·林肯(咸信是热爱自由的前美国总统林肯的嫡系子孙),缓缓举起指挥棒,准备带领一百二十位团员演奏柴可夫斯基《尤金·奥尼金》中的波兰舞曲时,我们小而猛的镇长忽然冲上台说:"等等,等等,我要代表小镇福金颁发七彩石给大指挥家做礼物!"镇长幕僚们好不容易把大石头搬上又搬下台,利百代·林肯大师再次缓缓举起指挥棒准备演奏,同样小而猛的沧海桑田董事长又冲上台,说:"等等,等等,我要颁发小镇最美丽的西瓜红玫瑰石给大指挥家做礼物!但石头太重,先放舞台下,来,我们跟镇长合照一下……"哇,这是音乐会还是选举造势大会?真是世界创举!

利百代·林肯大师第二首演奏的是柴可夫斯基的《1812年序曲》。当乐曲进行到炮声出现的结尾段落,我们乔治富镇长突然站起身来,右手一扬,舞台后方天空随即爆出五颜六色一串串烟火,五分钟,十分钟,十五分钟,一发强过一发……舞台上枯坐久久的团员们气得纷纷离席,没有人想要演奏原本排定的下一首柴可夫斯基的《悲怆交响曲》。一切已经够悲怆了。拿着长长乐器的巴松管乐手,一边走一边念着:"Fuck you, Fuc-King!"我们小而猛的镇长看着高潮后喷精似升空四散的烟火,亢奋地说:"Fuc-King small town is great!"他的意思应该是:小镇福金很屌,很棒!

(二〇一〇)

台湾四季,海边诗涛

I 台湾四季

《台湾四季》是我与友人上田哲二合译的日据时期台湾短歌选。

2007年11月,上田哲二受邀参加在花莲松园别馆举行的太平洋诗歌节,这是我第一次遇见这位与我同年生、专研台湾现代诗的大阪大学博士。他后来又来花莲,在一次演讲中给大家看了几首日据时期在台日人写的咏叹台湾四季的短歌,让我兴趣盎然,邀他合作把这些可爱的三十一音节日语诗译成中文。

这些短歌为什么让我兴趣盎然?原因有二。第一,多年来自己对日本文学中俳句、短歌这两个短小诗型颇为着迷,也阅读、翻译了一些包括像松尾芭蕉、小林一茶、小野小町、和泉式部等杰出俳句、短歌诗人的作品,久之,对于写诗的我也形成一种滋养,触发我用类似诗型书写当代生活。我的《小宇宙:现代俳句200首》即是此一情境下的产物。我很好奇,上一世纪初期来到台湾居住的日人,怎样用既定的诗型,书写他们眼中相当新鲜、不同的这岛上生活的种种情事。怎样用陌生的眼光,体现出新的感性?其次,近年来大家都同意台湾现代诗源头有二:日据时期台湾新文学运动,以及二三十年代中国大陆新文学运动。作为一个在岛屿台湾生长的写作者,我觉得现在看到的那些日据时期写成的中文或由日文译成中文的新诗，大多很乏味。我很想知道，是不是另有一些作品，不管是本岛人或日本人所写，不管是以中文或日文写成，在隔了七八十年、一百年后的今天，读起来仍让人觉得有趣？由于上田哲二兄的引介，我得以由浅入深，窥见收于此书，这些20世纪初期书写台湾，且书写于台湾的有趣诗作。

这本《台湾四季》前五辑所录短歌皆译自尾崎孝子（1897—1970）的读诗笔记"台湾の自然と歌"（台湾的自然与歌），收于其1928年5月台北出版的《美はしき背景》（美丽的背景）一书。此书共收八篇"随笔"，"台湾の自然と歌"之外，还有六篇随笔体小说及一篇游记。"台湾の自然と歌"选录、评介了134首短歌，这些短歌乃歌志《あらたま》（Aratama，璞、粗玉、新珠之意）同仁于大正十三年至昭和三年间（1924—1928）发表之作。

1895年日人侵占台湾，最早刊行的俳句、短歌杂志可能是1904年的《相思树》（俳志），以及1905年的《新泉》（歌志）。《あらたま》由滨口正雄（任主编）、八重潮路、国枝龙一等创刊于大正十一年十一月，前身为滨口正雄、松下久一所办的《リラの花》（丁香花）。这本至终战之年始停刊的歌志《あらたま》（1922—1945），与大正十年创刊的俳志《ゆうかり》（尤加利，1921—1945），被文学批评家岛田谨二誉为日据时期"台湾文艺杂志的两横纲"。

本书前五辑出现的二十五位短歌作者，男性十五位，女性十位，职业包括医生（八重潮路）、教师（藤泽正俊、舆水武、妹尾丰三郎、国枝龙一、美波光二）、警察（野下未到）、编辑（滨口正雄）、财务局人员（平井二郎）、银行行员（松浦武雄）、家庭主妇（尾崎孝子、八重留子、山岸百合子）、学生（桶诘田鹤子、桶诘千枝子、桶诘露子）等，其中六位还是一家人（本名桶诘正治的八重潮路，和他太太留子，及四个女儿：百合子、田鹤子、千枝子、露子），书写范围除了台湾北部外，还包括台中、台南，以及少数民族地区，可谓成员多样，场域广阔。尾崎孝子将诗作分成春、夏、秋、冬四部（外加杂部），显然是依循日本10世纪《古今和歌集》以降，和歌/短歌选集体例。台湾的四季未若日本内地分明，对应于传统和歌，居住台湾的这些短歌作者在咏叹台湾四季及其风土景物时，显然多少得另辟蹊径或别出心裁，在短歌惯例、法则许可的范围内，挖掘新的题材，呈现新的体会。当时日本内地中央歌坛、俳坛居于主流的诗人，颇有人以为亚热带台湾的四季，充其量合起来只是日本内地的夏季，台湾短歌、俳句因此算不上是短歌、俳句。然而本书这些短歌作者，似乎以眼见为信，用心表达他们所体察的台湾四季细微的变化，以及外来的他们在此所遇的新奇景物与感受，由是形塑了新鲜有趣的台湾短歌色彩和形象，让后世的我们读起来犹觉有味。

《あらたま》是日据时期台湾最大的歌志，且于本岛多处设有分社。在台南县立文化中心1994年出版的《郭水潭集》一书年表里，吕兴昌教授说住在台南佳里的郭水潭（1908—1995），于1930年"加入'新珠短歌会'（あらたま）为会友，并发表短歌于该会歌志"。我不确定"新珠"两字是否就是"あらたま"的正式翻译。《郭水潭集》里有一篇郭水潭写于1954年的《台湾日人文学概观》，谈及在台日人出版的俳句、短歌集时，列出"あらたま"歌会两本歌集：《攻玉集》（1927，创刊五周年纪念刊），以及《台湾》（1935，创刊十三年同仁歌选）。在谈及小说时，他提到了尾崎孝子的自传小说《美はしき背景》，称其为"后起之秀"的闺秀作家，作品"简洁而优婉"，是少有的"水准比较高的小说"。评选本书前五辑短歌成"台湾の自然と歌"的尾崎孝子，当年三十一岁，诗与小说兼擅，可说是才女。她所选的一些短歌，的确也让同住台湾的我们耳目一新。台湾的植物、动物、天候、田野、民情……,对久居岛上的我们,每因习以为常而不觉为奇,在新来台湾的日本诗人眼中、心中,却是充满惊喜。他们的诗眼、诗心,陌生化、新鲜化了台湾四季自然之美,丰富了台湾诗银行的美感库存。让我们看见日常的不平常,透过幽微的诗意体察到生活场景中细小的变化:

下了好几天的/春雨:/秧田的/绿色变得/近蓝(藤野玉惠)

紫色的花/盛开:/苦楝树/嫩叶的颜色/静了下来(平井二郎)

红红的木棉花/数量日日增加/早先开的花/颜色/更加浓烈(上山义子)

是否从梅雨的/假寐中醒来?/幼小蟋蟀的叫声/在拂晓的庭园/响着(植村兰花)

雨罕下的/这个山麓/樟树的嫩叶/每摇一次就闻到/隐约的香味(尾崎孝子)

夏天将近的/天空景象:/梅雨期将尽/树林翠绿/而镇静(野下未到)

可爱的岛上少女/发间插的/玉兰花/如今正看到/它们开绽(小仓敏夫)

从火车窗户/眺望/这城市:/合欢行道树/目下最盛(国枝龙一)

我没想到平常随便看到的植物、动物,随便吃到的水果、菜蔬,随便碰到的田野、街景,都可以入诗成为喜悦:

花茎/越伸越长:/龙眼花开的/季节越来/越近(中村英子)

金露花的/篱笆/显著扩张/每天早上我/触摸着它出门(妹尾丰三郎)

棕榈果实/成熟的时节:/朗朗而叫的/白头翁/正在啄食(藤野玉惠)

丝瓜/日日明目张胆/伸长/越过屋檐/爬上屋顶(松浦武雄)

壁虎的叫声/可爱:/屋外的风/正逐渐转成/狂风(国枝龙一)

剥了皮的柚子/香味浓郁/虽还没熟/却试着/吃了(藤野玉惠)

学生带来的/文旦/在我两只/手上/冷而重(美波光二)

水波/柔和,/乌龟浮现/池面的日子/近了(植村兰花)

悠悠地/在田野里/边走边吃草的/水牛/背上停着鸟(樋诘露子)

吃着多汁的/芒果/檐廊上/初听/晨蝉的鸣叫(平井二郎)

多汁的芒果,让许多以前未曾吃过它的日人为之着迷,虽然汁液可能会溅上衣服,留下痕迹。平井二郎的芒果诗,让我想起山本孕江在1936年8月号《尤加利》俳志提到的一首二溪所作的俳句:"大家来喔,光着身体来喔,吃芒果!"生之愉悦皆跃然纸上。妹尾丰三郎的金露花诗也很可爱:金露花即台湾连翘,经常被当作树篱,当老师的他每天早上触摸着它上班——这首短歌用触觉描摹、暗示草木逐日丰实、万物鲜活有力的春之盛景,我们不只看到花开,还可以摸到季节的味道。

有些短歌延续日本"物之哀"文学传统,以敏锐、纤细的心,怜惜、赞叹台湾四季人间、自然之美,及其短暂。这些感情古今中外如一,咏叹台湾就是咏叹世界,不管用中文、日文,或者没有文字的少数民族语言:

在此新土/春天再次/来到:/木棉花/接二连三开着(藤泽正俊)

山脚下/红木棉/花影庞然:/哀伤之春/正酣盛(藤泽正俊)

留住/细雨的滴落:/哀伤啊这/波浪般下垂的/白色藤花(尾崎孝子)

仙人掌花盛开/白而且大/月夜里/观赏/寂寞亦大(尾崎孝子)

只于月夜/开放/悲哉/美不过一夜的/昙花(平井二郎)

月橘花香/满室,/月橘花期——/唉,却/如此短(尾崎孝子)

白天在后院/响起的/蝉声:/我感觉它/变弱了(小夜更天)

晨雾之白/流去的/溪间,/传来/湍濑之音(舆水武)

月光遍照:/今宵/蕃山幽谷/溪流声/清澈(舆水武)

藤泽正俊是从寒冷的日本长野县来的老师,在日本,樱花是春天的象征,在台湾一年异乡生活后春又来临,诗人本能地以为面对的应该是樱花,没想到却是同样鲜红的木棉花,花虽有异,怜花惜春之

情一也。这首诗也是思乡之作,一如本书其他许多首短歌,书写在台日人乡愁及对远人的思念(包括回日本后对台湾的思念):

月光/朦胧:/暂时不觉/身在/南国(八重潮路)

旅居此地/久矣,不觉/身在他乡:/萩花开放时/依然让我思乡(八重潮路)

春至,/榄仁树芽叶/含蕾/无可说话之人/屋舍空寂(藤泽正俊)

二月天空/泛蓝/芒果花开得/灿烂:/在你那里(藤泽正俊)

傍晚/她也许在/芒果花的/树阴下/独自沉思(藤泽正俊)

少数民族住处/重岩叠嶂/如今真感到/从远方/来到此地(野下未到)

有些短歌发挥闲寂、诙谐之趣,以幽默、恬适的笔调调节、松弛生活的单调、僵硬,或以轻妙的笔触点描出生活中令人莞尔的一景(有几首写公学校学生的短歌让担任中学教师多年的我特别觉得有趣):

夏夜/暑热如笼囚身,/打开门和隔扇/安稳地/入眠(平井二郎)

月橘/花香,/入夜/门不忍闭/任其飘入屋来(平井二郎)

晨起/饮茶,/看见一只/小鸟在喝/树梢上的露滴(菊地彻郎)

路遥/让人疲劳,/台车上/削着/柚子的皮(野下未到)

被责备而／哭着回家的／吴炎木／今天已忘记／又骚动起来（川见驹太郎）

脚下泥土／传来的凉意／让人觉得亲密：／跟学生一起／拔萝卜（川见驹太郎）

学生们／一模一样／仿效我言词／的癖好／让人怜惜（川见驹太郎）

这些在台日人所写短歌有些真是灵巧高妙，平淡中蕴含精妙的设计，耐人寻味。譬如平井二郎这首"雨穿过／杜鹃花丛落下／虽然杜鹃花／依旧花落／如雨"，花之雨与雨之花交织，构成一幅曼妙的乱针刺绣，雨穿过杜鹃花丛落下已美，而杜鹃花依旧花落如雨，毫不吝惜地让美上加美；或者植村兰花这首"红熟的野草莓／红艳欲滴：／伸手摘取时／下来了／一阵雨"，用蒙太奇手法把两个画面叠在一起：我们先看到红熟的野草莓红艳得似要滴下水，伸手欲摘时，一阵雨真的覆盖过前一个画面落下，非常凝练动人。

这些短歌让我相信，日据时期台湾文学史里还藏着许多美妙的诗作，等我们重新揭示。

*

1997年，为了我参与策划的第一届花莲文学研讨会（这是岛上第一次以地方文学为名的研讨会），我写了一篇《想像花莲》，企图描摹、追索花莲文学（或者这岛屿文学）的源头和线索。岛上少数民族，以其歌声、舞姿，在大地上、山谷间，留下没有文字的诗的形象、韵律。我无法在纸上捕捉、再现，这些口传、心传，用身体、用生活书写的最早的岛屿文学。我只能透过有限的史料，追寻到一些，六七十年前，书写花莲或书写于花莲的非汉语文学。1941年，生于新竹的龙瑛宗,来到台湾银行花莲出张所工作,一年间以日语写下十多篇以花莲为背景的诗、小说、散文,1942年回到北部,转任台湾日日新报编辑。1924年,担任东台湾新报社长和花莲港街长的梅野清太,和《台湾パック》杂志主编桥本白水发起成立"东台湾研究会",以月刊形式发行了历八年半、共九十七期的《东台湾研究丛书》。我在《想像花莲》一文中录下几段我请家父中译的20世纪二三十年代日人描绘花莲的散文。我当时心里揣测,这些在台日人应该也有咏叹花莲的诗歌留下吧?对美、对自然、对文学、对音乐的感受,古今中外应该皆然。我在1996年写的《寻找原味的〈花莲舞曲〉》一文中,提到我的中学音乐老师郭子究,于1943年8月"花莲港音乐研究会"举办的演奏会中发表了以日本诗人西条八十的诗《母の天国》谱成的歌曲。郭老师保存的一截当时日文《东台湾新报》说有近两千名听众到场,"无立锥之余地",听此歌后情绪如"甘美之坩埚"沸腾。岛屿边缘花莲居民对诗、对音乐反应如此,何以不见更早的诗歌文献?我翻转着这发黄的剪报,想像也许在同份报纸的另一个版面会有诗歌作品出现。但后来发现《东台湾新报》并没有文艺栏。

此次,和上田哲二合作翻译日据时期在台日人所写短歌,我得以重翻史料,赫然发现20世纪二三十年代的花莲港,早有俳会、歌会、俳志、歌志存在。郭水潭《台湾日人文学概观》一文,即列出了1926年成立于花莲港的あぢさゐ(Ajisai,紫阳花)歌会于1928年出版的短歌集《丰秋》、1936年出版的短歌集《あけぼの》(Akebono,黎明),以及1920年成立于花莲港的俳志社《うしほ》(Ushio,潮)于1939年出版的《花莲港俳句集》。我辗转从图书馆、从网络上影印到这些我想像、期待多年的旧花莲诗选集,内心震颤不已。(与我在花岗中学同事过,后来到日本攻读历史博士,学成回台湾后受我之邀在第一届花莲文学研讨会发表论文《日治时期文学中的花莲印象》的钟淑敏,早在此文中引岛田谨二著名的《华丽岛文学志——日本诗人の台湾体験》,简述1910年代末成立于花莲港的"大树吟社"及其同仁杂志《うしほ》概况,但钟淑敏没有举列任何诗,竟使愚钝的我错失更早碰触日据时期花莲日人诗歌的机会!《丰秋》与《黎明》两本歌集为当时任职于台湾日日新报花莲港支局的渡边义孝所编,《花莲港俳句集》为其妻渡边美鸟女所编(在第108页,我读到美鸟女1933年写给梅野清太的三首俳句)——这本俳句集从大正八年至昭和十三年(1919—1938)间发表的六千多首俳句中选出1036首,岛田谨二说《潮》这本俳志,"所拥有的实力,在大正后期的台湾俳坛占第一位"。20世纪二三十年代花莲诗风之盛若是,怎能不趁机显微一二。我于是提议为《台湾四季》增添一辑"东台湾之歌",从歌集《黎明》及渡边义孝1944年出版的个人歌集《八重云》中选译四十一首短歌,让读者一窥日据时期花莲诗貌。这几本短歌集、俳句集的作者,人数众多,而且几乎都住在花莲。歌集《黎明》中入选的作者有304人,收短歌七百五十多首。紫阳花歌志创刊于1927年,出版歌集《黎明》时已发表短歌三万首,九年间会员所写短歌逾三十万首,我们所译只是万分之一。

"东台湾之歌"最后八首短歌译自渡边义孝的《八重云》,写于1938年,因此这本《台湾四季》六辑175首短歌,皆为写于20世纪二三十年代的在台日人作品。前五辑出现的许多诗歌题材或元素,亦见于"东台湾之歌"一辑中——岛屿四季之美、自然之奇,物之哀与青春短暂之叹,乡愁与忆旧之情,对小学生与小孩诸般情境有趣的捕捉,对少数民族鲜明生活之印象:

槟榔叶声音／骚动不停,／二楼上／见秀姑恋溪／在月光下闪耀(沼边一楼)

远远可见的是／农场的甘蔗芒／以及／云雾萦绕的／新高山山头(松久静江)

隔壁篱笆上／木瓜正成熟／冬阳下／一只绿绣眼／啄食着(宫崎丰人)

走过阵雨中的／峡路／古墓上看见／枯萎的／白百合花(山本莫秋)

正是柳树／生新枝的／春天／而我的青春／却一径走过去(山口伊势子)

衣薄／袖冷／暮光里／偶然想起／已故的朋友(寺師ひろのぶ)

暴风雨后／凤凰树上／浓密的黄叶／洒满／我的书桌(大对寅助)

父亲一直到死前／犹称赞的红梅下／我拿着／汤灌用的水／走过去(松元秀兰)

春日昼长／祖父踩在／稻田里的影子／还在水面／摇曳(宫竹铃雄;追忆)

一直等着／不嫌山路／海路之遥／而来的／访者(城菊雄)

古旧／无人看管的／城址／如今变成牧童／游玩的地方(日永光雄)

小阳春的／午后／尽管大声／授课／却没有反应(长冈朵水)

为了节省水费／一直／没换池水／如今睡莲／繁殖(青山末吉)

勇而无谋／离家出走的／孩子,面对／迢迢的乡野路／怨恨

我(藤野恪三)

　　初春/少数民族住屋前/庭园向阳处/有两只狗/好似在看家(土手原蕉风)

　　田边空地广场上/跳舞的少数民族/羽毛头盔/在秋阳下/发出纯白光泽(松久静江)

　　整夜/舞踊不停的/少数民族/如今脚步零乱/依然跳着(松久静江)

　　穿过翻滚的/波浪/少数民族/拿着拉网/出现了(宫川泽水)

　　卖蕨的/少数民族妇女/背着藤笼/里头插着苦楝花/盛开的树枝(田中志贺子)

　　确实愁啊/无论是梦是醒/在热恋/山桔梗之花/让人心跳不已(渡边义孝:能高峡谷)

　　一只蝴蝶飞翔于/自树叶间洒下的/阳光中/琉璃的翅膀/清澈:秋天(渡边义孝)

另有一些短歌,将东台湾特有的地理、人文色彩生动地表现出——譬如频繁的地震,壮阔的海岸,名山胜景,闲适诗意的生活……:

　　地震剧烈/小孩发抖/一直请/家人/搬家(松居留治郎)

　　感觉有地震/夜半醒来/半睡半醒间/想到/生病的妻子(田代丰)

　　白浪/澎湃汹涌的/海岸边/潮退后,暗礁/显露无遗(渡边义孝)

　　洗过用海水烧的/热水浴后/纳凉的阳台上/爬满了/海蟑

螂(前岛蓼花)

　　暮色迟缓/山峡的旅店/远眺可见/三锥山/映照着落日(若林微风)

　　山行十日/山脊上/百花艳放/不知是梦/或真(渡边义孝:昭和八年六月奇莱主山纵走回顾)

　　今日/有生命的/我,在山上/被茅草/包着安睡(渡边义孝:昭和十年四月二十九日三锥山登攀)

　　能高山峰/积雪变小/天空/悠闲地/放晴(近藤正太郎)

　　在森林里/看到对面/木瓜山麓/被淡淡的霞彩/笼罩着(美坂とよひろ)

　　微暗的树林中/疑似断绝/却继续/伸延着的/黑黏土小径(渡边义孝:米仓山)

　　枯叶蛱蝶/在幽暗涧谷的/野蔷薇上/息翅,似乎/垂手可抓(渡边义孝:溪川)

　　杨梅/深红色病叶/散落的/石径:/我踏过去(渡边义孝:溪川)

　　对面的山峰/冒出云端:/旺盛的/夏日中/光影渐暗(渡边义孝:鲤鱼池)

　　煌煌发亮的/奇莱主山的/襞褶,随/渐薄渐去的云/变得纷乱不清(渡边义孝:能高峡谷)

　　在大理石岩壁/底层凹陷的/悬崖上,/摘了几枝/玉山抱茎籁箫(渡边义孝:能高峡谷)

　　俳句会/要添些野趣/我在下梅雨的/庭园/摘了凤仙花(渡边义孝)

　　纳凉会当夜/城市静悄悄:/听见花岗山上/歌曲/回响(西村つま子)

东台寺山门/日暮之钟——/以为已敲毕/响尽……而/回响又起（久永哲也）

听着唱机/把青葱切碎/秋日/夕晖/静谧无声（崎原しづ子）

米仓山正对面/举行的/我们的歌会上/傍晚的微风/徐徐（小野佑三郎）

这些短歌近距离描写我生长居住逾半世纪的花莲，有些就近在眼前，甚或就是我每日生活的一部分，读之更让我心动：鲤鱼池即鲤鱼潭，小学起远足、郊游必到之处；东台寺即今东净寺，就在我教书三十年的花岗中学旁；米仓山即美仑山，米仑山的歌会不就等于我们三不五时在美仑山日据时期旧建筑松园别馆的诗歌聚会？能高山、能高峡谷——这不就是我小学校歌第三句（"北倚能高峰，面临太平洋"）中，让幼时的我困惑的能高峰吗？帮我推敲这些短歌的家父，在读到美坂とよひろ写的木瓜山后，油然忆起六十多年前的往事——十七八岁的他，二次大战期间服务于花莲港木材株式会社木瓜山作业所，经常深入原始森林内，测量树宽，目测高二三十公尺以上，树龄达千百年的天然生针叶树。居住在海拔三千多公尺森林中，根本不怕敌机会来空袭，物质虽然缺乏，却宛如活在世外桃源。木瓜山的美，百年来何尝变？霞霭依旧，依旧在诗人杨牧 1995 年写《仰望》一诗时，以不曾稍改的"山势纵横"，以"伟大的静止撩拨我悠悠/动荡的心……"。

渡边义孝夫妻编了三本花莲的短歌、俳句选，可说是二三十年代东台湾诗坛的灵魂人物。渡边义孝生于 1898 年，父母于明治二十九年（1896）来台，他则于明治三十九年后长住台湾。明治三十九年至大正三年（1914）间住在基隆，十五六岁时开始写作短歌。

大正四年后住在台南，更加热衷写作短歌，将近百首作品订成一册，由画家友人绘封面并题字。二十岁后进入《台湾新闻》社工作。昭和元年（1926）至花莲，任《台湾日日新报》花莲港支局记者，创立紫阳花歌会（一开始除他以外别无歌作者参加）。昭和二年四月，歌志《紫阳花》发刊，如前所述，至昭和十一年已发表短歌三万，作者逾三百。昭和十三年，调往台东任《台湾日日新报》台东支局局长。翌年一月，妻子美鸟女因久病呈昏睡状态，至2月12日死去（《花莲港俳句集》是她死后出版的）。昭和十八年四月，调回台北本局工作，次年（1944）元旦出版歌集《八重云》，收短歌612首，大约是其已发表歌作（约两千首）的三分之一。在昭和十四年十月号台湾时报"东部台湾特辑"中，人在台东的渡边写了一篇《西风之窗》，回想他行走过的东台湾景致：太鲁阁与木瓜溪之秋，瑞穗温泉与秀姑峦溪，花莲海岸，台东新港，知本温泉，大武太麻里……，文中不时引用古代《万叶集》或"紫阳花"同仁的短歌。渡边义孝可说是对诗，对这岛屿怀抱热情的人。

渡边于战后迁居到日本关东群马县，我在网络上日本旧书店书目中看到他于昭和二十四年（1949）出版的一本《新しい短歌とその作りかた》（新短歌及其作法），出版者仍是あぢさゐ（紫阳花）社。想来，他恋恋/念念不忘台湾短歌经验。

*

诗之为物，生活、生命之反映，咏叹四季，咏叹人情，古今同一事。《古今和歌集》汉文序谈到咏歌之必要时，说："人之在世，不能无为，思虑易迁，哀乐相变。感生于志，咏形于言。是以逸者其声乐，怨者其吟悲。可以述怀，可以发愤。……若夫春莺之啭花中，秋蝉之吟树上，虽无曲折，各发歌谣。物皆有之，自然之理也。"这些说法和中国古代诗学——譬如钟嵘《诗品》序中所说"若乃春风春鸟,秋月秋蝉,夏云暑雨,冬月祁寒,斯四候之感诸诗者也"——相通,也和当今诗人或半世纪前诗人所感所发,别无二致。日据时期来台诗人以日语咏叹台湾四季,与古代诗人以汉语、以日语咏叹四季,与今日岛上居民以汉语、以少数民族语咏叹清风明月,其有别乎?人间四季,诗歌一事。美妙的是如何在异时异地以异质语言衍异相同的主题。我们翻译《台湾四季》,如是,也是以异求同,以诗心比诗心。

日语短歌原是5—7—5—7—7,三十一个音节构成的诗型,我们翻成中文时虽分成五行,但已不考虑其音节数。我与上田哲二合译这些日据时期台湾短歌的方式大致如下:先由上田在台北据日文原诗初译成中文(虽是初译,处处可见上田兄推敲、斟酌诗意之用心),一辑一辑将译稿和原诗 email 给我,我再和家父一起斟酌、推敲,成第二稿,之后再邀他来花莲,两人当面讨论有疑或不妥处,如此反复多次,直至定稿。我发现上田哲二不只与我同年,某种程度上也跟我一样,同为好奇儿与工作狂,差别是我是无力的工作狂,而他精力充沛。

从日本来台居留二年,在"中研院"文哲所从事博士后研究的他,对台湾以及台湾诗的爱,大概不会输给这本日据时期短歌选里的作者吧!

II 海边诗涛

附录了 41 首日据时期花莲日人短歌的《台湾四季:日据时期台湾短歌选》出版后,我与上田哲二又从 1939 年出版、渡边美鸟女所编《花莲港俳句集》中,选译了 101 首日据时期花莲日人所写俳句。《花莲港俳句集》,前面说过,是大正九年(1920)九月在花莲创刊的俳句杂志《うしほ》(潮)的同仁诗选,此俳句社前身为"大树吟社",约于大正七八年间成立,聚会多在大树山(今花岗山),因以为名。选录一千多首俳句的这本《花莲港俳句集》,可说是目前为止所知花莲文学最早的文献。这些日据时期花莲日人所写俳句,在原书中分"大正年代"(自大正八年至十五年,共 289 首)、"昭和年代"(自昭和元年至十三年六月,美鸟女后记中说 580 首,我统计共 747 首)两部分,依春、夏、秋、冬之序分辑列出。我曾将部分中译发表于花莲地方报《更生日报》上。1947 年创刊,至今逾一甲子的《更生日报》,社址就在旧名大树山的花岗山下。据岛田谨二在《华丽岛文学志》中《"うしほ"と"ゆうかり"》("潮"与"尤加利")一文所说,大树吟社以当时"盐水港制糖会社"花莲港出张所长胜部樱红为中心,主要成员包括大树山附近东台寺住持天田凡仙,《东台湾新报》社长斋藤东柯、记者丰田票瓜,"朝日组"社长古贺山静(古贺山青),盐糖社员深野白雉等,由深野白雉任编辑,并请日本内地俳句名家饭田蛇笏评选。花莲港航路的"抚顺丸"事务长大野きゆう、船医林一杉(本田一杉),"开城丸"机关士山家海扇随后也加入,从海上声援《うしほ》俳志。以"うしほ"(潮)为吟社刊行的俳志名,自然因为花莲港(花莲)面临太平洋,狂澜怒涛总咫尺可见,居民生活与海息息相关,吟社之名因此也由"大树"改称"うしほ"。

在《花莲港俳句集》序中,古贺山青提到,参与决定此书编选方针者除渡边美鸟女与他外,还有武田花涯(本愿寺住持)、江头梅白(住凤林)、渡边秋人(即渡边义孝)等。他说:"前有浩荡的太平洋,后有合欢、奇莱、太鲁阁大山等万尺以上群山如巨人耸立。我们视其为心中的家乡,咏叹此乡土之自然人事,集大正、昭和凡二十年间之俳句于此,名之为'花莲港俳句'。本集之作家概居住于花莲港,除极少数为花莲港以外之人,因某些关系而加入'うしほ'社。"相较于昭和十年(1935)始见成立的花莲汉人传统诗社"奇莱吟社",大树吟社以及《潮》俳志可谓花莲最早的文学社团与文学刊物。

大正初年台湾俳坛多追随"新倾向句"风向,《潮》俳志同仁则承继了日本中央俳坛高滨虚子一派守"定型律"的传统俳风,如渡边美鸟女在《花莲港俳句集》后记中所说,大正七八年间澎湃起社后,"播下以写生为旗帜的正统俳句之种子",在写实的基础上,"以纯朴的心,持续描绘珍爱原始山野的少数民族,以及田园风景",从创社开始,即以入选高滨虚子编选的日本内地《ホトトギス》(杜鹃)俳志为诗社成员努力的目标。大正九年九月发刊的《潮》俳志第一号,厚仅十六页。大正十一年(1922)一月出版的增大号,厚四十余页,可谓《潮》的极盛期。同年四月,胜部樱红离职回东京,夏天时编辑深野白雉也从花莲港被调迁至马太鞍的大和工场,失去两大支柱,大正十二年(1923)八月,在推出以斋藤东柯为首的八页杂咏小册子(第三十号)后休刊了。昭和二年(1927)十二月出版复刊第一集,由古贺山青评选、渡边美鸟女编辑,至昭和三年(1928)十二月第十三集后又暂停。昭和八年(1933)十二月又续刊,至昭和十二年(1937)十一月的第五卷第三集止。

岛田谨二文中最有趣的是抄录了一段本田一杉的回忆文章《等待〈ホトトギス〉的人们》,生动地呈现了大树吟社成员们在花莲南滨,焦急等候基隆来的定期轮船载来最新一期《ホトトギス》俳志的情形。当时的花莲尚未"筑港",仍无码头。大阪商船株式会社的"抚顺丸"在没有栈桥和防波堤的南滨岸边下锚停泊,船客或乘坐舢舨,或涉水步行,或由少数民族男子背负上岸,衣裳每被飞溅的水花打湿。船公司和运送店的白衣人员从海边小屋走出,散立水边。熙攘的人群中,有两名男子头戴安全帽站在岸边,频频以旗语打信号与船上人员交谈。这两人是深野白雉与连续几期落选的古贺山静。他们迫不及待想知道究竟谁的作品被选入五月号的《ホトトギス》:"五月号的《ホトトギス》到了没?""已经来了。""入选的有谁?""海扇、东柯各一首。""剩下的?⋯⋯""有你的一首。"在岸上打旗语的深野白雉,闻此讯,乐得即刻猛挥旗起舞。"再来,快一点。""一杉、花涯等人都落选。""山静的俳句呢?""稍候⋯⋯唉呀⋯⋯山静入选了。""是'募集句'这一栏吗?""是'杂咏',靠近卷首第七位⋯⋯有四首入选。"在确认自己作品入选之后,先前灰心地坐在岸边抽烟的古贺山静高声欢呼,将安全帽抛向空中,顾不得帽子会滚落少数民族妇女群中,径自手舞足蹈起来,海滨的浪花哗啦啦地拍击岸边溅起飞沫。而后他跳到堆放着货物的舢板上,好像怕误读旗语的讯息,非得赶到轮船上亲眼看到《ホトトギス》才安心。"山静君万岁!"舢板中、船上、陆地上响起欢呼声。"うしほ万岁! 大树吟社万岁!"相隔九十年,大树吟社成员们对诗的热情,栩栩如生,如在眼前。

我们译的《台湾四季:日据时期台湾短歌选》出版后,隔海引起历史人类学博士,日本湘北短期大学野口周一教授的注意。生长于群马县的他透过亲戚,寻访到住在群马县的渡边义孝后人,陆续写了几篇长文,探讨"歌人渡边义孝的生涯与作品"。2011年3月他来到花莲,在我和上田哲二陪伴下走访了相关地点,企图追察当年生活在这里的日本短歌、俳句作者们的踪迹。

渡边义孝与大他十一岁的美鸟女可谓"姊弟恋"。据野口周一文中所言以及渡边义孝昭和十五年(1940)在台东编辑、出版的美鸟女遗作《みどり句集》中的"故人小传",美鸟女明治二十年(1887)出生于长崎,十四岁(1901)入东京女子师范大学,二十岁

(1907）与青柳三郎结婚、来台，住台北。二十二岁（1909）任职小学校时，脊椎骨疽发病，疗养两年，成为不治之病。二十五岁（大正元年，1912）以后七年间，数度回东京，与多位女作家交游，厌恶文坛丑状，决意回台，为半身不遂之痼疾苦恼，乞援于宗教。三十二岁（1919）因投稿小说，认识任职于《台湾新闻》社、时年二十一的渡边义孝，视其为"年轻的救世主"，渡边义孝也视她为"思想上的指导者"而敬爱之。大正十年（1921），三十四岁的美鸟女与青柳三郎离婚，和渡边义孝同居，在台中雾峰经营香蕉园。翌年（1922）两人一起在台北经营、编辑《妇人与家庭》杂志，同一年，渡边义孝与父为子爵、夫为"台湾总督府"高官的岩满千惠（1896—1936）恋爱、私奔，当时某报以全版刊出"某高官夫人与年轻诗人恋爱绘卷"，半年后，在美鸟女允许下回到其身边。《妇人与家庭》在大正十三年停刊。大正十五年（1926）九月，渡边义孝重新出发，任《台湾日日新报》新成立的花莲港支局记者，美鸟女与其一同迁居花莲港，在古贺山青牵引下入俳句写作之门，又师事斋藤东柯、饭田蛇笏等名家，专心于《潮》俳志复刊编辑的工作，渡边义孝则筹组短歌社团，于12月成立"紫阳花歌会"。美鸟女在花莲港前后十二年多，昭和十三年（1938）10月，渡边义孝调任《台湾日日新报》台东支局局长，昭和十四年（1939）1月17日，久病的美鸟女依依不舍地离开花莲，前往台东，2月12日，以五十二岁之龄死去，法号"春光院释尼妙丽大姊"。她编辑的《花莲港俳句集》在昭和十五年3月由古贺山青在花莲出版发行。

为了帮助自己或读者体会这些日据时期花莲日人俳句的时代感、时间感，我依创作年代序重新排列我们译出的"花莲港俳句"，101首如下：

1 惜春，以春意事母，我迎娶娇妻——古贺山青(1919)
2 寒风，佛坛灯亮了，纸拉门——大野きゆう(1920)
3 《船上遥望花莲一首》
  大南风中，遥见我家椰子树绿叶骚动——胜部樱红(1921)
4 春寒，远看人小，收割后的甘蔗园辽阔——胜部樱红(1921)
5 《花岗山棒球争霸战一首》
  比赛结束，薄月高悬，银合欢之天——桥口白汀(1921)
6 摘着水芹，肩膀上阳光温暖——桥口白汀(1921)
7 春日将尽，森林中看到一片花海——古贺山青(1921)
8 在卧室柱上，与灯争辉的月亮——古贺山青(1921)
9 春潮浸其脚，竹筏夫，向前划——大野きゆう(1921)
10 野草开花满地，沙上紫色浓——大野きゆう(1921)
11 山庄里，烟霭再次弥漫的山茶花——大野きゆう(1921)
12 被连绵的秋雨淋湿，水牛在摇尾巴——山家海扇(1921)
13 走出机械室，仰头，一片银河——山家海扇(1921)
14 假寐的孩童，额上白白的天花粉——田中忠女(1921)
15 白茅草轻快地后仰，蝴蝶停于其上——丰田票瓜(1921)
16 新树，被月光浸湿，闪闪颤动——丰田票瓜(1921)
17 微热的石桥上，站着休息纳凉——武田花涯(1921)
18 梅雨中的港口，一下轮船即见仓库——山本孕江(1921)
19 梅雨的海上，缠着藻草的船缆松弛垂下——斋藤东柯(1921)
20 敏捷轻快，登上竹梯子，为了摘椰子——斋藤东柯(1921)
21 《台湾女孩以雪白的玉兰花为簪，香气馥郁》
  少女在编草帽，一朵玉兰花插在发上——斋藤东柯

(1921)

22 春饭,红烛渐残,日子亦是——斋藤东柯(1921)

   *原注:春饭是台湾人过旧历年时,以碗盛装祭神的饭。

23 来往行人渐稀:夜市上,青橘子——深野白雉(1921)

24 《胜部樱红氏离去,继任者尚未到来一首》
    草深,空荡,暮春的大邸宅——深野白雉(1922)

25 死猫被吊在树林里,冬雨其蒙——中村五求(1922)

   *原注:台湾人有"猫死吊树头"之习。

26 摘绣球葱花,居然留下一个大洞——平田逆萤(1922)

27 岛民,在土阶上放着赏月的椅子——古贺山青(1922)

28 晚霞映天,忙完厨事,泼洒水之舞——山家和香女(1922)

29 白百合花瓣,蜡一般将灯光反射回——丰田票瓜(1922)

30 黎明,桃花满地,土色深黑——大野先人(1922)

31 月升悄悄,蕃社正熟睡——江头梅白(1922)

32 瓠瓜花妆点,盼得不至于出丑的肌肤——斋藤东柯
    (1922)

33 秋樱啊,不久就会有明月皎照的天空——斋藤东柯
    (1922)

34 冬夜,关帝庙巡逻频频——中村五求(1922)

35 羗仔的叫声,在冬夜山谷中回荡——宫本瓦全城(1922)

   *译注:羗仔,即山羗,似鹿而小,是台湾最小的鹿科动物,雄山羗头有短角。

36 夕暮中蜘蛛节节上爬,椰子似乎熟了——斋藤东柯
    (1923)

37 泥块上,蛛网间的露珠明亮——吉田生红(1923)

38 大雨,抹消群山,直达野苿萸——丰田票瓜(1923)

39 小麻雀,还没注意到停在这里的我——古贺山青(1923)
40 大风,惜字塔里余烬复燃——三浦素山(1923)
  ＊原注:惜字塔,中国人尊敬文字,将文件聚集而焚烧的地方,台湾各地可见。
41 云影移到川上:蓼花——江头梅白(1923)
42 值水车班,灌木丛间月亮隐隐可见——江头梅白(1923)
43 苦楝花散落,水缸上斗笠为盖——江头梅白(1924)
44 春日山路,向我打招呼:一位少数民族妇女——古贺山青(1924)
45 风涌黍穗间,月光如流的夜——江头梅白(1926)
46 耕地上的阳光,冷冷地消匿——江头梅白(1926)
47 汉人老街月朦胧,日本笛声响——江头梅白(1926)
48 冬夜,远远地消逝,小火车的灯——中川鬼一(1926)
49 秋耕,在旧蕃社的遗迹上——吉田百叶(1927)
50 除夕夜,兄风筝弟风筝,叠在一起——斋藤东柯(1927)
51 《阿美人舞蹈四首》
  跳舞前的击鼓声,开始响起了——渡边美鸟女(1927)
  ＊原注:阿美人将二三尺长之木材,刳成如木鱼般发声之器,作为部落通报之用。
52 围成一个圆圈跳舞,黄昏的羽毛头盔——渡边美鸟女(1927)
53 风吹椰子树,盛装的舞者正前往舞场——渡边美鸟女(1928)
54 铃铛声响,月眉山下有人在跳舞——渡边美鸟女(1928)
55 《阿美人舞蹈》
  戴着羽毛头盔,弯腰钻过芭蕉叶——上冈里公(1928)

56 《阿美人舞蹈》
   与头目并肩观看大伙儿跳舞——前田比吕登(1928)
57 《车行临海道路》
   羊肠临绝壁,一滩春色——渡边美鸟女(1928)
58 《太鲁阁峡谷》
   无力振翅,坠落峡间的一只蝴蝶——渡边秋人(1928)
59 蓑衣挂在田埂树上,一阵雨下——古田八束穗(1928)
60 秋耕,跟着大人出力的一个小孩——斋藤东柯(1928)
61 美丽的韩国草,神不在的阴历十月——斋藤东柯(1928)
   * 译注:阴历十月称作"神无月",据说此月,所有神社的八百万神灵应大国主(出云国主神)之命聚集于岛根县出云市的出云大社。所有神社的神灵都在出差中。
62 黄莺鸣叫的榕树后,大海开展——武田花涯(1928)
63 北风强烈,好不容易走到蕃社的草丛——武田花涯(1928)
64 寒风,搂在怀里的病鸡乖乖静静——古贺山青(1928)
65 用面包树叶子盛放祭品,赏月节——深堀迷子(1928)
66 《访问美鸟女士时所作》
   以光接待,主人点走马灯,远迎客人——河内秋女(1929)
67 《阿美人舞蹈》
   舞罢,在树下脱下的羽毛头盔——上冈里公(1929)
68 抱着小猫开汽车,车动猫也动——古贺荻女(1930)
69 秋耕,小牛摇着脖子上的铃铛——中川鬼一(1930)
70 《东柯夫人登美骤逝,主人守夜中得空来访,彼此落泪》
   漆黑的夜晚遇雨,把伞奉借给客人——渡边美鸟女(1930)

71 问我"这个字如何"的妻子,啊松之内——斋藤东柯(1932)

　＊译注:在日本,元旦至七日或十五日称"松之内",其间家家门前有松枝等装饰。

72 把稻谷散晒满地,神不在的阴历十月——神野未生怨(1932)

73 说着快下雨了,急忙赶着牛的少数民族妇女——松尾静花(1932)

74 彼岸会:听见你敲的钟声——渡边美鸟女(1933)

　＊译注:彼岸会,日本佛教用语,以春分与秋分之日为准,前后各加三日,计七日间所举行之法会。彼岸为涅槃界,即指从迷惑之此岸到觉悟之彼岸。

75 倾斜的河灯,随波浪闪耀晃动——胜部樱红(1933)

　＊译注:盂兰盆节(七月半)晚上,有放河灯之习。

76 盆灯笼和句碑都亮了,让人欢喜——河内秋女(1933)

　＊译注:盆灯笼,盂兰盆节时用的灯饰;句碑,刻有俳句之石碑。

77 在腊月的子夜静寂中,出生的婴儿——武田花涯(1934)

78 《自车窗远望木瓜山》

　元旦的天空,缆车的姿容依稀可见——江头梅白(1935)

79 春天,饲养山羊,病弱的我,还在用被炉——中岛田夫(1935)

80 干涸的河岸上,机枪吐出火——松尾静花(1935)

81 说着快下雨了,仰头看见山上的芭蕉——松尾静花(1935)

82 水积聚在面包树叶子上,蛰伏过冬——松尾静花(1935)

83 啊,涛声回荡的腊月的街巷——神野未生怨(1935)
84 《为当驱逐舰长的家弟出港送行》
   冬天的风筝:啊虽是童颜,他当舰长——船田松叶女(1935)
85 椰子树叶后面,广东烟火升空——船田松叶女(1936)
86 小米祭,吹笛的是一位少数民族美男子——神野真津女(1936)
87 灿烂地,泊船的灯亮起,在北风中——神野真津女(1936)
88 雪光闪耀的远山皱褶里,铁杉黝黑——渡边秋人(1936)
89 焚风里关着门,玩具店——小田野静江(1936)
90 《听英国先帝大葬实况广播后三首》
   地球冻结,大僧正在祈祷——渡边美鸟女(1936)
91 我也在默祷,火盆旁边——渡边美鸟女(1936)
92 九霄云外响起的名钟,冻结了——渡边美鸟女(1936)
93 不用麻烦生病的妻子,除夕这一天——古贺山青(1937)
94 独木舟里也有小蝌蚪在成长——小川耕圃(1937)
95 《昭和十二年六月十六日恭迎东久迩宫殿下乘飞机到花莲港游五首》选三
   梅雨的山上飞机轰鸣,流泪不已——渡边美鸟女(1937)
96 丝瓜花,黄艳光灿,飞机愈来愈近——渡边美鸟女(1937)
97 且借夏窗明亮眼,倚我不如意身——渡边美鸟女(1937)
98 《追悼古贺获女士二首》选一
   置放悲伤话筒的,梅雨的窗边——渡边美鸟女(1937)
99 烧山后灰尘飘降下来,云雀高飞——上冈里公(1937)
100 《昭和十二年十月二十七日支那事变中占领大场镇一角消息传到时,花莲港神社正举行宵宫祭》

小灯笼为秋夜的山头插上簪钗——渡边美鸟女(1938)

＊译注：每年秋天于神社会举行为期两天的献灯祭典，第一天称"宵宫祭"。

101 冬雨里，擦着橱窗的蓝色男子——小田野青穗(1938)

我反复阅读这些俳句，仿佛觉得这些诗人不是我未曾谋面的陌生作者，而是音容俱在，举手投足，历历在目的诗友或亲友。这些俳句中出现的景物，许多是从小到大我不断与之擦身而过的。透过我自己几十年来习于搜寻、浏览日据时期花莲旧照片的目光，以及半世纪多来活动于小城花莲，特别是花岗山一带的"现场感"，我可以感觉他们真的是住在更生日报附近那些日本房子里。曾与我和钟淑敏同办公室的前花岗中学老师孙世嘉，她家在更生日报社前，有着大庭院、防空洞的大宅，是曾任铁路局花莲管理处长的他父亲的宿舍。1996年，为我的诗《花莲港街·1939》摄制影像时，还特别进去取景。1921年，胜部樱红乘船海上，远望花莲港自宅，"大南风中，遥见我家椰子树绿叶骚动"（见上列拙译第3首），南国夏日风情跃然纸上；1922年，他退休回东京，和他同制糖会社、同吟社的深野白雉，看到胜部樱红"草深，空荡，暮春的大邸宅"，幽幽地在等候新的主人（拙译第24首）。"谁非过客？花是主人。"我一直觉得梅野清太、胜部樱红、斋藤东柯这些人，上个世纪前叶一定就住在孙世嘉家那样的房子里。而神野未生怨1935年说的"啊，涛声回荡的腊月的街巷"（拙译第83首），依然是走在今日更生日报附近海滨街、北滨街、五权街、复兴街……闻着海味的我们深深感觉到的。1933年6月，台北《あらたま》歌志主编滨口正雄，来花莲访老友渡边义孝，他与渡边夫妇一起喝啤酒、谈诗，看着他们用劣质的长条纸写诗，互相朗吟，乐而不疲的屋子，说不定就在花岗山下。

　　这些俳句描述日据时期花莲日人的日常生活与内心世界,他们见到的台湾本省/外省人生活习俗,色泽鲜明的少数民族礼俗歌舞,为花莲的风土人情、山海田园之美定音定影,为在野性、大气、险峻的山海间,频仍的地震与台风间,悠闲、自在、真率的生命氛围定味定位。日据时期从新竹移居花莲的汉诗作者骆香林,在这些日人离开花莲后的 1949 年,提笔订下"花莲八景",和诗友们反复咏叹——太鲁阁,花岗山,花莲港,鲤鱼潭,能高山,瑞穗温泉,秀姑峦溪……。但日据时期来到花莲的俳句以及短歌作者,早在他们的作品里,以一张张寄给时间的诗的明信片,为花莲的八景、八十景、八百景……盖下邮戳。

　　我仿佛看连续剧般,察觉俳句与俳句间、诗人与诗人间,幽微的人情、故事、关联、互动。出生于 1887 年,本名古贺朝一郎的古贺山青,是日据时期花莲重要的企业家。他三十八岁(1919)写的俳句,"惜春,以春意事母,我迎娶娇妻"(拙译第 1 首),告诉我们他新婚了。1930 年,我们看到他诗中的娇妻古贺萩女"抱着小猫开汽车,车动猫也动"(拙译第 68 首)。30 年代的花莲,抱着宠物,开私家车的贵妇似乎是令人羡慕的。1937 年,当古贺山青说"不用麻烦生病的妻子,除夕这一天"(拙译第 93 首)时,我们惊讶地发现,原来这样的贵妇,一如大多数贵或不贵的妇女,也要做家事,即使身体不适。更令我们惊讶的是,古贺萩女在这一年一病不起。她的诗友渡边美鸟女,失神于"置放悲伤话筒的,梅雨的窗边"(拙译第 98 首),追念她。这四首俳句连在一起,真是静静的,悲伤的,生命的四格漫画。

　　斋藤东柯在花莲住了二十年,俳风素淡而富深情。岛田谨二、饭田蛇笏等高士都对他多所赞美。1921 年,他看到台湾女孩以玉兰花为簪，写了一首"少女在编草帽，一朵玉兰花插在发上"（拙译第21首）：被玉兰花香收编了美发的少女，正以同样生之芬芳编蔺草为美帽；而看到台湾人在春节时以碗盛饭祭神，他写了一首"春饭，红烛渐残，日子亦是"（拙译第22首），叹时光之缓缓消逝。1930年，东柯的妻子登美骤逝，守夜的东柯得空至渡边家，美鸟女与之相对垂泪，"漆黑的夜晚遇雨，把伞奉借给客人"（拙译第71首）。这一年，东柯告别花莲回日本，11月因胃癌住入京都帝大病院。1932年元旦过节期间（"松之内"），他写了一首"问我'这个字如何'的妻子，啊松之内"（拙译第71首），我乍看以为他再婚，细想应是思亡妻之作。这是何等节制的深情啊，顾左右而言他。六月他过世，遗稿《东柯句集》于翌年12月付梓，饭田蛇笏作序。

岛田谨二说渡边美鸟女恐怕是"台湾产生的最大的闺秀俳人"。我直觉如此。她与渡边义孝相互竞技。渡边义孝1928年写太鲁阁峡谷的"无力振翅，坠落峡间的一只蝴蝶"（拙译第58首），让人惊叹。而读美鸟女同年写临海道路（今苏花公路）的"羊肠临绝壁，一滩春色"（拙译第57首），以及1938年写花莲港神社（今花莲"忠烈祠"）的"小灯笼为秋夜的山头插上簪钗"（拙译第100首），寥寥几刀，形象精准鲜明确立，令我自叹弗如。长年罹病，痼疾让她苦恼，也让她心细。河内秋女1929年访美鸟女，写了"以光接待，主人点走马灯，远迎客人"（拙译第66首），不良于行的她，不能以身体贴近客人，至门口亲迎，只好以走马灯代己，远远地以光接待。这是何等"体贴"的主人与客人啊，以诗心相体会。1937年6月，日本东久迩宫稔彦王来台视察，这在当时是一大盛事，十六日座机飞到花莲，不能挤在现场欢迎的美鸟女，只能在家听飞机声，想像，目迎："丝瓜花，黄艳光灿，飞机愈来愈近"（拙译第96首）；"且借夏窗明亮眼，倚我不如意身"（拙译第97首）——倚靠夏窗,让目光跳脱不如意的身躯,抵达梦之所在。以"起不了"的不遂之身,遂其写作、编书之心志,为我们留下这么多动人的诗句。对这样的女子,我只能说:了不起!

*

海岸七叠。这动人的东台湾海岸蕴含着多少叠或软或硬,或白或蓝的海的面纸、手纸啊。多少诗句,言叶,随一张张波浪的面纸、手纸抽出,又秘密地,环保地,回收、新翻为下一轮的面纸、手纸,爱的书信,以汉语,以日语,以葡萄牙语,以西班牙语,以没有文字、众声喧哗的种种少数民族语……。2009年2月,我走过花岗山下雨后的东净寺,听到四分之三世纪前回荡于神野未生怨诗里的同样的涛声。うしほ。Ushio。潮。诗的浪涛。我写了一首《海滨涛声》,记录我听到的诗涛,记录我们"心中的家乡":

春日,大街,海风

"大涛のひゞく师走の巷かな"
七十年前出版的《花莲港俳句集》里
你这么说。涛声从你书写此诗的
昭和十年一直回荡到现在,并且
将之翻转成我听得懂的中文:
"啊,涛声回荡的腊月的街巷"
我走在春日街上,海风习习
"神野未生怨"是你的笔名或
本名?中国人编的花莲县志里
没有你的名字,大公无私的搜索引擎
张网捞你,从时间之海浮现的唯

　　　　　　一片空白。这缺憾无人抱怨，自然
　　　　　　神也未生怨。涛声回荡的春日
　　　　　　　　　　　　　　　我走在市场边银行前的街上
　　　　　这街在你的时代叫春日通，通向
　　　　　我出生的入船通，通向禳袱中
　　　　　外曾祖母抱着我看海的战后的海滨街
　　　　　父亲带我去他上班的木瓜山林场（啊
　　　　　在你那时叫花莲港木材株式会社）
　　　　　办公室，就在这条被称作大街的
　　　　　春日通，你也许就在附近工作
　　　　　　　　　　　　　　春之日，大街，海风
　　　　　也许在如今变成银行的东台湾新报社
　　　　　也许在市场所在的花莲港厅，也许
　　　　　在我后来任教三十年，花岗山下
　　　　　那所花莲港寻常高等小学校
　　　　　你的前辈桥口白汀在山上看完
　　　　　野球赛后，为高悬的薄月，摇曳的
　　　　　银合欢写了一首俳句，冬雨里
　　　　　蓝色男子在两条街外擦着橱窗
　　　　　　　　　　　　　海的味道随风翻过山头又过街
　　　　　在你为回荡的涛声发出喟叹的
　　　　　两个多月前，渡边美鸟女女士在
　　　　　不远处米仓山神社宵宫祭中看到
　　　　　小灯笼为秋夜的山头插上簪钗
　　　　　她也许也认识秋日夕晖中听着
　　　　　唱机把青葱切碎的写短歌的

崎原しづ子女士,她们说不定
一起听过花岗山上东台寺山门
日暮之钟——以为已敲毕响尽……
而回响又起,夹着周而复始的涛声
     我走过东净寺,雨后,街道干净闪耀
如一再被书写,变奏的我们的诗句
我们一直等着不嫌山路海路之遥
而来的访者。来涉溪(枯叶蛱蝶
在幽暗涧谷的野蔷薇上息翅,似乎
垂手可抓),漫吟,狂歌,整夜
舞踊不停的少数民族如今脚步零乱
依然跳着。午后光耀,你看见穿过
翻滚的波浪,他们拿着拉网出现了
     风,翻动春日的海如一页页歌本
我们在米仑山正对面举行歌会
举行诗歌节,在松树盘错的松园
以不远的海为名,傍晚的微风徐徐
伟大的海给我们一台榨汁机,以回荡
的海波,松涛,以螺旋状的记忆
帮我们把梦的废铁,生之硬块摇晃成
以风传送,以舌以颊以耳共舐之果汁
     地震让大街上的摇摇冰摇得更春天
那些强悍而拒绝融化的,我们将它
抚摸成诗,成五颜六色的糖果,卵石
在载你们还乡的船离去后的入船通
我未来的姑丈,在木材株式会社

改成的东部防守司令部他办公室里
拿出一个罐子,把一粒粒健素糖
　　　　　　　　啊春天,合法而健康地淫荡
依序倒在我姑姑,叔叔和我手中
越轨,杂合的滋味。因海风的咸
而益发甜。车行临海道路,羊肠绝壁
一滩春色,直辖公园候补地终于从
备取进为正取,在太鲁阁一只蝴蝶
因美,坠落峡间,无心或无力振翅
　　　　　　　　　　春日,大街,海风

　　　　　(二〇〇八/二〇一一)

音乐家具

三十而"立"。我说过,我和我太太在我们三十岁那年孕造了我们的女儿,所以她的名字是两个"立"——立立。临盆那天记得是在暑假。我载肚痛的太太与岳母到医院待产,等了半个下午还没有动静,我实在受不了——一、受不了漫长无聊的等候;二、受不了年纪小小(才过三十呢),就要抱着哇哇落地的小孩当爸爸。我请求我太太让我暂离医院到麻将桌上待产。俗话说"娶某前,生子后",意思是说结婚前,或生子后,赌博包赢。我爱赌博,也爱赢钱,双喜在望,何乐而不为?感谢我太太宽宏大量,当晚我在牌桌上兜了几圈后,忽然自摸连连,若有神助。我一面收钱,一面脱口而出:我的女儿来到世界了!

来到世界的我的女儿即刻使我家人口总数激增一半,由两人变成三人,并且一家两制,家中两个女生、一个男生一边一营。从咿呀学语,到识"之无的有"、"ABCD"等字与字母,女儿随母亲在房间里说故事、玩游戏、做功课,做父亲的我鲜有越界插入的余地。我平日在校为人师,口沫横飞,鼓动别人的孩子涉猎古今经典、追逐新奇事物,对自己的女儿却一年复一年如家具壁纸,从壁上观,少见行动。最大的功劳不过是有时奉我太太之命,接读小学的我的女儿回家,两人隔一墙壁一同作息,虽然念兹在兹,却少有对话。我太太怜我有亏父责,鼓励我戴罪立功,说女儿上了中学以后,由我接棒教养。但如今我早已过半百之年,女儿也早从我教书的中学毕业,一路读完硕士班,准备出境续读作曲博士,回想父女间的互动,虽历历(或立立)在目,却也屈指和趾可数。最清楚的是她升中学前暑假某日,我在摆了一堆书的桌前,东翻西翻,和她讲了忽东忽西忽古忽今一堆文学音乐美术事,那是迄今为止对她唯一的"讲课"。我常在茶铺与一二好友,譬如邱上林,喝茶聊天,一聊数小时,饮罢起身,每向女儿与我女儿同年的友人说:"今天和你说的话,大概有好几吨重;我跟我女儿这辈子说的话,加起来恐怕不到五十公克!"

或许是个性或多年写诗习性使然,我倾向于以比喻、暗示代替明说。像当年我太太怀孕,同事问我是否有其事,我只回答"内人内有人"。我不习惯以口舌向亲近的人直接示爱,喜欢化当下流泻的话语为比较迂回、抽象的文字,音乐。如此,家人如家具,视若未见,有言无声,既亲且疏。过去二十几年,我是向我女儿说过一些话,但都是一些写在墙上,默不出声的壁话,壁画,或家具音乐。她当下也许没有听到,但就像家具一样,有一天注意到时,也许就发声了。

我向她说的话写在我的一些诗和散文里。她八岁时,我去明义小学等她放学,每一个穿相同制服的孩童都太像了,找不到她,我突然吓了起来,回来后写了一首三行诗:"回到童年的小学接我的女儿/几千个相同的学童从操场涌过来:/迷失在镜子花园的一只蛱蝶"。同年我写了一篇《立立的音乐生活》,全然没想到有一天她会选择作曲作为专业。文末我说听她在邻室弹琴,觉得和她在乐曲中"迂回而单纯的"相逢了:单纯,因为音乐始终自身俱足;迂回,因为她也许要等二十年、四十年,才会听到或回应她父亲的话。

但未必如此迂回。因为在她成长过程中,她似乎也不断留下一些沉默的家具,等我听到声音。她离家在外求学后,她小时睡觉、读书的房间就并为我作息空间的一部分。前些日子天寒,我关上房门小睡,听到有东西掉落声,睡醒后发现是多年前立立贴在门后的一张纸条,在这张"五年级下学期数学测验卷"背面,她用铅笔画了四个黑点,仿佛两对眼睛,另外是几条并行线,旁注"X 年 X 月 X 日眼睛高度"。我用尺量了一下:从"1997.8.27"到"1998.6.21",她足足长高了四点七公分。她在家时,我没注意到她"一暝大一寸"的声音,她出外后,透过存在那儿她的家具,我听到童年的她向我说的话。墙壁有耳,有嘴唇,眼睛。

我也听到她长大后制作的一些家具。有的显然是对我的回话。她大学时作了两个歌乐作品,以我的诗为词,一首是我题为《无伴奏合唱》的诗,她作成七声部无伴奏合唱,一首是她作成给女高音与钢琴的《滑翔练习》。此诗我以年轻时译的秘鲁诗人巴列霍(Vallejo)一首诗开头一句"在我们同睡过许多夜晚的那个角落"为主题,分别拆解、放置在每节诗第一行,有如"隐题诗"。我诗中并没有把巴列霍的诗句明白、完整写出。我没想到作曲者在音乐创作上居然巧妙地先运用如滑翔般的一长串半音下行音符,呈示出巴列霍原诗句的主题,再接着于每节诗开头,以字词在主题句中所对应的音高开始乐句。我不知道她的音乐作品好或不好,但我闻得出里头有她自己的气味,创意,个性。

作曲家斯特拉文斯基称他的法国同行拉威尔是"瑞士表匠",因为拉威尔的音乐优雅、精巧、客观如玩具或工艺品,充满机智、创意,但绝少直接暴露自己的情感。拉威尔说他喜欢仿造品、赝品胜过真货。这也是迂回的匠心吗?以家具仿制家人,以文字、音乐仿制家具。文字与音乐是我们父女给彼此或世人的家具,亲密书信——啊,既亲且疏。

家具自然是家人间共享或互通之具。她二十岁那年写成了一首为萨克斯风独奏的《荼蘼姿态》，叫我帮她去影印乐谱，我看到她在曲前列的文字，惊觉我的散文集《立立狂想曲》里那个小学女孩一夕间变成大人了。她引阮籍诗"委曲周旋仪，姿态愁我肠"，写说"荼蘼姿态。含苞。盛放。腐朽。开到荼蘼花事了。荼蘼过后，韶华胜极，无花开放。"她把花之"灿烂"与"腐烂"，如是强烈鲜明地并置于她的曲中，让我惊心。两年后有一天香港《字花》杂志约我以"烂"字为主题写一篇文字，我坐在电脑前很快地写了一首四十九行的诗《荼蘼姿态》。她大学和硕士班毕业时两次举行作品发表会，我将相关信息连同与我诗作有关的几首乐曲和解说贴在我的"陈黎文学仓库"网站，她觉得小题大作。我陆续又把几首我喜欢的她的其他乐曲贴上，她看到了，打电话给她妈妈转告我尊重她的创作权，速将之移下。唉，要她听我的话真难。

这两个月又听到我太太在房间里叽里呱拉跟我女儿讲话，但是在电脑前，透过 Skype。为了立立出境读书事，她们天天热线讨论研究计划等资料的撰写与英译。我被指派帮忙制作一张 DVD，把四首立立音乐作品辑录在一起。我在楼下客厅我的视听工业工厂进行这项工程，复运用电脑影音编辑功能，添加解说、字幕。四首中有三首是她在台湾得奖之作，另一首，名曰《小宇宙》，是她去年受托创作的打击乐作品，乐念来自我现代俳句集《小宇宙》中三首诗，但无绝对关系，选用定音鼓与古筝为主要乐器，铺陈动、静两种对比元素。我与我太太观看此曲录像时，应该都暗自感叹我们的女儿真的长大了。乐曲第二段对应的拙诗是："我等候，我渴望你：/一粒骰子在夜的空碗里/企图转出第七面"，她让打击乐手在定音鼓上摆大、中、小三个磬作空碗，以钢珠数粒为骰子、摇、击、摩、撞出，时发自珠，时发自磬，时发自鼓，时珠磬交鸣，时鼓磬共响,时珠磬鼓齐发声,各种空幽的宇宙,或小宇宙,之音。

语不惊人死不休。乐人与诗人翻新语言,追求陌生化效果的苦心原来如一!辑录的《相变》是一首为二十一弦筝的独奏曲,但一点都不是我们想像的"国乐"。一如《小宇宙》一曲,她把传统古筝转成打击乐器,重新定弦,在《相变》中效法凯吉(John Cage)在钢琴上所为,在筝弦上"预置"回形针、卫生纸、长尾夹、铃铛等物,演奏中并使用弓、弹力球、纸张等辅助工具,创造新的声响,以不同音色表现物质三态(固态、液态、气态)间转化的过程。去年十月,台北"十方乐集"有一场此曲演奏与讨论会,是"台湾现代音乐论坛"系列第二十九场。此论坛第一场始于八年前,讨论卢炎作品,他是我女儿作曲老师洪崇焜的老师,也是我的忘年交,我忝列末座参与对谈,因为曾为卢炎写过一本音乐传记。多年前卢炎、洪崇焜把我的诗《家具音乐》、《腹语课》等谱成曲,我邀他们来花莲演出时,立立才十一岁。

她获得台北市立交响乐团四十周年团庆管弦乐作品征选奖的《洄澜》,以花莲旧名为题,描绘海浪与溪水碰撞激荡、波澜回旋之貌,并融入风声、鸟鸣、雨水、浮云、落石等自然景象,曲中将花莲作曲家郭子究所作歌曲《你来》旋律片段,透过混合、变形等手法隐藏于内。此曲先后有"北市交"在中山堂及"乐兴之时管弦乐团"在太鲁阁音乐节演奏录音,但无录像,我只好从十五年前与友人合作的一部向花莲与郭子究致敬的影片中,撷取近四十格画面,用PowerPoint软件将影音合体,又把立立为此曲写的解说分插在适当画面。说也奇怪,听的时候原先觉得抽象、模糊的音乐,在家乡景物映衬下突然变得鲜明可感,连一向敬畏现代音乐的她妈妈,看了都说"我懂了"(啊,就像一辈子看不懂我的诗的我的母亲,有一天翻阅我的日译诗集读到与她有关的诗时忽然落泪一样)。我自认爱乡、爱乐、爱女有功,没想到我把 DVD 快寄给我女儿,她居然打电话给她妈妈,骂我不该把她的音乐俗化成"看图说故事"。我凤夜匪懈,为女前锋,后果如此,情何以堪?

夹在两人之间的她妈妈相当不安,她知道这一对父女太像、个性都太强了。我即刻重录了一张修订版寄给我女儿,另一方面愈挫愈勇,变本加厉,花了五天工夫,把家里藏的立立作品影音剪辑制作成一张包容十首乐曲、附中英文解说/字幕、长逾两个小时的《陈立立作品集》。我希望一次到位,让这袖珍、易移动的音乐家具陪着她到海外求学,让外国人一见如故,让异乡的她宾至如归。我不能说这些作品是独一无二的,但里面有汗、有泪、有争吵声、有灵感、有梦……她二十一岁时写了一首弦乐四重奏《Li》,以她的名字"立"(Li)的发音为中心,衍生出"丽"、"力"、"唳"、"粒"四字作为四个乐章名称。丽,力,唳,粒,人生不就如此? 最美好的一些,最难堪的一些,最鲜活的一些,最想要抓住的一些……。当我听到第四乐章她让乐手们用拨弦奏(pizzicato)流泻出一粒粒乐音时,我真想笑,也想哭。真是粒粒/立立皆辛苦。

有一天,在海外,隔着这一片光盘,这复制的家具,这薄薄一面金属墙壁作息的她,也许会忽然想到,或听到,墙壁另一端她父亲清喉咙的声音……

(二〇一一)

附记:此文发表后六年(2017),陈立立终于美国加州大学伯克利分校修获音乐博士。其间她曾获"George Ladd 巴黎奖"于 2015—2016 赴巴黎一年,2012 年 10 月以一首小提琴、打击乐与钢琴的室内乐作品 Soundscape 获"亚洲作曲家联盟青年作曲比赛"首奖——此曲,据她说,灵感来自我多年前图象诗《三首寻找作曲家/演唱家的诗》。她的博士作,管弦乐曲 A Leaf Falls After(《叶落之后》)及其室内管弦乐版,分别由 UC Berkeley 交响乐团与美国圣路易交响乐团在美国首演。

记忆之脸书

野 狗 脸

有人寄给我一本《记忆之脸书》，打开后发现是一本集合了许多不同样貌之脸的书。里头有张狗脸让我想到我的学生Z。中学三年同学们都叫他"野狗"，虽然他脸白皙。我是班导兼英文老师，却比语文或音乐老师等带给他们更多文学艺术的东西。校内合唱赛我亲自教唱，让许多学生首次领受和声之美，并代表学校参加县赛。周末时我会约二三十个学生，跨年级、性别挤在我家共赏影片。我们有的只是热情。转用歌剧《波希米亚人》里的唱词：他们年纪虽小，我虽只是一个老师/诗人，但说到梦与对美的渴望，我们富有得像百万富翁。我录给学生每一卷古典乐录音带，Z是第一个把其录音带肖邦精选集听断的。初三下他请父母让他学钢琴，我告诉他父母他不用读书，书自然会来读他，因为我的学生早就被美与知识所吸引，终身如此。

Z喜欢一位学妹，费尽巧思买了些礼物送给她，但似乎未得回报，为此抑郁多年。以高分进T大，却觉系上同学甚肤浅，一直想休学，常跟几个中学同学往来。他们一心想在大学毕业后回乡开一家梦幻唱片行，分头在T大附近几家唱片行打工。Z果然休学了，父母为其报名专科联考，以榜首入某校。同读T大的中学同学Y毕业后在T大附近开了家pub"女巫店"，门口贴了他写的一些怪异语录,令人叫绝。Y后来回乡开了"女巫店Ⅱ",成为昔日同学秘密聚会所。在夜间一杯啤酒入口,与三四学生黑白讲,诚一乐也。他们的梦幻唱片行迟迟未见开张,却开了几家便当店说积点钱再合开。我听说Z读完专校后通过地方特考分发乡下某单位服务,之后真的像野狗般,匿身野地,不见了。

我的那些学生其实每个都是野狗,狂野,纯真:他们对梦的坚持,对爱与美的渴望,不管在记忆或现实里是永远不会消失的。

童 话 脸

离开公职后我转到北部小镇M私校任教。滨海公路上的小镇M和我家乡W一样有三好、三多:好山、好水、好无聊,台风多、地震多、汽车旅馆多。课余我喜欢到一家7—11看报,闲坐。窗外是一家儿童美语班和一间书法教室,对面则是一家挂着"童话風汽车旅馆"招牌的Motel。

说到童话故事或卡通影片里白雪公主、小美人鱼等人物,我第一个想到的就是小我二十岁的我校音乐老师K。没错,童话里浮现出的就应该是像她那样梦幻、美丽的童话脸。但有一天当我吸着青草茶,看到她坐在已婚且已退休的体育老师、腹部系了一个游泳圈的前游泳运动员G的休旅车,从童话風Motel出来时,我从小累积的对童话的美感瞬间都破灭了。

这家Motel生意挺不错。不知是不是台风、地震带来的损害,招牌从七字减为五字的"童话風车馆",又剥落为"童话虫车馆"。Motel中间的t颠倒歪斜得像d,成为Model。除了大人们开车进出,连美语班和书法教室的孩童们都跟父母说:"带我去童话馆,我要买模型车!"或者"我们可以进去玩金龟虫车吗?"

这两个月来了三次台风加一个双台，招牌上的字像棒球场上的跑垒者，被双杀、三杀到只剩"口舌馆"，但顾客反而激增。连跟我无话不谈的公民老师Q也告诉我他最近去了。"很多人跟我一样，看到'口舌馆'，以为里面除了八爪椅还有一些口舌情趣设备。你知道我不举久矣，即使用威尔钢、犀利士或到国术馆练举重。我相信里面有'口舌师'可以帮我逞一时之快，所以就骑摩托车进去了。"

前几天我看到"童话风汽车旅馆"的招牌全新、完整地被挂上。我猜想"口舌效应"像美丽的错误，让老板意外赚足了钱吧。

小 三 脸

历史上第一个让人印象深刻的小三脸该属13世纪意大利佛罗伦萨的贝德丽采女士，诗人但丁十岁时在贝家宴会上初遇九岁的她，即刻被电到，"那天她穿着红色的衣裳，合身而动人"，九年后在街上再遇到她，"穿着全白的衣裳……以无可言喻的盛情向我点头致意"。贝德丽采二十五岁时死去，三年后，已婚多年的但丁写了一本诗与散文连缀，咏叹对其爱情、渴慕与哀思的《新生》。他临死前完成的巨作《神曲》也是启动于贝德丽采此位永恒的恋人。

如果13世纪的佛罗伦萨也有小学的话，九岁的贝德丽采应读小三，那主宰了但丁爱情灵魂的脸，是不折不扣的小三脸。小三，不是大喇喇张牙舞爪的两相示好，而是小小的，针刺般，缓慢悠远，三思不得其解的魅惑。

我不是但丁，充其量只是但丙或蛋饼级的小诗人，但我也遇过小三脸。小六时，我读的小学要办一场大型游艺会，舞蹈老师到六年级各班挑了一二十位男生跳空军舞,我是其一。排练时常和跳海、陆军舞的中、低年级女生混在一起。那是我生平第一次化妆上台,演出后突对一位不时与其嘻哈玩闹、跳海军舞的小三女生有一种不舍的别意。她灿然的笑脸至今仍浮在我的记忆。

最近晨起常在家附近百货公司前广场踱步练脚力,目光偶而飘向路过的美眉或熟女,想像也许有一张主宰我灵魂的小三脸出现。我绕了几圈,停在百货公司门口镜前,忽然看到一张清丽、光亮的小山脸,原来是中央山脉那些不知名的大山的脸,远远小小的映现其间。不能享齐人之福的我,在那一刻,起码与山光、云影,在彼方青空同享齐天之福。

小山/三,在你爱的时候,一夜间又近了。

华 佗 脸

我不知道华佗什么样貌,但小城大街上W堂温文儒雅的L医师庶几似之。我不知道他是不是神医,但确有一些小城居民乐道的神奇事。

我五婶过去几年打嗝不断,到北部医院始知是贲门松弛,服药后每日打嗝从五百次降到三十,过两月又故态复萌。人还没到我家就听到她百公尺外扣扣扣提早叩门声。两周前她又亮丽起来,说去W堂针灸,已几乎不打嗝。知道我脚痛手痛好心要帮我挂号,我说我自己去。她说:那你永远看不到L医师,他只在早上开放三十人挂号,我都清晨四点去排队!

隔天一早我老母来电叫我速往W堂,原来五婶已挂好号,连同五叔三姑我,分居五、六、七、八名,有点像伦敦奥运每止于八强的台湾好手的表现。到W堂,医师听我讲二十分钟病史后和悦地说:护膝拿下,上楼针灸,我看你走上去。在他目光照拂下,半年来我首次无护膝也无痛地大步上楼,像一个破纪录选手引发观众喝彩,我回头,父母五叔五婶三姑大舅四姨还有刚做完扭臀操的二嫂——他们全在那里,看一个初识我的医师隔空破解我的痼疾。那天的针灸当然也神效无比,他像奥运金牌射箭手,针针精准地扎入我身,没有十分也有九分效。我里外通亮。想到同事 H 说他初教书时身体常痛,跑到小巷中悬壶不久的 L 医师处针灸,初扎数十针,后来渐多,竟至一两百,仿佛万箭齐发,而他勇敢地当箭靶。原来神射手不是三两天养成的!

上周一五婶有事我只好亲自卡位。半夜三点到 W 堂外,迨十分钟后顶着一篮苹果的银牌箭靶出现,才开口说:我先回去睡,换你等。那天早上看诊时一位深谙挂号伦理的欧巴桑惊呼:"排第一的没像你这种样子的!"我已不幸年近耳顺了,难道她期待我今年九十三岁吗?

(二〇一三)

后　记

　　这本散文选收录了我写作四十年来各阶段散文近七十篇。"辑一:人间喜剧"的文字,出于散文集《人间恋歌》(1990)。"辑二:晴天书"的文字,选自《晴天书》(1991)、《彩虹的声音》(1992)、《立立狂想曲》(1994)和《偷窥大师》(1997)四书。"辑三:咏叹调——给不存在的恋人",是整本散文集《咏叹调》(1994)的再现。"辑四:想像花莲"的文字,选自《偷窥大师》、《想像花莲》(2012)二书,以及未结集的作品。我发现自己诗作比较少的时段,可能就是孕育散文的季节。它们是同一个作者,脉动略异的左右心房。

　　我从小住在台湾花莲市上海街。这本书能由位于上海的华东师范大学出版社出版,真是寻到最好的"家",也是我的荣幸。

二〇一七年九月　花莲

图书在版编目(CIP)数据

想像花莲／陈黎著. --上海:华东师范大学出版社,2019
ISBN 978-7-5675-7590-5

Ⅰ.①想… Ⅱ.①陈… Ⅲ.①散文集—中国—当代 Ⅳ.①I267

中国版本图书馆 CIP 数据核字(2018)第 065759 号

华东师范大学出版社六点分社
企划人 倪为国

本书著作权、版式和装帧设计受世界版权公约和中华人民共和国著作权法保护

想像花莲

作　者	陈黎
责任编辑	古冈　刘琼
装帧设计	夏艺堂

出版发行　华东师范大学出版社
社　　址　上海市中山北路 3663 号　邮编　200062
网　　址　www.ecnupress.com.cn
电　　话　021-60821666　行政传真　021-62572105
客服电话　021-62865537　门市(邮购)电话　021-62869887
地　　址　上海市中山北路 3663 号华东师范大学校内先锋路口
网　　店　http://hdsdcbs.tmall.com

印 刷 者　上海盛隆印务有限公司
开　　本　890×1240　1/32
插　　页　1
印　　张　10.25
字　　数　230 千字
版　　次　2019 年 1 月第 1 版
印　　次　2019 年 1 月第 1 次
书　　号　ISBN 978-7-5675-7590-5/I·1879
定　　价　68.00 元

出 版 人　王　焰

(如发现本版图书有印订质量问题,请寄回本社客户中心调换或电话 021-62865537 联系)